戦後編集者雑文抄

——追憶の影

松本昌次

一葉社

まえがき

『戦後文学と編集者』(一九九四年一一月刊)、『戦後出版と編集者』(二〇〇一年九月刊)につづく、相も変わらぬ小さな雑文集である。しかも前二著同様、出版の仕事をとおして出会った同時代の著者・編集者たちへの追悼の文章が、多くを占めている。傍題に「追憶の影」と付したゆえんである。前著の「まえがき」にも書いたように、「生きながらえた編集者が負わねばならない宿命」と、みずからに言い聞かせるほかない。

ところで、戦後七〇年、時代は、内外ともに悪化の一途を辿っているかのようだ。この日本における憲法改悪の動向、福島原発の大爆発を忘れた原発の再稼動、そして沖縄・辺野古への米軍基地建設の強行などをみただけでも、暗然たる思いにとらわれざるを得ない。一個の編集者として、時代といかにかかわるか、いまなおみずからに問いかける日々である。六年ほども前、「三題噺——ビートたけし・加賀乙彦・魯迅」という次のような一文を書いたことがある。

しばらく前の話だが、昨年(二〇〇九年)の九月二二日、「朝日新聞」のテレビ欄に、小さな一通の投書が載った。

「15日の『緊急！世界サミット　たけしＪＡＰＡＮ』（朝日系）を見ました。核武装と日本というテーマに触れたときの、『戦争放棄をうたった日本国憲法は世界に誇れるものだ』というビートたけしさんのきっぱりとした言葉に胸を打たれました。日本は被爆国として、世界に平和を訴えるリーダーにならなければいけないと思いました。今後日本の歩むべき道に一筋の光が差したようなフィナーレでした。（千葉県野田市・飯田多寿子・主婦・56歳）」

たまたま、わたしもこの番組をみていた。各国の在日外国人もまじえた多くの一般視聴者による侃々諤々《かんかんがくがく》の大討論会で、相も変わらぬ自衛論や、なかには物騒な日本核武装論まで飛び出したりしたが、極めて控えめに総司会をしていたビートたけし氏が、放映の幕ぎれ寸前、まさに真剣な表情で決然と、投書者のいうような言葉でしめくくったのである。むろんわたしもまた、胸うたれたことはいうまでもない。

胸うたれたといえば、同じく昨年一二月二五日「東京新聞」紙上でのインタビューに答えた加賀乙彦氏の発言がある。記事のリードにこうある。

「国内総生産（ＧＤＰ）は世界二位なのに、社会保障は先進国で最低水準。格差は拡大し、自殺者は年間三万人、うつ病患者は百万人を超える。『本当に日本は不幸な国になった』と嘆く精神科医で作家の加賀乙彦さん（八〇）は、『この状況を脱するカギは米軍普天間飛行場にある』と言い切る。話を聞いた。（立尾良二）」

加賀氏は、オバマ米大統領の矛盾した正義の戦争論を批判し、いまこそ日本は米国から自立すべきだという。そして日本の現在の不幸の遠因は、一九五二年の日米安全保障条約にあり、以来、朝鮮戦争からイラク戦争にまで加担することで日本が高度成長をとげたことを見すえ、「普天間を端緒に米軍基地をすべて撤廃すべきだ。防衛は自衛隊だけで結構」と語る。これは何も自衛隊強化ではないと付言しつつ、加賀氏は、米軍は日本から出て行くこと、かくして米国の事実上の属国から日本が脱することを強調する。誰が胸うたれずにおられようか。

いまから八五年も前の一九二五年に、魯迅は、「灯火漫筆」という雑文を書いた。そこで、歴史の時代区分にあたって、「一、奴隷になりたくてもなれない時代。二、しばらく安全に奴隷でいられる時代」と区分し、第三の時代を予言したことは知られているが、日本はいまなお、米国の奴隷になりさがって安全な時代を生きているのである。

魯迅は、この雑文のおわりで、〝文明〟が、他人を奴隷にし餌食にし、無数の人肉の宴席がつづいていると書いて、次のように結んでいる。「この人肉の宴席は、今でもつづいているし、今後もつづけるつもりの連中がたくさんいる。この人食いの一味を追いはらい、この宴席をひっくり返し、この厨房をたたきつぶすこと、それが今日の青年の使命である」（竹内好訳）と。

近代の歴史上、空襲や原爆など日本で「無数の人肉の宴席」を開いたのは米軍であり、他方、日本はアジア諸国で盛大な「宴席」を開いた。しかし近隣のアジア諸国は、一度たりとも日本で「宴席」を開いたためしはない。にもかかわらずアジア諸国を仮想敵にした妄想から今こそ目覚め、厨房＝米軍基地を「たたきつぶす」ことに力をつくす時ではなかろうか。

（「9条連ニュース」2010年3月20日）

ほとんどの雑文が前著以後に書かれたものだが、それ以前に書いた敬愛するチャップリンや三人の外国の戯曲作家の作品にふれたささやかな断章なども、思いきって選んでみた。Ⅲは、二〇一一年一月から「9条連ニュース」に「編集者雑感」として一年間連載の予定ではじめた。しかし三月一一日、東日本大震災が起こった。当然のことながら、福島原発の大爆発にカーブを切ることとなった。ある時代とともに、著者たちとの仕事の一端をふり返ったインタビュー（雑談）三篇を巻末に収めた。

全体にわたって、わずかのカット・訂正のほかは、気になる重複もふくめ、すべて発表時のままとした。また本書に収めるにあたって、初出の各紙・誌などの関係者の方々のすべてにはお断わりしていないが、巻末の「初出紙誌一覧」に明記したのでご了承いただきたい。

本書もまた、同時代を共にすることができた〝戦後の先行者たち〟へ、深い敬意と感謝をこめて捧げたいと思う。

二〇一六年四月

松本昌次

戦後編集者雑文抄——追憶の影

目次

II

III

IV

装丁・写真／桂川 潤

戦後編集者雑文抄——追憶の影

私たちがなやみ、おそれ、ともすれば勇気を失いそうになるとき、それとおなじなやみをかつてなやみ、おそれに直面し、しかも勇気を失わなかった一人の人間がいたことを発見したとすれば、その人間はもはや、私たちにとって他人ではなくなるだろう。古人でもなく、外国人でもないだろう。私たちの血縁であり、私たち自身であるだろう。

——竹内 好

（竹内好訳『魯迅評論集』岩波新書・一九五三年二月刊「はじめに」より）

I

花田清輝

花田清輝・埴谷雄高 冥界対論記録抄

花田　だいたい君は、こっちに来るのが遅過ぎたんじゃないのかねえ。俺なんか、もう三〇年ぐらい前、さっさとあっちには見切りをつけたんだ。亡霊だか幽霊だか怨霊だかもう忘れたが、人をギョッとさせる題名の小説（『死霊《しれい》』）を完結させるとか何とか、信者の面々にチヤホヤおだてられていい気になるなんて、実にくだらない。あんな、「悪意と深淵の間に彷徨」う人間たちのワケの解らない小説なんか、さっさと中断すればいいんだ。誰かの言葉だが、「永久の未完成これ完成である」（宮澤賢治）さ。
埴谷　そういう君は、あっちにおさらばするのが少し早すぎたんではないかねえ。君だけでなく「深夜の酒宴」（椎名麟三）をともにした戦後文学の騎手といわれたどいつもこいつもが、俺を置いてさっさと先に逝ってしまった。戦後文学の孤塁を守って、君たちを心からおだて、追悼してあげたのは、一体、誰だと思っているのかねえ。「死んでしまったものはもう何事も語らない。ついにやってこないものはその充たされない苦痛を私達に訴えない。」

花田　ふん。そういう君の相手をコロリとさせるような殺し文句が気に入らないねえ。追悼文とか何とかいって、ずいぶんと原稿料を稼いだんじゃないか。俺がいないことをいいことに、「対立物を対立のままに統一する」という俺の古典的名言に対して、「行きつ戻りつ、戻りつ行きつ、絶えずこちらの端から、あちらの端へ行って、また、あちらの端からこちらの端へ帰ってくるという方法」などと余計な注釈をして、まるで俺を酔っぱらい扱いしてるじゃないか。

埴谷　いや、それを「往復の弁証法」と名づけて、その「独自性」を大いに評価してあげたんだぜ。君もまた、なにやら人をかどわかすアフォリズムを、あっちにいた時にはさかんにバラまいたじゃないか。「すでに魂は関係それ自身になり、肉体は物それ自身になり、心臓は犬にくれてやった私ではないか。(否、もはや『私』という『人間』はいないのである。)」とか、「生きることか。それは家来どもにまかせておけ。」とか、「仕事の切れ目が縁の切れ目」とか、ね。

花田　当り前だ。「時代のオリジナリティー」に献身する人間のあるべき姿を言ったまでさ。一九五〇年代半ば、君と君のとり巻き連中と、心ならずも「モラリスト論争」とかをやったことがあるが、その時も俺は、君の発言を「デコレーション・ケーキ」の甘い味といって、「理論のかわりに感傷がある。事実のかわりに雰囲気がある。正確さのかわりに誇張がある。謙虚さのかわりに自惚れがある。率直さのかわりに韜晦がある。」といって批判したんだ。覚えているだろう。

埴谷　甘いものは俺の好物でね。一九三二年五月から一年有半、豊多摩刑務所の独房に収監された時も、お袋や女房のさし入れてくれた砂糖をなめてなんとか命をつなぎ、戦後の記念碑的作品の構想を練ったんだ。甘いからといって和菓子やアンミツや駄菓子やケーキを軽蔑するもんじゃない。事実、

「首が飛んでも動いてみせるわ」（鶴屋南北）と硬派ぶっていた君が、戦争中、右翼の襲撃にあうや、「首が飛ぶどころか、二つ三つなぐられるとともに、たちまち地上に長々と伸びて動かなくなっ」た逸話は有名じゃないか。長い独房生活と、二つ三つの鉄拳と、経験の差がどんなにちがうか比べてみたらいい。

花田　非暴力主義者として当然のことさ。君のように、獄中でカントとかドストエフスキーを読み耽って、内面的な転向をとげたなどという伝説を撒き散らせなくて残念至極だ。俺は、戦争中、「率直な良心派のなかにまじって、たくみにレトリックを使い」モノを書いたまでさ。「良心派は捕縛されたが、私は完全に無視された。いまとなっては、殉教者面できないのが残念でたまらない」がね。

埴谷　まあ君とはたえず対極に立ちながら、戦後文学の可能性に、お互いの方法で挑戦したんだ。「一方は実存に投げ込まれた魂であり、また、他方はシュールリアリズムの彼方の物」というわけだ。しかしところでまことに「アイロニカルにまたユーモラスに論争」することによって、次の世代に「精神のリレー」をしようと努力した俺たちのことを、おめおめと生きながらえているあっちの連中は、どれだけ理解しているのかね。

花田　誰が理解するものか。俺は「思い出」なるものは大嫌いだが、遙かに想いかえせば、俺の「『戦後』は、敗北の連続」だったね。だからといって、なにも「愚痴」をいったり嘆いたりしているわけではない。「個人の敗北が、階級の勝利につながらんことを」願ったまでだ。こっちから見ていると、これほど「近代」が暴虐の限りをつくしている時代はないように見えるんだけど、あっちの連中は、のんべんだらりとして、いったい、何を考えているのかね。

埴谷　俺は君とちがって、「蜘蛛の巣のかかった何処か忘れられた部屋の隅」で、「永久革命者の悲哀」を、生涯語りつづけただけだが、君は、あきもせず、あまりパッとしない会ばかり、「ちぎっては投げ、ちぎっては投げ」つくってばかりいたからねえ。文化再出発の会、綜合文化協会、夜の会、記録芸術の会、そして新日本文学会――。しかし、俺は君に言ったことがあるね。俺が病気になった時は金を貸してくれる人がいるが、君にはいない、とね。会をいくら作っても、君は孤独だったのさ。最後に残った会もとうとう姿を消すという噂だね。

花田　お説ご尤も。「生活を喪失」し、「私的な交渉が、いっさい、ない」俺にとっては孤独は当然の運命さ。「集団のなかにおかれないかぎり、自他ともに、人間の正体など、永遠にわかるものではない」というのが、俺の自論だからね。こっちにくる直前、共同制作を提唱して、もう名前は忘れたが、ほかの三人と演劇の共同制作を試みたことがある（木六会公演『故事新編』小沢信男、佐々木基一、長谷川四郎と共同制作）。しかし、さっさとこっちに来てしまったから、どんな舞台だったか見てはいないが。そのあと誰一人、共同制作をやるヤツはいやしない。

埴谷　俺はもともと、俺の書くものは「何処か僅かな秘密の隅で読まるべき」もので、「本来は流通しない贋造紙幣」と思っているから、共同制作もへったくれもないんだ。それゆえ、あっちにいた時は、大量の流通を目的とする〝文庫判〟を俺は一切拒否したんだけど、俺がいなくなったら誰かが勝手に禁を破ってしまって、贋造紙幣が流通しているようだよ。読んでも、ロクに理解できるヤツはいないからいいようなもんだけどね。

花田　そこが君のダメなところなんだ。もう五〇年ほど前、あっちにいた時だけどね、なんて言ったか名前はとうに忘れたが、ある日、まだすれていない無邪気な表情を残した二〇代半ばの編集者が飛びこんできて、俺の本を作りたいというんだ。儲けさせてやろうと思って、口絵に著者近影として、俺にそっくりな男前のアメリカの有名な俳優（ヴィクター・マチュア）のブロマイドをのせろと主張したんだが、結局のらなかった。スキャンダルをおこして折角ベストセラーにしてやろうと思ったのにね。『アヴァンギャルド芸術』だったかな。まあ、以後、そのケチな出版社から、くされ縁で一七、八冊本は出したけどね。

埴谷　そいつなら俺も知っている。結核と心臓病で寝こんでいたところに、やはり飛びこんできて、俺の「断簡零墨」までを本にしたいというんだ。俺がすぐ死ぬと思って、惻隠の情にかられたんだろうね。花田と俺とノロマヒドシという綽名の小説家（野間宏）とは、出版社つぶしの三傑だといったんだが、きかないんだな。結局、あちらにいる間に、評論集二一冊、対話集一二冊作っちゃったけどね。いまもそいつは、闇書房か黒書店か知らないが俺の本の書名にそっくりな、いかにも暗い社名で、やめればいいのによたよたしながら出版をつづけているらしいよ。

花田　〝竹林の隠者〟といわれたヤツ（富士正晴）の言葉を借りれば、「アホか」さ。それにしても、日々、あっちは悪くなっているようだね。そういえば、俺の書いた匿名のものまで、重箱の隅をつっつくようにして集めて、俺がいうのもなんだが画期的な全集を作った、これもアホな男（久保覚）もいて、もうこっちに来てるらしいが、彼が書いていたな。「資本主義との徹底した、持続したたたかいをたたかおうとしない者には、花田清輝の思考作業がもつ切実な意味など、ただ単にわけのわからない不可視なものにしかすぎないだろう。」とね。

埴谷　あまり、自分をかいかぶるなよ。はじめに引用した俺の詩は、あとこうつづいているんだ。「ただなし得なかった悲痛な願望が、私達に姿を見せることもない永劫の何物かが、なにごとかに固執しつづけているひとりの精霊のように、高い虚空の風のなかで鳴っている。」と、ね。
花田　もう、日本はダメだねえ。
埴谷　うん、もうダメだねえ。
花田　しかし、まあ、そんなことはどうでもいい、や。
埴谷　あっは！　ぷふい！

付記　この「対論」は、表題で示したように、こっちから言えばあっちの「冥界」での両雄のテーマなきおしゃべりを録音したものである。なにぶんにも場所が場所だけに設備がととのわず、時には聞きとりにくい部分もあったが、適宜、引用等で補い、構成したものである。従って文責は、「記録・構成」者にあることを付記する。両雄のことであるから、対論は果てしなくつづくが、「記録・構成」者の力量不足から、一応ここで抄録とする。両雄のご冥福、いや、さらなるご健闘を祈る。

（2004・1）

＊花田清輝・一九七四年九月二三日没、六五歳。埴谷雄高・一九九七年二月一九日没、八七歳。

〝精神の改造〟をこそ

ある日突然、瓜生良介さんから電話がかかってきた。電話は突然に決まっているが、四〇年ぶりの突然には、いささか狼狽《うろたえ》ざるを得ない。「ところで、発見の会で花田清輝を上演するんだけど、パンフに何か書いて下さい」。えっ！　発見の会はまだ生きていたのか（失礼）。四〇年前――一九六四年七月、いまは亡き廣末保『新版《うらおもて》四谷怪談』の演劇集団発見の会・劇団演劇座合同公演。演出・瓜生良介。わたしは、これもまたいまは亡き演劇座文芸演出部のはしくれとしての参加であった。

この間に、瓜生さんは、〝快医学〟なる奇怪な（失礼）学問を立ち上げ、「世界快医学ネットワーク代表」の座にまで登りつめていた。むろん、その高名は聞き知ってはいたが、同時に、かつてのアンダーグラウンド演劇運動のかぼそい灯も（失礼）、点《とも》しつづけていたのである。いや、瓜生さんにとっては、舞台と医療との出会い、そしてそれらの往復運動は、極めて当然なことであり、快医学発見の道でもあったのである。

そのことは、早速に贈ってくれた瓜生さんの著書『新・快医学』（徳間書店）と、鼎談・ブックレット『朝一杯の「百薬の長」』（日本緑十字社）を読んで知ることができた。〝朝一杯〟が、お茶でもコーヒーでもなく、自分のオシッコであることへの躊躇《ためらい》をのぞけば、「自分を癒し、他人を癒し、地球を癒す」快医学とは全く無縁な人生を生き、老いて腎臓と心臓を病んでいるわたしにとって、瓜生さんの颯爽たる提言・治療は、まさに目からウロコの思いであった。しかしもはや遅く、いくら悔やんでみてもはじまらない。

悔やむといえば、花田清輝さんがこの世を去ってから三〇年。一九七四年九月、六五歳の余りにも早すぎた死であった。「生きることか。それは家来共にまかせておけ」という、花田流呪文どおり、徹底して瓜生さんとは反対の〝不快医学〟の生涯であった。伝えるところによれば、脂っこいものが好きで野菜を食べず、胸が痛んで血圧が二〇〇を越えても、倒れて歩けなくなるまで医者に行かず、死んでみたら血管がボロボロだったという。瓜生さんがもっと早く面倒をみてあげていたらと、悔やまれてならない。

それはともかく、シアターχ《かい》の劇場プロデューサー・上田美佐子さんが、昨年から二年がかりでとり組んできた「ブレヒト的ブレヒト演劇祭」で、花田さんの遺作となった戯曲『首が飛んでも——眉間尺《みけんじゃく》』（魯迅「鋳剣」より）と、はじめての戯曲『泥棒論語』を上演したのは、舞台成果はどうあれ、大胆不敵、見事というほかなかった。ブレヒトを理解する手がかりとして、花田清輝と魯迅に焦点をあてた理由について上田さんは、「船乗りが天測したように、三人の星を見て私たちがどこに向かうかを知るきっかけになればいい」と、どこかで語っていたが、戦後、ものごころついて以来、「魯迅・ブレヒト・花田清輝」と〝呪文〟を唱えつづけてきたわたしにとって、わが意を得たりというほかなかった。

さてところで、快医学の権威瓜生さんは、生涯にわたってみずからの肉体への不快感をものともせず、心臓まで犬にくれてしまった花田さんと、どのように舞台で四つに組むのであろうか。そういえば、花田さんのみならず、魯迅もブレヒトも、揃いも揃って快医学の恩恵に浴することなく、ともに早死にしてしまった。一九三六年、肋膜の持病・喘息などで魯迅死去。五六歳。一九五六年、心臓発作でブレヒト死去。五八歳。二人とも、若き日、医学を志しながらそれを放棄したことでも共通している。

魯迅が、仙台の医学専門学校（東北大学の前身）に留学中、ある幻燈事件をきっかけに医学への道と決別したことは、その著『吶喊《とっかん》』自序に書かれていて有名である。日露戦争のニュースの中で、ロシア軍のスパイとして首を斬られる中国人の画面に遭遇したのである。日本人の「同級生たちの拍子と喝采」の屈辱を身に浴びながら、魯迅は決意する。

「私は、医学など少しも大切なことでない、と考えるようになった。愚弱な国民は、たとい体格がどんなに健全で、どんなに長生きしようとも、せいぜい無意味な見せしめの材料と、その見物人になるだけではないか。病気したり死んだりする人間がたとい多かろうと、そんなことは不幸とまではいえぬのだ。されば、われわれの最初になすべき任務は、彼らの精神を改造するにある。」（竹内好訳）

誤解しないでいただきたい。わたしは決して、瓜生さんの快医学に異議を唱えているわけではない。なぜなら、瓜生さんは、〝肉体の改造〟とともに〝精神の改造〟を、はじめに書いたようにそれらの往復運動をこそ目指しているからである。そうでなければ、肉体の改造などには一顧だに与えず、さっさとこの世におさらばしてしまった花田清輝などを舞台にひっぱり出すはずがないではないか。

もともと、花田さんの『泥棒論語』は、一九五八年、瓜生さんの演劇の師匠である土方与志の演出（これが最後の演出・翌年死去）で初演された。一九六八年、演劇座で再演、高山図南雄演出、わたしも演出協力したことがある。久しぶりのシアターχ《カイ》の舞台で、あらためて花田さんの台詞《せりふ》のひとことひとことが、どんなに現代にまでとどき、わたしたちを鼓舞しているか、驚嘆のほかなかった。健康食品・マニュアル本は巷に溢れ、たしかに〝体格〟はよくなり、日本は世界に誇る長寿国になったかも知れない。しかし他国の戦火や飢餓をよそ目に、アメリカ・ブッシュの暴力に尻尾を振る日本である限り、ますます日本人が〝愚弱な国民〟になることは言う迄もない。

この公演が、願わくば、わたしたちの〝精神の改造〟に寄与されんことを！


（2004・12）

＊瓜生良介・二〇一二年九月五日没、七七歳。

ブレヒトの〝隠し子〟
――花田清輝と広渡常敏

花田清輝さんは生前、「わたしはブレヒトの日本における生まれ変りではなかろうか」と、つい口をすべらしたことがある。それにならっていえば、「広渡常敏はブレヒトの日本における隠し子ではなかろうか」と、わたしは密かに疑っている。わたしは外国の人には余り馴染みがないが、魯迅とブレヒトには特別の敬意を表しているので、この二人の「生まれ変り」や「隠し子」ならば、文句なしに好きになるという悪い性癖がある。血の関係は大嫌いだけれども。

魯迅もブレヒトも、大変困難な時代を生き抜き、さまざまな矛盾の真只中でたたかったことは周知のことだが、「生まれ変り」も「隠し子」も、この近代日本の歴史的矛盾を山ほど背負った戦後を、よく生き抜きたたかった、と思う。ブレヒトの芝居小屋のロビーには公演中、珈琲店がでていて、わたしはみた覚えがないが、「矛盾した空間の味」という看板がさがっているという。どんな味かは飲めばわかるそうだが、そういえば、「隠し子」は、店にデンと坐って、手づからいつも珈琲を入れていたけれども。

編集者であるわたしは、よくよく考えてみると、この日本の「矛盾した空間」と悪戦苦闘した人たちの本を、後世への証拠物件として世に遺そうとしてきたのかも知れない。それで「生まれ変り」の本を二〇冊近くも作った。「隠し子」の本は、生前二冊、没後一冊、わずか三冊に過ぎないが、演出家がそんなにモノを書くわけでもないから、仕方あるまい。しかしこの三冊で、「矛盾した空間の味」は、十分味わえると思うけれども。

花田さんは晩年、「わたしの戦後は敗北の連続でした」と書いた。しかしつづけて、そんなことをいくら愚痴っても仕方ない、「わたしの敗北が階級の勝利につながらんことを」と。広渡さんも永劫の彼方から、呼びかけているのではないか。「わたしの戦後は敗北の連続でした。しかしわたしの敗北が、東京演劇アンサンブルの勝利につながらんことを」と。

（２００７・10）

長谷川四郎

コラージュ風に

長谷川四郎さんと比較的足繁くお会いしたのは、一九六〇年代半ばの数年間であった。仕事のことだけでなく、出版企画から果ては金策に至るまで、さまざまな相談に懇切にのってくれた記憶がある。しかし、そのなかみはほとんど覚えていない。なぜなら長谷川さんは、花田清輝さんがいうとおり、「ひどく寡黙な人物であって、たいていの用事は、パントマイムで片付けた」からである。場所は安酒場が多かったが、大柄な長谷川さんの傍らには、いつも、にこにこ柔和な微笑を浮かべた小柄な菅原克己さんのいることが多かった。

長谷川さんの仕事では、未來社時代、ブレヒトの『コイナさん談義』の翻訳（一九六三年四月刊）と、連作短篇小説集『目下旧聞篇』（同年一二月刊）の二冊の刊行にわたしはかかわったに過ぎない。しかし当時、夜間、わたしは劇団演劇座の文芸演出部にも所属していて、長谷川さんに戯曲を頼んだりしていたのである。どちらかといえば、本業の出版についてよりも、副業の演劇についての話しあいが多かったかも知れない。それが『二つに割れば倍になる』で、一九六五年二月、花田さんの『就職試験』とともに上演されたのだった。しかし以後、個人的な行き来はあっても、ついに仕事でのかかわりはなかった。一九八〇年末、病気の発作で入院されても、その病状のただごとならぬを聞き、とても見舞う気持になれなかった。重い自責の念を抱きながら、一九八七年四月二二日、代々木葬祭場でのお訣れとなったのである。

藤田省三さんによって評されたように、よれよれのレイン・コートを着たピーター・フォーク演ずる『刑事コロンボ』のように、また、誰もがいうようにジャック・タチ監督の『ぼくの伯父さん』のように、飄々、茫洋とした長谷川さんの懐かしいイメージを追想しながらも、これまで、わたしは長谷川さんについて何ひとつ書いたことがない。あるいは、書けなかったのである。だが幸いなことに、長谷川さんの仕事や風貌について書かれた見事な文章は数多い。失礼ながら、それらを断わりもなく勝手に引用、コラージュさせていただくことで、長谷川四郎という、戦後文学にとって多彩で独特な位置を占める作家の姿を描き出せればと思う。

＊

戦後いち早く、デュアメルの長篇小説『パスキエ家の記録』の翻訳をはじめ、戦後文学の暁鐘を告げた『鶴』『無名氏の手記』『赤い岩』などの長谷川さんの小説集を世に送ったのは、みすず書房である。その編集者だった小尾俊人さんは、一言のもとになんと卓抜に長谷川さんを評していることか。

「長谷川四郎は巨人だった。身体もそうだったが、精神としてもそうだった。何よりも詩人だった。しかし同時に作家であり批評家であり、カリカチュアリストであり、オーガナイザー（？）であった。勤勉な精神労働者であり、昨日の自己を超えて進む人であり、友人としては批評を挨拶と考えるようなたちの人だった。距離のパトスをほとんど生得的に持ちながら、共感と愛情の人だった。」

〝巨人〟というと、なんとなくジャイアント馬場などを一瞬、思い浮かべるムキもあるかも知れないが、さにあらず、川崎彰彦さんの鋭敏な観察によれば、次のごとくである。

「背の高いがっしりとしたからだつき、潮風になめされたような顔の色、その上に乗っている短く刈り込んだゴマ塩頭、さらにその上には外国の労働者がかぶるような鳥打ち帽がイキなかっこうで乗っていた。背筋をシャンと伸ばして、大股にさっさと歩いた。」〝さっさ〟と歩きだすと、長谷川さんはどこまでも行ってしまう。「長谷川四郎伝説というのがかなりあって、新日本文学会の何かの会議の席から、ふいといなくなり、トイレにでも立ったのだろうと思っていると、その足でナホトカ航路の貨物船に乗り組み、雑役夫をやっているというぐあいなのだそうだ。海員手帳をもっている作家、などともいわれた。」

長谷川さんの芸術運動における盟友・花田清輝さんを「サモワル型」といい、長谷川さんを「揺り椅子型」と評したのは、関根弘さんである。そういえば、花田さんは、戦前、朝鮮の独立運動家の一員だった朝鮮人と、当時の「満州」の朝鮮人居住区に行った以外、生涯、一歩もこの島国から出ようとしなかった。西欧ルネサンスを縦横に論じたにも拘わらず。「これにたいして、長谷川四郎は、たえず移動した。満鉄に就職し、中国各地で生活、応召、ソ連国境警備隊、敗戦で捕虜、シベリヤ送りとなり、帰国という席の暖まるヒマもない半生だ。日本にもどったのは四十一歳のときだが、わたしたちと文学運動をはじめてからも気軽に海外へ出かけていった。大学につとめたが、あるときの夏休に、ロシア語通訳として貨物船に乗りこみ、シベリヤと中国にいった。誰にもできる芸当でなく本当におどろいた。これは、ほんの一例で、ベルリン、キューバ、プラハなど機会をとらえて旅行した。」

〝移動〟といい〝旅行〟といえば聞こえはいいが、〝シベリヤ送り〟の四年半で、長谷川さんが従事した労働は、炭鉱夫、煉瓦作り、線路工夫、森林伐採、材木流し、馬鈴薯の積みおろし、糞尿処理etc。栄養失調で〝巨人〟は骨と皮となって一九五〇年復員したのである。しかし休む間もなく、長谷川さんは、のちに『シベリヤ物語』として一書にまとまる作品を「近代文学」一九五一年四月号から連載しはじめ、埴谷雄高さんを〝びっくり〟させた。

「『シベリヤ物語』が連載されはじめると、その澄明な静かな抒情性——例えていってみれば、滑らかで均質な小さな四角い透明な氷塊から、菊の花や亀甲型の化学方程式をもった雪片の顕微鏡的結晶を見るような一種幾何学的構成をもった静謐な抒情性に接して、私達はみなびっくりしたのである。なんという澄明で静謐な美しさだろう！　この一見茫洋として繊細な長谷川四郎の筆にかかると、零下十数度のなかで凍りついた便所の下の巨大な集塊さえも『美しく』思われるのである。」

「戦時強姦はしない」と心に決めて中国戦線に狩り出され、結局は鉄砲ダマひとつ撃たないで復員した富士正晴さんも、長谷川さんの〝戦争小説〟に共感する。「長谷川四郎とわたしとに何か共通しているようなものがある気もする。それは一言でいえば、三十過ぎての一兵卒としての戦争体験、一兵卒としての観察、感受、つまり、軍隊を見る視点が、将校、下士官といった高いところになく、もっと地面に近いところから見ていたということだろう。」

いらい、長谷川さんは、さまざまな領域に、〝一兵卒〟のように、下積みの仕事であれなんであれ、せっせと精を出す。池内紀さんはそれを〝全人的な姿勢〟という。

「すっくと立って、さっさと歩きだすのが好きだった。仕事をしているかい、仕事をしたまえ、いっしょに仕事をしよう、と口癖のように言っていた。ノンシャランなようでいて神経がこまやかで、上質のユーモアとともにピリッと辛いエスプリをそなえていた。硬い石に刻みつけたような小説の一方で、すっとぼけたコントを書いた。澄みきった夜空のような童話を書いた。林不忘、谷譲次、牧逸馬の一人三役を使いわけた才気煥発な長谷川海太郎の弟、長谷川四郎は、兄に勝るとも劣らない芸達者で、コクトーばりのペン画が上手だった。何よりもその仕事のすべてに及んで、ある全人的な姿勢といったものがくっきりと見てとれた。その人がいるだけで、何かしらこの世が生きる値打ちのあるように思えてくる、そんな〈ぼくの伯父さん〉だった。」

ところで、わたしがかかわった二冊の本についてはどうか。大急ぎでひとこと。「『コイナさん談義』の、訳者として、長谷川四郎以上に望ましいひとは、ほとんど考えられない。」と野村修さん。『目下旧聞篇』については、「批評的にして抒情的な、辛辣にして諧謔的なその文体は、これまた長谷川四郎独特のもの」と佐々木基一さん。さて、演劇はどうだったか。同じくその頃、劇団六月劇場の演出家だった津野海太郎さんは、長谷川さんの戯曲『審判・銀行員Kの罪』と取り組んだが、「たいへんな難物だった」と、次のように回想している。

「長谷川さんの台本は、どれをとっても知的かつ高級だった。あるいは難解にして奔放だった。こういう芝居がおおぜいの観客にアッピールするなどとは、とても思えない。そしておそろしいことに、その長谷川さんが酔っぱらって、私たちのテント芝居を『きみたちは大衆的じゃない』と責めるのである。」『二つに割れば倍になる』も、あらためて台本を読みかえしてみたが、似たようなものであった。しかし、長谷川さんに酔っぱらってからまれた記憶がないのは、例のパントマイムのからみだったためかも知れない。

その長谷川さんや花田さん佐々木さんなど、ひとまわり以上も先輩の豪の者たちを向こうにまわして、魯迅の『故事新編』を共同合作で戯曲化・上演した小沢信男さんは、いまはなき「新日本文学」を據点としての芸術運動における長谷川さんの最も良き理解者としての文章も多い。良き理解者といえば、『長谷川四郎全集』全十六巻（晶文社）の「解題」を書いた福島紀幸さんがいる。これは単なる「解題」といったシロモノではない。これほど長谷川四郎という存在の全体像を描ききった労作をわたしは知らない。しかし、お二人の引用はあえてさし控え、『花田清輝全集』全一五巻別巻二（講談社）で、これまた比肩を許さぬ「解題」を作成し、一九九八年に六一歳で急逝した久保覚さんの言葉でとどめとしよう。

「ちょっと想像してみてほしい。最初の『シベリヤ物語』からいちばんあたらしい本である『北京ベルリン物語』にいたるまでの書かれたものと、『デルスー・ウザーラ』やロルカやブレヒトのすばらしい訳者と注釈者であり、さらにまた金芝河の芝居の熱心な日本語版台本製作者と演出家であるような長谷川四郎がもし存在しなかったとすれば、ぼくらはいまよりもはるかに、日本の現代文学の状況の貧しさに絶望していなければならなかっただろう。そのテキストをよむたびに、そして、折りにふれての会話のたびに、ぼくはいつも、長谷川四郎のなかの広大な空間のざわめきによって、じぶんの固定した感性の境界線がゆり動かされるのを感じないわけにはいかない。」

長谷川さんは、「案ずるより生むがやすし主義者」であり、「生れつき恋愛メロドラマ的なものは性に合わない」人であり、「いつでも暗中模索」しているので「一寸さきは光のような気がしている」人であり、「有名なる個人が幅をきかす現代という時代の不幸」を何よりもよく知っている人であった。

（2006・12）

引用出典――『長谷川四郎全集』全一六巻（晶文社）「月報」／長谷川四郎『鶴』「解説」「作家案内」（講談社文芸文庫）／『ぼくのシベリアの伯父さん　長谷川四郎読本』（晶文社）／「新日本文学」一九八八年夏号／「新日本文学」二〇〇四年一・二月合併号

島尾敏雄

三つの「あとがき」から

島尾敏雄さんの三冊のエッセイ集の刊行にかかわったのは、未來社在職中のすでに四〇年以上を距てる一九六〇年代前半のことである。すなわち、『離島の幸福・離島の不幸――名瀬だより』六〇年四月刊、『非超現実主義的な超現実主義の覚え書』六二年六月刊、そして『私の文学遍歴』六六年三月刊である。それらの刊行にまつわることどもについて、それぞれの著書の巻末に書かれた島尾さんご自身の「あとがき」「後書」を引用させていただくことでふりかえってみたい。

＊

『離島の幸福・離島の不幸』あとがき

これはひとつの南島体験の過程の報告書ですから、そのかぎりでの限界と、もし受取ってもらえるなら興味も、そなえているのだと思います。前半の「名瀬だより」ははじめ三回分ばかりのつもりで「新日本文学」編集部のすすめで書きだし、途中でたびたび休息をしながら、どうにかこれだけは、つづけることができました。そのころ原稿の連絡を担当してくださった玉井五一氏にはげまされるところが多かったのですが、同氏はまたそれを未來社の松本昌次氏に手渡してくださったのです。ちょうど小説を断念しなければならない危惧を抱いていた時期に、「名瀬だより」を書くことによって、どうにか現在のところまでつながれてきたような気がします。でも奄美諸島の日本復帰運動のあらましと民謡のことを、はぶくことができないにもかかわらず、準備不足で書くことができずに中絶させてしまいました。「名瀬だより」を書いていたときは、まだほかの奄美の島々を見ておりませんでしたし、手さぐりでの書きつけですから、校正しながら、ずいぶん気になるところが出てきました。奄美諸島のことを書く場合は、五つの大きな島のうちどの島のことかをはっきりさせなければならないと今では思っておりますが、そこのところがいくらか動揺しているのは、そのためです。「名瀬だより」は、名瀬において見聞しながら、くだのぞきした奄美の五大島のうちのひとつの「大島」(ほかの大島と区別するためには「奄美大島」、ほかの奄美の島々と区別するためには「大島本島」というよび方がありますが)のことだと受取っていただいていいのだと思っています。しかし、大島は、ほかの島々を代表できる要素もたくさん含んでおりますから、そこでの考察は、やがてほかの島々への広がりをもっていることも否定できません。第二部には、そのへんのゆれうごきの過程が出てしまいました。現在では私は、大島のほかの四つの島の徳之島も喜界島も沖永良部島も与論島もひととおり見てきましたので、それぞれの島の輪郭をひとつずつ描くことによって、大島との対比の中で琉球孤の北の部分としてのアマミをつかみたいという期待に充たされて居ります。

(中略——口絵及び本文中の写真を提供してくれた、鹿児島市の久保統一氏、名瀬市の吉山重雄氏、河内嘉純氏、L神父への感謝の言葉がしるされている。）

なお、「離島の幸福・離島の不幸」の書名は松本氏の提案を受けました。また遠隔の地ですので、本書ができあがるまで、いちども直接の手つだいができず、多くのめんどうを同氏はじめ編集の方々にかけてしまいました。

＊

島尾さんは、ミホ夫人のこころの病いの療養のため、一九五五年十月、ミホさんの故郷である奄美大島名瀬市に移住した。そして高校教師などを経て鹿児島県職員となり、図書館勤務のかたわら、「新日本文学」一九五七年五月号から翌々年一月号にかけて、「途中でたびたび休息を」とりつつ、「名瀬だより」を連載したのである。

島尾さん夫妻が名瀬市に移住される以前、わたしはお二人に会った記憶はない。しかし、それまでに刊行された島尾さんの著書――『単独旅行者』（真善美社・四八年一〇月）、『格子の眼』（全国書房・四九年三月）、『贋学生』（河出書房・五〇年一二月）、『帰巣者の憂鬱』（みすず書房・五五年三月）、『夢の中での日常』（現代社・五六年九月）などを読み、わたしは深く魅《ひ》かれていた。未來社に入社（五三年四月）以來、第一次戦後派と目《もく》される花田清輝、埴谷雄高、野間宏さんや、「近代文学」に據《よ》る平野謙・本多秋五さんなどのエッセイ集の編集にわたしは主としてかかわってきたが、五〇年代後半から六〇年代はじめにかけて、いわゆる〝戦中派〟と呼ばれた吉本隆明・井上光晴・橋川文三さんなどのエッセイ集・小説集などにかかわりはじめていたのである。そんな折、三一書房の編集部を退き、「新日本文学」の編集部にいた旧友の玉井五一から、「名瀬だより」の単行本化をすすめられたのである。これが島尾さんの三冊のエッセイ集を出版するきっかけとなり、やがて島尾さんご夫妻ともお会いすることができたのである。

しかし、わたしの提案によるこの本の書名は、島尾さんの気に入らなかったようである。七七年一〇月、農山漁村文化協会で再刊された時、書名が原題の『名瀬だより』に戻ったことでもそのことは明らかである。優しい島尾さんは、内心反対だったにも拘らず言い出せなかったにちがいない。わたしの友人たちの間でも、のちに、この書名は、悪評嘖々《さくさく》であった。書名では、次の島尾さんのエッセイ集でも、わたしは突飛な提案をしたのだった。

＊

『非超現実主義的な超現実主義の覚え書』後書

小説を書く準備の、試みのつもりの文章を集めてみました。区切りのはじめを、昭和二十三年の、自分の小説の同人雑誌以外の文芸雑誌への最初の発表のころに置いて、それ以後のほとんどすべてを収めてもらいました。正確にいえば、やはり未來社から出版された南島生活のはじめの報告をまとめた「離島の幸福・離島の不幸」がありますから、これは二度目の試みのための文章になります。どちらも松本昌次氏によって編集されそしてその書名が選ばれました。「非超現実主義的な超現実主義の覚え書」という題名は、この書物にも収めた映画雑誌のために書いた短いエッセイのテーマですが、今ではそれを書いたときの気持をすっかりは思い出せず、或るはじらいが消せません。自分の書いたものの切抜きの中から保留の方にまわして置こうかとふと考えないでもなかったのに、それを清岡卓行氏が或るエッセイの中でとりあげて好意に満ちた意味づけを施してくれたことがありました。そして又ふたたび松本氏がこの試論的雑文の数々を肩代りさせる書名としてそれを選びとってくれました。すべての文章が、記録と記憶の不確かさにかかわらず編年風にならべられたことは私のためらいをなぐさめてくれます。それはいくらか自分の小説の弁疏書としての性格を帯びてくるからだという気がします。南島雑記と東北昔ばなしを、全体の年次からはずして別にまとめたのは、自分の文学の風土を自分に言いきかせたかったからです。

＊

この書名もまた、わたしが提案し、実は、島尾さんの小説の作風に最もふさわしいものと、勝手に思いこんだのである。なんとも長ったらしく、書店などで誰もが口ごもってすらすら発音できない有様で、一部の島尾ファンに少部数迎えられたに過ぎなかった。しかし、それまでに書かれたエッセイ一二九篇を、まさに断簡零墨に至るまで「編年風」に8ポ活字でビッシリつめこみ、貼函入りの当時としてはいささか贅沢な造本だったこの風変りな書名の本は、現在、古書価が比較的高いという。わたしとしても愛着深い一冊だが、それから数年を経て、第三冊目のエッセイ集を刊行させていただくに当っては極めてまともな書名を選んだのである。

＊

『私の文学遍歴』後書

「非超現実主義的な超現実主義の覚え書」以後の雑文を集めた。

ただ、まえとちがって、南島（奄美や沖縄など）についてのそれはすべてのぞいた。その分は別にまとめたかったから。南島生活も十年を越し、いきおいその周辺の雑文がふえてきたわけだ。

この「私の文学遍歴」は、つまり折々の反応のかたちを採っているが、結果として自分のやせた「文学的遍歴」の過渡的側面をあらわにしたことになった。

＊

ここでいう「南島（奄美や沖縄など）についてのそれ」は、同年七月、冬樹社から刊行された『島にて』に収められた。この後、七〇年四月、雑誌「未来」の〝著者に聞く〟という欄で、島尾さんへのインタビュー「琉球孤からの報告」を掲載した。以上が、ほぼ一〇年間にわたった島尾さんとの編集者としてのかかわりであった。

『離島の幸福・離島の不幸』を刊行して間もない頃であったと思う。当時、晶文社の編集者だった小野二郎さんとある呑屋で話していた時、小野さんが「今後、島尾敏雄の作品は、わたしが全部頂きますからね」というようなことを言ったのを覚えている。わたしはびっくりしたが、その言葉どおり、小野さんは、まもなく島尾さんの『作品集』全五巻（六一年七月〜六七年七月）の刊行をはじめ、ついには『全集』全一七巻（八〇五月〜八三年一月）に及んだのである。小野さんは『全集』の完結を見ることなく、無念にも八二年四月、五二歳で急逝したが、島尾敏雄という一作家に賭けた一編集者の思いの深さに、わたしは同業者として心から脱帽のほかなかった。

二年半ほど前（二〇〇五年）、「戦後文学エッセイ選」刊行にあたって、本当に久びさに、名瀬市に住むミホ夫人に電話を入れた。八二年五月、埴谷雄高夫人の一周忌の集いが〝車屋〟本店で開かれ、そこで島尾夫妻にお会いして以来ではなかったたか。その席上、六三年のいつごろだったか、長女のマヤさんが、講談社の裏手にあたる東大附属病院分院に入院していたことがあり、退院のさい、名瀬に送る荷物作りをしたことなど、丁重にお礼をいわれたりしたものだった。それから数年後の八六年一一月、島尾さんは六九歳で不意にこの世を去った。

四半世紀を距てての電話だったが、ミホさんはよく覚えていてくれ刊行を喜んでくれたが、しばらく前に亡くなったマヤさんの話になると、「毎日、マヤの写真の前で泣いているのよ」といわれたのである。一瞬、わたしは言葉を失なった。その悲痛なミホさんの電話の声がまだ耳底から離れない今年の三月二五日、こんどは思いもかけず、ミホさんが亡くなったのである。八七歳。もう一冊の島尾さんのエッセイ集をミホさんのお手もとに届けることはかなわなかった。

（2007・9）

木下順二

追悼

木下順二さんが亡くなった。そのことは十一月二十九日夜、玄関のドアに貼られた一枚の紙によって知らされたという。木下さんはすでに十月三十日午後九時五十三分、永眠していたのである。九十二歳。木下さんらしいきっぱりした生涯の閉じ方であった。

木下さんは、日本の〝木に竹をついだ〟ような近代の矛盾を、生涯、作品をとおして問いつづけた。それは、戦時下、遺書のような思いで書かれ、戦後改稿されて木下さんの劇作家としての出発を告げた『風浪』いらい、一貫している。『風浪』は、明治初年の熊本での神風連の乱を舞台に、さまざまな思想遍歴の果て、終幕、逆賊・暴徒と呼ばれた西郷隆盛に与《くみ》し、西南戦争に身を投ずる主人公の苦悩が描かれている。彼はいう。

「俺ァもう逆賊でッよか。暴徒て呼ばれてッ構わん。とにかく大儀ばうち忘れとる今の政府ば倒そうちゅういくさに、俺ァ飛びこんで行く。」

彼の決断が、いかに空しい挫折・敗北の道であったかは、以後の歴史が証明している。では、勝った明治政府は正しかったか。欧米諸国に追従し、富国強兵・アジア諸国侵略の道を一挙に駈け抜け、敗戦という破局に至った日本の近代とはなんだったのか。木下さんは、主人公の挫折・敗北を描くことによって、〝大義〟を忘れた日本の近代に、根底からの疑義・批判を提出したのである。かつてわたしは、次のように書いたことがある。

――木下さんのかずかずの戯曲＝劇文学……がわたしたちに限りなく深い感銘を与えてやまないのはなぜでしょうか。それはどのような主題を描いても、時代を誠実に生き、たたかい抜いた人びとを、勝ち戦《いくさ》からではなく負け戦、成功からではなく挫折、光の側からではなく影の側から描くことによって、夢や理想を求めて格闘し斃れた人びとへの鎮魂と愛の思いを作品にこめているからではないでしょうか――と。

『オットーと呼ばれる日本人』は、いわゆる「ゾルゲ事件」を素材にしている。実在したゾルゲと尾崎秀実《ほつみ》は、「国際諜報団首魁」、つまりスパイとして、敗戦前夜の一九四四年十一月、現在の池袋サンシャインビルのある巣鴨プリズンの死刑台で処刑されたが、果たして、一刻も早く戦争を終らせたいと行動した彼らと、破滅的な敗戦に日本人民をひきずりこんだ大日本帝国に与した彼らとのどちらに、人間としての誠実さがあったかを、木下さんは問う。

『蛙昇天』は、シベリア捕虜収容所から帰国した哲学徒・菅季治《かんすえはる》をめぐる「徳田球一要請問題」という、一九五〇年に国会で起った事件を素材にしている。左右の政治家の利害にもみくちゃになり、苦悩した菅季治は、中央線吉祥寺駅附近で列車に身を投げたのである。ドラマは蛙の世界にしてあるが、

「真実を真実だとする精神」のない政治世界への木下さんのやりきれない思いは、胸を打つ。『沖縄』は、木下さんをして、「やっと〝ドラマ〟が摑めた」といわしめた作品である。戦争中、恋人を殺したヤマトンチュー（本土人）の元軍人に復讐し、最後に海に身を投げて自裁する女性が主人公である。彼女が「どうしてもとり返しのつかないことを、どうしてもとり返すために」という台詞をくりかえすが、このいかにも不可能と思われる台詞こそ、木下さんの生涯を貫く〝あかあかとした一本の道〟ということができる。日本の近代は、アジア諸国・沖縄などに、なんと限りない「未清算の過去」を残したままなのか。この痛恨の思いが、平家物語に託しての一大叙事劇『子午線の祀り』に結晶したと思える。

半世紀以上も距たる一九五二年二月、仙台の地にあったわたしは、『夕鶴』の東京公演を観るため上京、往復鈍行の夜汽車でトンボ帰りしたことがある。貧乏学生にとっては汽車賃ともども高い観劇料についたが、この舞台の感動がわたしの運命を決する予兆といえようか。翌年四月、木下さんの『夕鶴』と山本安英さんの『歩いてきた道』の出版で創業した未來社に編集者として入社することができたのである。いらい三十年、影書房を創業して二十年余、編集者としてお二人の著書に最も多くの時間かかわることができたかずかずの経験は、何ものにもかえがたい記憶として忘れることができない。

木下さんも山本さんも、国からの褒章は、一切拒絶した。批判・否定する相手から肯定されることを潔しとしなかったのである。木下さんの作品のほとんどを舞台で完璧に演じ、『夕鶴』を一〇三七回上演した山本さんは一九九三年十月この世を去った。いままた、木下さんが亡くなった。昨年六月、「戦後文学エッセイ選」の一冊として『木下順二集』を刊行できたことは、せめてものなぐさめである。

芸術家・知識人としての運命、そして覚悟とは何か、この矛盾だらけの近代日本でどのように身を処するか、お二人がわたしたちに遺した教訓は限りない。

（２００６・12）

〝螺旋形〟で発展するか

すでに七、八年前のことになる。一九九九年七月、「日の丸・君が代」法制化に反対する対話集会〈日本で民主主義が死ぬ日〉を、有志の方がたと開いた。その折、木下順二さんに、集会に寄せるメッセージをお願いしたが、ほかの岡部伊都子、金石範、富山妙子、鎌田慧の皆さんのそれらよりも、ひときわ語調が強く具体的で、会場で代読しながら驚いた記憶がある。それは次のようであった。――「日の丸・君が代」法制化を撤回させろ！／そのための方法をみんなで考え、知恵を出しあうことをやらねばいけない。／ＴＶ局が、これまで誰も思いつかなかったやり方で、百万人ぐらいの意見を一度に、そして何度も掬いあげる方法を考えろ。例えばそういうようなやり方で、日本人の世論を本当に掬いあげたら、結論は必ずＮＯだと私は信じている。――

いつの場合も沈着冷静といっていい木下さんにしては、強調符までつけた命令形で、珍らしく気負った呼びかけであった。戯曲としては『巨匠』（一九九一年・福武書店・民藝公演）、エッセイ集としては

『無用文字』（一九九六年・潮出版社）いらい、いくつかの舞台上演はあったにしても、宿痾の耳鳴りに加え、難聴に悩まされていた木下さんは、この間、ほとんど表だった作品活動をしていなかった。それだけに、木下さんの時代の動向に対する変らぬきびしい姿勢に、あらためて感銘を受けないわけにはいかなかった。

むろん、マスコミは世論を掬いあげようとはせず、結論はNOとはならなかった。いやそれどころか、事態は悪化の一途を辿り、いまや日を追い〝民主主義〟は死に瀕しつつある。しかし、考えてみると、木下さんの生涯は、このような小さな（実は決して小さくない）社会的・政治的発言のなかにも凝縮しているように思われる。最晩年の日々、木下さんは、この日本をどのような思いで見つめていたのだろうか。

一昨年六月、「戦後文学エッセイ選」全十三巻のなかの一冊として、『木下順二集』を刊行させていただいた。木下さんの膨大な量のエッセイのなかから、わずか三十篇ほどを精選するのは極めて困難な作業だったが、それに全面的に協力してくれたのは、木下さんに先立って昨年（二〇〇六）六月十日、世を去ってしまった宮岸泰治さんである。無念というほかないが、木下さんは、この一冊を大変喜んでくれた。からだのことを考え、電話と手紙だけで仕事をすすめたが、ただひとつ、二〇〇四年十月十四日付「朝日新聞」夕刊にひさびさに書かれた「螺旋形の〝未来〟」一篇を、最後に収録して欲しいと希望されたのである。わずか三ページにも満たない小さな（これも決して小さくない）エッセイは、生き残っているわたしたちへの、さりげない、ひそかな〝遺言〟だったのではないだろうかと、いまにして思う。奇しくも、この一冊が、木下さんの生前における数多い著作活動の最期ともなった。

エッセイの冒頭、木下さんは、敗戦直後の一九四七年に発足した〝未来〟グループの面々――中村哲・杉浦明平・内田義彦・丸山眞男・野間宏・寺田透・石母田正・岡本太郎（もはや誰もいない）の諸氏を思いうかべる。そして彼らとの酒を酌みかわしながらの侃々諤々《かんかんがくがく》の議論や、砂川闘争・安保闘争などにちらりとふれつつ、〈共同生活者〉進藤とみ子さんの「献身」でひとり生きのびていることに感謝し、「生涯の締めくくりとなる少なくない残務整理に日を送っている。」と書いている。いかにも木下さんらしく、これまでの人生の一側面を静かに、さりげなく、みずからの劇作については一言も触れずに〝一筆書き《ひとふでが》〟しているのである。

その上で、木下さんは、かつての時代からみて、現在の日本や世界、思想や歴史が必ずしも一直線に発展しているとはいえないが、〝螺旋形〟を描いて発展しているのではないかと、次のように書いている。――いま世界は大混乱の状態を重ねていると言えば言えるが、大か小かは別として、過去を考えてみても、世界はいつも、部分でか全体としてか、混乱して来た。そしてそれを正そうという努力もまた常に、部分でか全体としてか、払われて来た。その流れの中に今日現在もまたある。という意味で、今日現在も世界は螺旋形で発展しつつあると言ってはいけないか。――と。

かつての集会でのメッセージの調子とはうって変って、しかし基本的には共通する立場でみずからに言い聞かせるような書き方である。しかも、こんなことを言うと、かの、〝未来〟の会の面々から、「叩かれるか賛成されるか、さぞや喧々囂々《けんけんごうごう》の次第に相なることだろう」と、木下さんは、謙虚に文章をとどめている。すぐれた多くの劇作の中で、苛酷な運命や状況と立ち向かい、どんなに挫折し敗北し、訣別にさらされようとも、まさに〝螺旋形〟の発展に身を投じてきた人びとを描ききってきた木下さんにして、はじめて言える言葉であろう。そしてこれは同時に、生き残っているわたしたちへの、〝螺旋形〟の発展にいささかでも寄与して欲しいという激励の呼びかけでもあろう。しかし、いまは亡き木下順二さん、そして木下さんのすぐれた理解者で、わたしの最も良き相談相手だった宮岸泰治さん、ほんとうに「今日現在も世界は螺旋形で発展しつつある」と言えるのでしょうか。

（２００７・４）

家族史としての『本郷』

木下順二さんの「著作年譜」（『木下順二集』16・岩波書店）のページを繰り、摘記するとこうある。

一九一四年　○東京（市）本郷台町三〇番地に、父・木下弥八郎、母・三愛《みえ》の次男として生れる。

一九二三年　九歳　○九月一日　大塚窪町の家で関東大震災に遭う。

一九二五年　一一歳　○五月、父の隠退により熊本に移る。白川小学校に転校。この頃、ことばのためにいじめられるが、これが後に日本語の問題を考えることの手がかりとなり、戯曲や民話を書く上に役立った。

一九二八年　一四歳　○県立熊本中学に入学。

一九三二年　一八歳　○受洗。

一九三三年　一九歳　○第五高等学校文科甲類に入学。
一九三六年　二二歳　○東京帝国大学文学部英吉利文学科に入学。
○入学と同時に東京大学学生基督教青年会館に入り、以後一七年間居住。

以上が、『本郷』に書かれた時代で、翌一九三七年七月十日過ぎ、日中戦争勃発直後で幕を閉じる。著作中心の年譜なので、個人的事情などの記述は簡略だが、この時代の東京・本郷と熊本――この両方を木下さんは「郷里」と呼んでいる――の往来と家族関係こそが、木下さんの以後の劇作家としての道を決定づけたのではないか。

木下さんは次のように書いている。

「私の父は温厚な農業技術者であったと前に何度も書いたが、その温厚な農業技術者は、母にとっての二度目の夫であり、農業技術者にとって、母は二度目の妻であった。／初婚の西洋史学者が病死したため寡婦になっていた母と、姦通事件を起した妻を離別して一人になっていた父とが結婚して、私という人間が生れた。」

木下さんが『本郷』で長兄と呼んでいるのは、死別した夫との間に母が生んだ一人息子である。戦後二年目、学習院の次長だった長兄は、四十八歳で亡くなる。長兄が二十八の年に、母は「肥後熊本の因襲的な地主の一族」の真唯中にたった一人で乗りこむが、それまで、どのようにして長兄は母を守ってきたのだろうか。「そういう心情＝観念をconservatismと呼べるか？」と木下さんは問う。この語の意味は、進歩に対して保守であり、古い風習・考え方に使われるが、これを「人間のもう少し深いところ」の心情として考えるところに、木下さんの見事さがある。

一九二三年の関東大震災の折、大揺れの中、九歳の木下さんを横抱きにして階段を降りてくれた次兄は、年譜にはないが、一九三一年、肺結核のため三十歳で亡くなる。東大理学部を出た天文学者であった。その次兄に、木下さんはephemeralという語を結びつける。短命なとか、はかないという訳語があるが、それでもたりず、木下さんは、幻影とか幻想を意味するphantasmaという語を加える。その「確実に見えていてしかし捉えられない」次兄は、にも拘らず、木下さんに実在的《コンクリート》に記憶されるのである。

木下さんの熊本での「いわば青春の日々の十年ほど」で、決定的な決断に直面したのは、次兄の死によって「家」の跡を継ぐことを迫られた時である。木下さんは「いやなのです」と答える。父のショックは大きかったらしいが、父は二度とその話は切り出さなかったという。「大地主の下ぐらい」の木下さんの「家」は、「庭の広さは約千坪あって、庭の中を幅十数メートルの川……が貫流していた。」という。父母と姉との四人家族に、「女中」が三人いた。その家族のために、木下家の領地内で、小作人たちが歓迎の宴を開いたこともある。「やっぱ主《ぬし》が家《え》は良か家《いえ》だけん」という友人の言葉が胸にささり、木下さんの「地主的思想」との対立する思いは、次第に澱《おり》のように溜ってきたのである。一九三二年の「受洗」というたった二字も、重い。「私の思索の原基形態となるようなものを、ひとことでいえば原罪意識とでもいうべきものを」与えられたと、木下さんは書いている。

一九七二年に九十三歳で昇天された木下さんのご母堂は、死ぬまで毎日聖書を読んでいた方だが、「地主一族」の真唯中で、「毎朝髪を結って身じまいを済ますと、さあ何でもこいという気持に自然にならされてしまっていた」と、しみじみ語られたという。晩年、木下さんの終焉の地となった駒込千駄木町（現・向丘）の家で、ご母堂は木下さんと一緒に暮らされた。木下さんの家族で、わたしがお会いすることのできたただ一人の方だが、まさにその言葉どおり、毅然として優しい心遣いをされる忘れ難い人であった。亡くなった時も、死後の儀式は一切行わず、木下さんからの通知があっただけで、それは木下さんの死のありようと全く同じであった。

『本郷』は、本郷と熊本での生活と、それにかかわる人びとや風景に仮託しつつ、木下さんの「地主一族」との対立・訣別、そしてそれを支えた血族への愛と共感を描いた一個の家族史としても読むことができる。この二十年余を助走期間として、『あの過ぎ去った日々』（講談社）に描かれる劇作家の海へと、木下さんは船出して行くのである。

（2007・5）

I

ある対談のこと
――丸山眞男と木下順二

『山脈（やまなみ）』は、戦時中、遺書のようにして第一稿が書かれ戦後改稿された『風浪』につぐ、木下順二さんの戦後第二作目の多幕劇である。一九四八年三月、「別冊藝術」に発表され、翌年三月から四月にかけて、民衆藝術劇場（劇団民藝の前身）で初演、五一年と五二年にはぶどうの会で再演されたが、以来、芸術劇場と劇団民藝が七七年と七八年に舞台にのせるまで、実に三〇年ほど、木下さんは、『山脈（やまなみ）』の上演を拒みつづけたのである。なぜか。一九五〇年二月に世界文学社から刊行された『山脈（やまなみ）』（「彦一ばなし」併録）の「あとがき」に、執筆・発表・上演にふれたあと、実にそっけなく、木下さんは次のように書いている。

「この戯曲についてはこれ以上何も云う気がしない。たゞ一言だけつけ加えれば、僕にとってこれは甚しく不満な（それは不愉快なまでに不満な）、しかし大へん貴重な習作であったということだ。」

「あった」に傍点をふるなどして、木下さんは『山脈（やまなみ）』を習作として過去に葬り去りたいと思ったかのごとくである。それには、戯曲の写実的・自然主義的手法への疑問、個人的体験にもとづく私戯曲といったようなとんちんかんな批評などへのこだわりがあったと思える。いかにも木下さんらしい真摯な作家としての姿勢だが、『山脈（やまなみ）』は、決して「不愉快なまでに不満な」作品としてではなく、以後の木下さんの傑出した戯曲・小説・評論・翻訳等の諸作品と呼応しつつ、時代をつらぬき、わたしたちを鼓舞してやまない戦後演劇界に屹立する古典となった。なんとも不思議な運命を辿った作品ということができる。

『山脈（やまなみ）』の真の評価が定着したのは、なんといっても、政治学者で木下さんの僚友だった丸山眞男さんの発言であろう。すでに半世紀を距てる『木下順二作品集V』（一九六一年一〇月・未來社刊）での、巻末に収められた木下さんとの「解説対談」である。司会は菅井幸雄さん、当時、入社八年目の未來社の編集者として、わたしも同席した。その席でも、木下さんは、しきりに「自然主義的なもの」とか、「戦後の問題意識」がなく、「素朴な単純な感覚的なあれ」で書いたと控え目な発言が目立った。しかし丸山さんは、逆に「戦後のとくに四八年ごろの進歩陣営の問題意識」にとらわれない、木下さんの「内発的なまた持続的な」姿勢が、作品に「長い生命を附与している」と論じたのである。

ここで丸山さんは、すでにして、木下さんが『子午線の祀り』（一九七八年）にまで至る劇作家としての道筋を、見事に洞察していたといっていい。それはすなわち、「歴史と人間との出会う基本的な形」「歴史的現実と個人の矛盾」という、木下さんの一貫したドラマの方法であり、「通奏低音」としての民衆の「生活的なリアリズム」への共感である。敗戦前後の明日の運命もわからない「苛酷な歴史的現実というもののなかで」、なんとか「意味ある充実した生を送りたいという」人間的願望を描くこと、それは決して「自然主義的」などというものではないと、丸山さんは高く評価したのである。

ちょうどその頃、木下さんは『沖縄』第一稿にとりかかっていた（「群像」六一年七月号）。しかし完成稿としての上演は、二年後の六三年一〇月、ぶどうの会によるもので、その上演時のパンフレットに、木下さんは次のように書いた。

「どうしてもとり返しのつかないことを、どうしてもとり返すために。――／この絶対に矛盾することばを〝秀〟（主人公・山本安英さんが演じた）のせりふとして自然に書くことができたとき私は、あ、やっと〝ドラマ〟が摑めたという気がした。」と。ここでも木下さんは、「やっと」などと謙虚に書いているが、「どうしてもとり返しのつかないことを、どうしてもとり返すために」というセリフは、戦場で夫を失ない、原爆で愛人も失ない、「一人ぽっちになって」疎開先の「高原の小さな部落」を再び戦後訪れた〝とし子〟（主人公・同じく初演は山本安英さんが演じた）の、ひそかな、新たな出発の決意ともいえるのではなかろうか。

ところで、前記「解説対談」の〝司会〟の発言には、わたしの発言もいくつか記録されている。その中の一つは、「自然主義的」という言葉が宿命的に日本の文学・演劇界につきまとっているが、もう一度底の方からその言葉は検討すべきで、木下さん自身が『山脈（やまなみ）』を自然主義的といって一蹴されては困るといった、まことに失礼な発言である。それに対し、木下さんが「別に一蹴はしてないけどさ。」と受けて、一同（笑）となっている。木下さんをして「甚しく不満な（それは不愉快なまでに不満な）……習作」とまで言わしめた『山脈（やまなみ）』が、六〇年余の戦後の激動をくぐり抜け、いま、わたしたちに新鮮な決意と勇気を与えるのはなぜか。あらためて考える時でもあろう。

（２０１０・３）

宮岸泰治

『女優 山本安英』後記

1

著者・宮岸泰治さんは、二〇〇六年六月一〇日、病没しました。従って本書（影書房刊）は、生前、宮岸さんとわたしの間でかわされた若干の打合わせに沿って編集された遺著です。収録論考の成立事情、それらに付随する事柄につき、まずしるしておきます。

「山本安英のことば」の一四篇は、「悲劇喜劇」（早川書房）の一九九七年四月号から翌年九月号にかけて、途中四回の休載をはさんで連載されたものです。没後、残されていた保存用コピーの連載六回目までには、ところどころに訂正・補筆、また欄外メモ等があります。その採否については、宮岸さんの病いがすでに篤く、確認する機会を失したため、わたしの責任において判断させていただきました。七回以後は、二、三の誤植訂正にとどまります。

「ある俳優がたどった道*」は、病いが発見され入退院をくり返す直前まで、発表を予期せず、四〇〇字詰原稿用紙に万年筆で書かれた七篇から成ります。その執筆年月日は、次のとおりです。

「二方角に眼をやる」*（執筆日付なし）
「〃へり〃に立つ」二〇〇四年五月四日
「ミコの力」（執筆日付なし）
「核にあるもの」二〇〇四年一一月一八日
「無限に生きる」*二〇〇五年四月二一日
「一念を演じる」*（執筆日付なし）
「ある象徴性*」二〇〇五年一〇月六日

執筆年月日は、原稿頭初に鉛筆で記されていて、恐らく擱筆日と思われます。日付の記載のないものもありますが、二〇〇四年はじめごろから、ほぼ三カ月に一篇のペースで書かれています。＊印は、表題がなかったためわたしが付けたもので、副題も同様です。「〃へり〃に立つ」は、「ひとりで立つ」とあった原題を改めたものです。

「補遺」の未完と思われる論考は、四〇〇字詰原稿用紙三三枚目の三分の一ほどで終っており、宮岸さんの自室の篋底に残されていたものです。表題もなく、一連の〃山本安英論〃とは角度を異にしますが、原稿の頭初に、「重要・未発表」と朱筆での付箋が貼られており、また、原稿末尾の欄外には、「あと一押しだ、」の鉛筆によるメモがあります。本書にとって大事な関連論考として収録しました。執筆の日付は、一九九九年一一月一三日、「山本安英のことば」の連載を終えた翌年に書かれ、「一押し」

を長く温めたまま、未完に終ったものと思われます。
未完といえば、「ある俳優がたどった道」も、まださらに、『沖縄』、『花若』、そして『子午線の祀り』などの舞台へと書きつぐ構想があったのではないか、と推測されます。しかし病魔がそれを阻み、実現はかなわぬこととなりました。

2

宮岸さんは、生涯に次の五冊の著書を遺しました。

『劇作家の転向』（未來社・一九七二年一〇月刊）
『ドラマと歴史の対話』（影書房・一九八五年六月刊）
『ドラマが見える時』（影書房・一九九二年一月刊）
『木下順二論』（岩波書店・一九九五年五月刊）
『転向とドラマトゥルギー――一九三〇年代の劇作家たち』（影書房・二〇〇三年六月刊）

宮岸さんが演劇への道を志したであろう敗戦直後の一九四〇年代後半からほぼ六〇年、決して多くの著作を遺したとはいえないかも知れません。しかしこれは、かつてカフカが語ったように、宮岸さんが「どうしても書かなければならないことだけ」を書き、それらしか遺そうとしなかった光栄ある結果にほかならないのです。宮岸さんが亡くなった直後、蒼惶のうちに書いた追悼文（「悲劇喜劇」二〇〇六年八月号）で、わたしはその批評活動の骨格のあらましを次のように書きました。

——宮岸さんは、新劇の舞台を見すえながら、たえず日本近代が背負った〝矛盾〟とは何かを考えつづけた人でした。それゆえ、劇作家は、その〝矛盾〟とどのように作品の中で格闘したのか、そしてまた、演出家や俳優たちは、それをどのように舞台で実現したのかを見極めることに、宮岸さんの演劇批評の根本的な姿勢があった、とわたしは思います。従って当然ながら、日本近代の〝矛盾〟が新劇界にも弾圧・転向という形で一挙に噴出した一九三〇年代の劇作家たちと、その頃ひそかに準備された『風浪』以来、生涯をかけて〝矛盾〟に立ち向かった戦後作家・木下順二氏に、宮岸さんは批評の力点を置いたのではないでしょうか。

——〝一九三〇年代〟は、決して七〇年余を距てた過去の問題ではないのです。苛酷な軍部や官憲の弾圧の下で、久保栄は『火山灰地』で苦闘しつつ、どんな思いで非転向をつらぬいたか、村山知義は、転向の苦汁を呑みながらも、戯曲『夜明け前』に、原作にない「——どんなに苦しくても、あらしの中でもまれたい」という感動的な台詞をなぜつけ加えたのか、一方、森本薫は、国策劇として書かれた情報局委嘱作『女の一生』を、戦後、どのように「改変」、通用させたのか、若い加藤道夫や木下順二は、戦後に何を準備したのかということなどを、いまこそ、とぎすまされた「時代感覚という より歴史感覚」で生きいきと想いおこし、「安楽への全体主義」（藤田省三）という新たな転向現象に対峙させねばならないと、宮岸さんはわたしたちに問いかけているのです。

むろん、このような大急ぎの要約で、宮岸さんの批評の根本的精神を語ることは無謀の謗《そしり》をまぬがれ得ません。しかし、明治の開国以来、先進西欧諸国に追いつけ追い越せと、アジア諸国への植民地支配・侵略戦争を強行した後進国日本の近代化とは一体何だったのか、そして敗戦という計り難い代償を経た戦後をどう生きなければならないのかということを、宮岸さんは、演劇批評の根底に据えて忘れることがなかったのです。むろん、そうした課題を一人の女優として、生涯ゆらぐことなく舞台で体現したのが、まぎれもなく山本安英さんだったのです。

3

戦争の傷跡もまだ生ま生ましい一九四七年のある日、宇都宮の高等農林の学生で一七歳だった宮岸さんは、人に誘われ焼け残った当地の女学校の講堂で開かれた講演会に出かけたのです。それが、新劇の存在も知らず、何をする人かも知らなかった山本安英という女優との宮岸さんのはじめての出会いでした。宮岸さんは、「生まれて初めて人の声をきいた」（九三頁）と書いています。翌年には、山本さんの寓居を一人訪ねたりしますが、宮岸さんをその存在も知らなかった新劇への道に駆り立てたのは、一九四九年三月二九日から四月一四日にかけて、民衆芸術劇場（第一次民藝）が三越劇場で上演した、木下順二作『山脈（やまなみ）』と、それに主役の村上とし子役で客演していた山本さんの演技だったと思われます。宮岸さんは、観劇の帰りの道すがらを次のように書いています。

「どんよりとした春の陽はあらかた西へと傾きかけていた。私は後ろからずっと蹤いてくる体の火照りに任せて、観たばかりの舞台を一心に反芻し、空襲の惨禍がそこここに残る焦土をゆっくりと神田駅まで歩いた。その日の感動は、遠くあり近くありして、いつまでも私の中から取り出して来れる気がする。」（一九八頁）

　宮岸さんは二〇歳《はたち》になるかならぬか、就職先の都庁を退職して早稲田大学に入学し、あらためて日本の文学を学び直そうとする境界、その転回点に立っていたのです。その宮岸さんを、『山脈（やまなみ）』という作品と山本さんの舞台が、ぐんと一押しし、その後の歩みへの決意をもたらしたのではなかったでしょうか。山本さん自身も、「『山脈（やまなみ）』は自分の出発点のような気がする作品です。戦時中に味わった苦労というものを踏みしめた上で、舞台の上にはっきりしたものを出したいと思いました。」（写真集『山本安英の仕事』同刊行会・一九九一年一一月刊）と語っています。奇しくも、山本さんの戦後の〝出発点〟が、宮岸さんにとってもまた、みずからの〝出発点〟でもあったのでした。

　しかもその年の一月、「婦人公論」誌上には、山本さんの女優としての、そしてまた宮岸さんの演劇批評家としての運命を決定づけたといっていい木下順二作『夕鶴』が、ひっそりと掲載されていたのです。その時一体誰が、一〇三七回に及ぶ山本さんの『夕鶴』の舞台を予想し得たでしょうか。

　もはや、多言は要しますまい。いわば本書は、女優として日本の近代劇の歴史に比類のない足跡を刻印した山本さんの、日常における挙措動作、言葉、心構え、そして舞台の演技など、あらゆる細部にまで宮岸さんが寄り添い、見つめ、感じとった稀有なドキュメントであるとともに、それらを〝鏡〟として、「人間いかに生くべきか」を求めつづけた宮岸さんの一個の精神形成史ということができます。「舞台の演技は究極においてその人の思想」（二五五頁）と宮岸さんは書いていますが、その言葉の真のありようを、山本さんとの出合いから、一九九三年一〇月、山本さんが亡くなるまでの瞬間、瞬間に確認しつづけ、みずからの〝思想〟を鍛えたのです。宮岸さんは、「あなたは何をなさりたいの」という山本さんの一言に「強い電流」が流れるような衝撃を受けますが（一八四頁）、その〝一言〟を繰り返しみずからに問いつづけたのが宮岸さんの一生だったという気がします。

宮岸さんは、演劇評論家であるとともに、早大を卒業した一九五三年から八七年の停年まで、東京新聞文化部記者としても活躍されました。特に、一九六五年から一〇年に及んだ東京新聞労働組合と中日新聞社との争議では、文化部記者としてただ一人、労組の立場を一歩もゆずらず、不当解雇された組合役員四人の復職と生活を守るため、八〇〇人から一二四人に減ってしまった労組員の仲間たちとたたかいつづけました。そのひとつとして、冬には〝荒巻〟を、夏には〝ゆかた〟を販売して解雇者への生活費をつくりだしたのですが、〝ことばの勉強会〟で山本さんが宮岸さんたちの販売に力をかす様子も、本書には描かれています（一四四頁）。

「俳優が自分の考えを深めるには、毎日毎日の生き方をおいてほかにない」という山本さんの言葉を宮岸さんは書きとめています（一八八頁）。まことに当り前の言葉ですが、誰もができることではありません。山本さんはその言葉どおりの道を歩きとおした方ですが、宮岸さんもまた、演劇批評においてのみならず、ジャーナリストとしての〝生き方〟においても、どのような名誉や地位や金銭にも左右されることなく、言葉の真の意味において、誠実にその道を歩き抜いた人ということができます。もはや、宮岸さんと会うことは二度とかないませんが、六〇年ほども前、年若い宮岸さんが、あの『山脈（やまなみ）』観劇の帰途、「蹤いてくる体の火照り」につき出されるようにして、ゆっくりと、しかし深い思いを胸に秘めて、すっすっと前へ前へと歩く姿が、まるでその姿をかたわらで見ていたかのように、わたしには思い浮かびます。

宮岸泰治

4

昨二〇〇五年夏ごろ、宮岸さんは、胃部に異常を感じ、東京医科歯科大学で受診、一一月に食道がんであることが判明して一二月一三日に手術し、一旦は退院することができました。しかし今年春ごろから、肺・脾臓・脳等へのがんの転移が急速にすすみ、六月一〇日午前一〇時三〇分、自宅で死去、その七七年の生涯を閉じました。

宮岸さんは、一九二九年三月二六日、現在の朝鮮民主主義人民共和国の咸鏡南道《ハムギョンナムド》咸興《ハムフン》に生まれ、一〇歳までその地で育ちました。いうまでもなく、日本の植民地支配下の時代であり、その歴史的罪悪感を、宮岸さんは生涯、痛恨の思いで胸に抱きつづけました。宮岸さんの遺志により、葬儀は一切行わず、親族とわずかの友人たちによって葬送されましたが、その折にも、植民地支配に対する抵抗を象徴する朝鮮民族の哀歌『鳳仙花』の曲が静かに流れていました。そしてさらに、七月三〇日、夫人で現代舞踊家の手島かつこさんと子どもたち孫たちの皆さんにわたしも同行し、朝鮮半島をいまなお分断する三八度線上、新潟沖に、宮岸さんの希望どおり、遺灰は散骨されました。いま、宮岸さんは、木下さんと山本さんの芸術的〝協働〟のあかしである「『夕鶴』の碑」の建つ佐渡ヶ島が間近にのぞめる海深く、永遠の眠りについています。

本遺著刊行にあたり、すべてにわたってお世話になった夫人の手島かつこさんに厚くお礼申し上げます。

（2006・10）

秋元松代

遍在と永遠
——『常陸坊海尊』を今どう読むか

秋元松代さんの『常陸坊海尊』（一九六四年・演劇座初演一九六七年）のなかで、戦争中、東京からの疎開学童を預かっている寿屋《ことぶきや》という宿屋の主人が、「十郎祐成《すけなり》の嫁こ」だった虎御前《とらごぜ》と、その妹の「五郎時致《ときむね》の嫁こ」だった少将が近くに住んでいる話を、引率の先生にする場面がある。しかも、しばらく前までは、「十郎五郎の実のおふくろ様」と三人ぐらしだったというのだから、都会育ちの先生がびっくり仰天するのも無理はない。なにしろ、鎌倉時代の曾我兄弟の母と嫁こたちが生きている話だからである。先生は、「荒唐無稽もはなはだしい」とか、「そんな非科学的なことでは君、戦争に勝てないよ」などといってあきれるが、寿屋は、「本人だちがそういうんでがす」といって、一歩もゆずろうとしない。その頑固さは、まさに先生が慨嘆するように「米俵みたい」なものである。しかし先生は「雪こ」もしゃべるという烈しい吹雪の夜、寿屋にすすめられるまま、虎御前・少将の一軒家を訪ねる。

『常陸坊海尊』にしてからが、もともと、題名で明らかなように、「荒唐無稽」といっていい〝海尊伝説〟にモチーフを得た作品である。かの衣川の合戦の折、「わが身の命が惜すぃばっかりに」臆病至極にも主君義経公を見捨て、命からがら戦場を逃げだしていらい、常陸坊海尊は、七五〇年ものあいだ、「わが身の罪に涙を流し身の懺悔をばいたすために」町々村々をさまよい歩いているというのである。しかし、その〝海尊〟と娘時代に出会ったというおばばのセリフにもあるとおり、〝海尊〟が七五〇年も生きつづけているからといって、「なんの不思議がある」だろうか。おばばが「この目でしかと見た」といっているのだ。柳田国男は、常陸坊海尊の長命やさまざまな事例にふれた「仙人出現の理由を研究すべき事」(『山の人生』所収)で、常陸坊海尊が仙人になったという人が東北各地には住んでいたとのべ、「それも決して有り得ざることでは無い」と書いている。秋元さんは『常陸坊海尊』につづいて、九州一帯を漂泊したという〝和泉式部伝説〟を手がかりにして、『かさぶた式部考』(一九六九年・同年演劇座初演)も書いた。この作品にも、六八代目の和泉式部を名のって信仰集団を率いて旅する〝智修尼〟が登場する。

ところで、秋元さんのテレビ・ドラマに、『三国屋おなみ』という作品がある。これは、鳥取地方の山間部を背景にしていて、そこに、戦争中航空隊から脱走して〝三国屋おなみ〟という女にかくまわれ、以後戦後二一年間、行方の知れない息子をさがして、ある父親が訪ねてくる。しかし、ようやくにさがしあてた〝三国屋おなみ〟は、その息子を知らないという。父親はなじり、落胆するけれども、〝三国屋おなみ〟という名前は、個人の名前ではなく、その地方で「流れ者の、身を落とした女」は、すべて〝三国屋おなみ〟と呼ばれているのである。つまり、〝三国屋おなみ〟は、「一種の賤業を営む浮浪の徒」の集合名詞にほかならない。彼女たちは、いわば個人の域を越えて、戦争中は、軍隊から脱走した兵隊たちをかくまい、愛し、逃亡させてやり、戦後は、閉山になった鉱業所から逃げてきた坑夫たちに、かくれがを提供しているのである。現代の〝三国屋おなみ〟も、常陸坊海尊や虎御前・少将や式部と同様、民衆の苦悩を背負って遍在し彷徨しているのではなかろうか。

むろん、時代の矛盾や抑圧は、貧しい寄るべない民衆に集中的に押しかぶさってくるものである。とすれば、民衆は民衆同士で、ひそかに支えあい生きつづけなければならない。そこから当然、柳田国男のいう「怜悧にして且つ空想豊かなる」民衆の創造性や虚構性が生まれ、しかもそれらが、ただ一つの場所や、ただ一人の個人によってではなく、広い地帯にわたってのさまざまな民衆による遍在性や集団性となって表現され、しかも時間の壁を破って永遠に存在しつづけるのではないだろうか。常陸坊海尊も虎御前・少将も式部も、そして三国屋おなみも、集合名詞であり、「一種の賤業を営む浮浪の徒」である。しかしわたしは、何百、何千の彼等「浮浪の徒」が、この日本のさまざまな地帯に存在していることを思うと、心なぐさめられ、勇気をあたえられずにはおれない。

『常陸坊海尊』のなかで、虎御前と少将が「えぐなし者」「人非人」といわれて役場や警察から追われる身となる場面がある。天皇制支配、総力戦国家体制が、東北の山深い末端にまで行きとどいていることを示す見事な場面だが、どんなに権力者が〝草の根〟一本にまで追及の手を伸ばそうとも、民衆は、みずからの創造性や虚構性や遍在性や集団性を縦横に駆使しつつ、時代を越えて生き抜き、結果としてその時代における真の批判者として存在するだろう。それは、時代の最底辺に生きる者のみが所有する知恵であり、同時に特権といってもいい。

花田清輝さんは、『常陸坊海尊』初演のパンフレットに、この戯曲の「大きさは測るべからず」と、次のように書いた。「ここには、生きることもできず、死ぬこともできなかった、戦争末期のやるせない日本人の魂が、仮借することのないリアリストの眼で、あますところなくえぐり出されています。……柳田国男は、『遠野物語』のトビラに、『外国に在る人々に呈す』という献辞をかきました。それは、……それらの伝説をうみだした、底辺に生きるものの悲痛さを、たえず思い出してもらいたかったためにちがいありません。おそらくこの戯曲のトビラにも同じ献辞が必要でありましょう。なぜなら、新劇の関係者たちは――作者も、演出者も、俳優も、観客もひっくるめて、一言にしていえば、『外国に在る人々』であるからであります」と。はたして「外国に在る人々」は、「新劇の関係者たち」だけであろうか。

（2004・5）

秋元松代さんの不幸

秋元松代さんは、晩年、不幸であった。というと、大劇場での『近松心中物語』の上演回数千回を越えた大成功や、『全集』の刊行など、晩年にようやく華々しい栄光に囲まれた秋元さんを知る人は、あるいは、奇異な感を抱くかも知れない。しかし、いや、だからこそ不幸だったのだ。『近松心中物語』（蜷川幸雄演出）の舞台は、贅の限りをつくした装置や仕掛け、今をときめく大スターの競演、人気歌謡歌手の絶唱などで、満員の観客の目や耳を奪った。まさに、その言葉どおり、それらの絢爛豪華な光景にすっかり魂を奪われた観客は、肝心の秋元さんの存在を見失ってしまった。つまり、秋元さんは、利益優先の興業資本によって、娯楽商品《エンターテインメント》として消費されつくしたといっても過言ではない。それゆえ、上演規模の派手やかさが何かと評判になりながらも、秋元作品に対する真の批評らしい批評は、ほとんどみることがなかった。不幸なことであった。

すでに四〇年ほど前のことになる。わたしは、羽山英作名で劇団演劇座（当時）の文芸演出部の一人として、秋元さんの『常陸坊海尊』の上演にかかわった。花田清輝さんのすすめで読み、出版されてから三年間、どこの劇団も手をつけようとしなかった戯曲の上演に、演出の高山図南雄・俳優の灰地順さんたちと踏み切ったのだった。創立六年目、ほとんど無名の劇団の無謀ともいえる壮挙であった。一九六七年九月一五日初日、俳優座劇場で、わずかの八ステージ。『近松心中物語』が、名だたる帝国劇場や明治座で、それぞれ一カ月の長期公演されたのとは比ぶべくもない。しかし、その上演パンフレットに、秋元松代論として傑出した花田さんのエッセイ「大きさは測るべからず」が掲載されたのである。

表題は、柳田国男の『遠野物語』からとられており、山の大きさを戯曲の大きさに例えたのである。そして「底辺に生きるものの悲痛さ」を、「リアリストの眼」で、「かぎりなく寛容に」描ききった秋元さんの戯曲を上演することによって、「瀕死の日本の新劇運動」の再生を願ったのである。しかも、

「一歩、一歩、粘りづよく、リアリスティックにこの戯曲をたどることによって、どこかでリアリズムをこえて飛躍していくキッカケをつかむ」という、秋元さんの戯曲を本質的に読みとる上での重要な示唆を、わたしたちに提示してくれたのだった。

上演後の批評は、『近松心中物語』とは対照的に、演劇界のみならず、各界各分野から湧き起ったといってもいい。なぜか。たとえ、小屋は小さくとも、舞台装置は貧しくとも、俳優たちは無名でも、たった八日間の上演であろうとも、秋元さんの戯曲の主題を舞台で表現しようと全力を挙げた集団があったからである。単なる興業ではなく、どんな資本にも頼らず、演劇運動への意志に支えられていたからである。

丸山眞男さんは語った――「この間、松本さんの案内で見せてもらった、秋元松代さんの『常陸坊海尊』ね、あれは文句なしにやられたという感じがしたんです。やられたというのはいろんな意味ですが、なにより、あれだけ日本における『土着的なもの』を、いわゆる土着主義者のようにりきみかえって土着、土着といわないで、ごくナチュラルに描ききって、しかもそこを突きぬけた、開かれた世界が、作者の眼の底からキラリとのぞいている。そうしてあの芝居は、日本人をほとんど宿命的なまでの力でがんじがらめにしてきたものが、まさに私のなかにあり、私自身がそれによって引き裂かれている、ということを痛いほど感じさせたんです。それに、役者の上手下手をこえて、ちょうど、もともと新劇がそうであったような『運動としての新劇』に久しぶりに接した思いでした。」（『未来』一九六八年五月号）

その他、藤田省三さん、廣末保さん、武井昭夫さんなどの談話・批評が演劇界のみならず相次いだのである。それらは秋元さんの作品世界と、戦後の思想・芸術運動と深くかかわる発言であった。それからほぼ三〇年をへて、一九九七年一二月、世田谷パブリックシアターで、文化庁・日本芸術文化振興会の助成のもと、『常陸坊海尊』が、ようやく再演された。『近松心中物語』の演出者も共同演出でかかわり、同じくトップスターを揃えての舞台であった。それにはどのような批評があったか。手元に残っている「朝日新聞」の劇評（扇田昭彦）の一部を引用すれば足りるだろう。

「歴史の古層を示すためか、舞台には縄文土器をイメージした大掛かりな装置（松井るみ）が組まれている。白石（加代子）のおばばのエネルギーとユーモア、寺島（しのぶ）の妖艶な『魔性の女』ぶりなど、演技陣はなかなか充実している。／にもかかわらず、この舞台から戯曲のもつ『感動』があまり伝わってこないのは、演出が人間の切実なリアリティーよりも、イラスト的な視覚性を優先したからだろう。戦時中の劇にしては衣装が華麗だし、正面切った演技も目立つ。海尊が語る場面などに、クラシック系の音楽をかぶせて情感をそそるやり方も抑制すべきだろう。秋元戯曲のせりふの力をもっと信じていいのではないか。」

秋元戯曲のせりふの力を信じなかった演劇人たちは、『近松心中物語』と同じく、大掛かりな装置を組み、スターシステムに寄りかかり、クラシック音楽を流したりした。さすがの秋元さんも、晩年、力衰えたのか、これらの舞台を肯定するような発言が目立った。もっとも、ようやくにして得た経済的安定であった。それを誰が責めることができようか。このような舞台のわが者顔の横行は、いうまでもなく、わたしたちの芸術運動の弱体化を示すものであり、それ以外ではない。秋元さんの不幸をそのまま見過ごしたのは、わたしたちである。ところで、花田さんが、心をこめて激励してくれたように、瀕死の日本の芸術運動は、ふたたび息を吹きかえすことができるだろうか、どうか。

＊

追記　以上のまさに〝お茶を濁す〟程度の原稿を日野範之さんに送ったのは、〆切日を二、三日過ぎた昨年（二〇〇三年）九月半ば頃であった。しかしその後、編集上の変更のため、掲載がのびのびになった事情が、その都度、日野さんからもたらされた。それでは書き直しましょうとご返事申しあげたところ、このほど、いよいよ発行することになったから「書き直し稿」を送られたしとのこと。しかし、一旦はそう言ったものの、いざとなると病を得たこともあって書き直す気力がなく、二つばかりのことを追記させていただくことで責を果たすことにした。

その一は、いま、――ということは三月四日から四月二九日のほぼ二カ月にわたって、『近松心中物語』が日生劇場で何回かの長期公演に入っているが、その大々的な新聞広告をみて、仰天、啞然としたことについてである。まず、作品名が『新・近松心中物語』と変更されていることである。なにが「新」なのか。作品を改変したのか。演出にまた一段と「絢爛豪華」さを加えたというのか。いずれにしても、秋元さんがすでに亡くなっているからできることであって、演劇座の時代にじかに秋元さんを知る者にとって、もしご健在ならば、秋元さんはこのような〝冒瀆〟を決して許さないことは明白なことと思える。しかも、作者名よりも前に演出者名が印刷されていることも異例のことといわねばならない。いかに広告とはいえ、これを称して「わが者顔の横行」というのである。

その二は、すでに四〇年ほど前、秋元さんの真の作品世界を、舞台をとおして観客に伝えた演出家・高山図南雄さんが、昨年の大晦日にこの世を去ったことである。高山さんは、秋元さんの『常陸坊海尊』のほか、『かさぶた式部考』、また、花田さんの『爆裂弾記』『泥棒論語』等を演出、一九六〇年代の新劇運動に一画期を築いた。残念ながら、当時の舞台の記録は映像として何ひとつ残っておらず、僅かに〝証言〟として残るのみである。演劇座の一〇年間、ともに舞台の創造にかかわり、それらをつぶさに経験し記憶する者として、高山さんの演出者としての仕事にあらためて敬意を捧げ、心からの哀悼の思いを表したい。

（2004・4〜7）

溝上泰子

溝上泰子さんと〝山陰〟

溝上泰子さんの生涯にとって最大の岐路・転機は、なんといっても、一九五一年、国立島根大学の教育学部教授として招かれ、京都から松江市に転居したことだと思います。四七歳でした。むろんそれ以前にも、さまざまな選択を迫られる人生的・学問的探求の道を溝上さんは歩いて来たのですが、その降って湧いたような突然の〝松江行〟には戸惑ったようです。どうしたらいいか。事実、溝上さんは、はじめは「とびつけなかった」と書いています。しかし、二人の師――久松真一・篠原助市氏に、即座に「行け」といわれ、決断したのでした。

逆説的な言い方かも知れませんが、人生も半ばを過ぎた四七歳という年齢と、さき行き不安な消極的旅立ちが、その後の溝上さんにプラスに働いたと思われます。もしまだ二、三十歳代だったら、果たして、七年後に『日本の底辺』に結実するように、農村婦人の一人一人の声を、溝上さんは謙虚に聞きとることができたかどうか。それまでいくつかの大学で哲学・宗教学・教育学等々を学び、きびしい自己追究に明け暮れていた溝上さんが、遍歴の果てに辿りついたのが〝松江〟だったのです。しかも、決して積極的な気負いもなく、流浪の果て、孤独な〝都落ち〟のような思いもあったでしょう。それゆえに、自然に、みずからが生まれ育った農村が、そして貧しさを黙々と耐えて生きた母親の存在が溝上さんの心に蘇ったのです。

さらに、〝山陽〟育ちの溝上さんが、〝山陰〟という、未知で異質な世界にふれたことが幸運でした。もし、山陽や気候温暖な地方の大学に溝上さんが招聘されていたら、果たして『日本の底辺』はむろんのこと、その後の多くの仕事も果たしてどうなったかわかりません。一つの土地が、その人間の生涯に決定的な役割を果たすことがあります。山陰地方は〝裏日本〟に属します。太平洋岸一帯を〝表日本〟と呼ぶのに対してです。わたしはたえず、〝陽〟からではなく〝陰〟から、〝表〟からではなく〝裏〟から現実を見るべきだと思っています。〝陰〟は〝影〟に通じます。ちなみにわが社の社名もそれに由来しており、〝光〟を浴びている人びとよりも、〝影〟で困難に直面している人びとこそ出会わねばならないという思いがこめられています。それはともかく、溝上さんは、裏日本の山陰の〝松江〟を拠点にする偶然を、必然に転化させることによって、戦後、見事に再出発したのでした。

溝上さんが『日本の底辺』を書き上げるまでには、実に七年の歳月がかかりました。多くの学者がそうであるような、自宅と研究室の往復運動を拒否し、「島根県全体を研究室にしようと心にきめた」（あとがき）結果の成果です。その原稿をたずさえて、一九五八年夏、溝上さんは、友人の日本思想史研究者・源了圓氏の紹介で、未來社を訪れました。溝上さん、五四歳、わたしが未來社編集部に入社して五年目、丁度ふたまわり下の三〇歳でした。編集部といっても、今は亡き西谷能雄社長と営業部の小汀良久さんのほかはわたし一人、安宿に泊って頂いての原稿をめぐっての〝格闘〟のいきさつについては、もはや遠い記憶があるのみですが、その出会いから、溝上さんとの著者・編集者の関係と、わたしの家族ぐるみのおつきあいがはじまったことを想うと、感慨はつきません。

溝上さんは一九六七年、島根大学を停年退職し、神奈川県川崎に居を移しましたが、以後のすべての仕事も、『日本の底辺』を生んだ山陰＝島根＝松江という土地、特にそこに生きる〝女たち〟の存在に魂の根底で支えられていたと思います。川崎の家は、未來社入社の前、わたしが夜間高校の教師時代の生徒だった庄幸司郎さんが、建設会社の社長となって建てたものでした。すでに三十数年も前のある日、溝上さんと庄さんとわたしは、差別について議論したことがあります。庄さんとわたしは、人種差別、民族差別、階級差別などが根本だと主張したのですが、溝上さんは、男女差別＝性差別からの解放こそが、人間平等への道であると、決して譲ろうとしませんでした。それはまさに、溝上さんがそれまでの人生で学び経験した根拠に立っての、決して譲ることのできない発言だったと、今にしてわたしは感銘を深くします。

溝上さんが書いていますが、お母さんは、溝上さんを懐妊した時、それまで七人の女の子を産んでいたため、なんとか堕胎しようと「水垢離《みずごり》」までしたのです。後年、そのことをお母さんから告白された時、溝上さんは「すーっとした」と言いますが、生まれる前から受けた〝性差〟は、溝上さんの人生に強烈に刻印されたのです。一九三四年、東京文理科大学（当時）卒業の折、「無給の副手職」を溝上さんは懇願しますが、主任教授に「女を研究室へ入れたことがない」と拒否されます。これは一つのエピソードに過ぎませんが、このようにして、溝上さんは一人の知識人としての苦闘の過程での抜き差しならぬ〝性差〟を嫌というほどなめさせられた果てに、山陰で、生涯にわたる主題を発展させる機会を得たのです。

松江に居を定めるまでの溝上さんは、いわば、理論的・抽象的な世界への憧れに生きた人といってもいいのですが、松江ではじめて、現実的・具体的に、「到底、ひとりで背負いきれない重荷を背負いつづけてきた人、背負っている人、暗い農村の重圧を、手を取り合ってもちあげようとする」女性たちに出会って目を開かれたのでした（『日本の底辺』あとがき）。学問編から実践編への第一歩でした。もし、溝上さんに、松江での一六年間がなかったら、その地での人びととの出会いがなかったら、溝上さんは、単なる一人の研究者・学者としての生涯を送ったかも知れません。そしてまた、わたしと出会うことも決してなかったと思われます。

溝上さんと出会い、その死の瞬間まで立ち会えたことは、一編集者として幸運というほかありません。未來社時代に『日本の底辺』のほか、『受難島の人びと』（一九五九年）、『生活者の思想』（六一年）、『変貌する底辺』（六六年）、『わたしの歴史』（七三年）、『わたしの教育原理』（七九年）を、影書房になってから、『人類生活者・溝上泰子著作集』全一五巻（八六〜八九年）、『わたしの人生交響楽』（九二年・没後）を手がけることができたのです。幸運以外のなにものでもありません。しかしにも拘らず、溝上さんの庞大な仕事の全体像は、いまだ世に十分に評価されているとはいえません。それは、溝上さんの側の問題ではなく、まだ古い体制にどっぷりつかっている日本の現状が、溝上さんの仕事の重要さに気づかないだけのことです。

溝上さんが生涯を賭してわたしたちに語りかけた〝人類生活者〟の真の意味を、この地〝山陰〟に

溝上泰子

生きる女性たちによって、広く多くの人びとに発信して下さることを、心から願っています。

（２００３・11）

竹内　好

火中に栗をひろう

「フランス文学の日本への入れ方全体を、もうすこし、そのことで日本人の精神のやしないになるような仕方に移してほしい」
——中野重治の渡辺一夫への書簡

先夜は、出版関係の方がたの集まりに招いて下さって有難うございました。自由な意見の交歓ができ、有意義で楽しいひとときでした。ところで今度は、皆さんで作っている雑誌に、あなたはもう半世紀以上も出版界に足を突っこんでいるんだから、日頃考えていることを「率直に厳しく」書いてくれとのお手紙。厳しくはさて置き、自社本で恐縮ですが、現在刊行中の「戦後文学エッセイ選」全一三巻に登場する竹内好さんに触れて、率直に書かせて頂きます。

ついせんだって（二〇〇五・八・一八）のことですが、〝竹内好、中国で脚光〟という見出しで、竹内さんの選集『近代的超克（近代の超克）』が、ベストセラーになっているという丸川哲史さんの文章が、「朝日新聞」（夕刊）にのりました。それによると、竹内さんが「近代という歴史現象について、西洋理論の物真似ではなく、自前の言葉で徹底的に突き詰めた」、「アジアを基軸とした思想家であった」ところに、深い共感が寄せられているということです。この選集を中心となって翻訳・解説した孫歌さんは、かつて東京都立大学に滞在したことのある中国社会科学院の研究者で、その著『竹内好という問い』（岩波書店・二〇〇五年）に、私は深く強い触発を受けました。

というのは、竹内さんが生涯を賭けて問いつづけ、そして挫折・絶望したといっていい、日本の知識人＝読書階級を覆う、抜き難い〝外発教養主義〟についてです。それは西欧諸国に追従した後進国日本の近代が背負った宿命ともいえますが、誰がこの〝宿命〟と真正面から対決したでしょうか。大方はそこに安住するか、避けて通ってきたのではないでしょうか。

実に示唆的ですが、孫歌さんの著書は、「西尾幹二の『国民の歴史』」でしめくくられています。「進歩的エリートが一顧だにしない」『国民の歴史』は、「竹内好が最も望まなかった方法によって彼の予言を現実化した」というのです。〝西洋理論の物真似〟＝〝外発教養主義〟でなく、〝自力〟で日本の「健全なナショナリズム」を、「火中に栗をひろう」思いで考えつめた竹内好は、無念にも、最も反動的な「新しい歴史教科書をつくる会」グループに搦めとられてしまったのです。

そのことの重大さを、相も変らぬ〝外発教養主義〟に倚りかかる人たちは気がついていないようです。それは無理もありません。すべての思考のモデルは、いまなお外国にあるのですから。例えば、竹内さんの一九五〇年代はじめの「国民文学論」の提唱など、今日からみればさまざまな失敗を含んでいるでしょう。いやそれのみならず、わたしがいますすめている戦後文学者たちの仕事も、むろん、明治以来の時代的・日本的〝負〟の制約を免れないでしょう。それは思想の分野においても変りありません。

しかし孫歌さんがいうように、「『日本人』としての文化アイデンティティを否定的な批判のみによって解消することは不可能」なのです。失敗や〝負〟の制約を恐れず、竹内さんは、「概念から出発しない勇気と能力」をもって、「同時代史の状況性から真の思想課題」を引き出そうと、苦闘したのだと思います。過去においても、現在においても、また外においても、内においても、無傷で誤りない美しいもののみを拾い上げ謳い上げ、自己満足するだけが、ノウハウではないのです。

竹内さんは「インテリ論」というエッセイ（一九五一年）の冒頭に、カール・レーヴィットの言葉を引用しています——「二階建の家に住んでいるようなもので、階下では日本的に考えたり感じたりするし、二階にはプラトンからハイデッガーに至るまでのヨーロッパの学問が、紐に通したように並べてある。そしてヨーロッパ人の教師は、これで二階と階下を往き来する梯子は何処にあるのだろうかと、疑問に思う」と。そして、おわりを次のように竹内さんは結んでいます。——「インテリは、個人としても全体としても、まず自己の分裂状態を自覚し、統一を心掛けるべきだと思う。それには、失われている生産への信仰を回復することが必要だ。一切の寄食を、能うかぎり努力して止めていくことが大切だ。自主的になること、自分自身になること、それが第一歩だ」と。傍点はわたしがつけました。インテリはまず、資本主義的状況のなかで何が基本で誰が大事なのか、みずからはいかに恵まれた生活条件を享受しているかを知ってもらいたいからです。

竹内さん、孫歌さんとともに、これまたさまざまな失敗を含むであろう日本プロレタリア文学と小林多喜二を追求されているノーマ・フィールドさんのことも、敬意とともに思い浮かべます。

以上は、わが者顔に書店で跳梁跋扈する「新しい歴史教科書」グループの本を、歯ぎしりする思いで眺めながらの、老いた一編集者の痛みをともなった感慨です。

（２００５・秋）

西郷信綱

お訣れの言葉

西郷信綱さん。

お訣れの言葉を申し上げねばならなくなりました。のっけから、一介の編集者に過ぎない者が、馴れ馴れしく〝西郷さん〟などとお呼びすることにはイワレがあります。西郷さんはかつて、未來社の創業者でいまは亡き西谷能雄さんやわたしが、著者を〝先生〟ではなく〝さん〟づけで呼ぶことに好意を寄せた文章を書いて下さったことがあるからです。〝先生〟的権威や、〝先生〟という因襲語に敵意を抱いているとも西郷さんは書かれました。こんな一般的にはなんでもない無害な表現についても心をとめるところに、西郷さんの一貫した学問的・人間的姿勢を垣間見る思いがします。

一九五三年四月、未來社に編集者として入社したわたしは、早速、西郷信綱・阪下圭八・境野みち子編『日本民謡集』の原稿とり・校正に駈けずりまわりました。西郷さんご夫妻とのはじめての出会いですが、しかしそれはほんの序の口で、やがて、西郷さんの豊饒なお仕事にかかわることができました。列挙すれば、『日本文学の方法』『詩の発生』『国学の批判』『萬葉私記』『古事記研究』『古典の影』と、いま思いかえしても目もくらむような著書刊行の瞬間に、一編集者として立ち会うことができたのでした。同時に親しくさせていただいた廣末保さんなどと編纂した『日本詞華集』での悪戦苦闘の日々は、西郷さんの温かく優しい、しかし鋭い人柄に接したまたとない機会として熱く想いかえされます。

しかしなんといっても、平凡社から刊行された『古事記注釈』全四巻の偉業があります。西郷さんが二〇年の歳月をかけた、二千ページになんなんとする『古事記注釈』は、もともと「古事記を読む」と題されて、一九七一年一月から、当時わたしが編集していた月刊誌「未来」に連載され、以来三四回に及んだものでした。しかしわたしは、西郷さんの意図するところをどれだけ理解していたでしょうか。この仕事は、国文学という学問から創造力をひたすらしめ出し、アカデミズムの象徴ともなった〝注釈〟に、新たな生命を吹き込む壮大な試みでもありました。西郷さんは、わたしの「おだてにまんまと乗って」と好意的に書かれましたが、ただ「おだて」ることしかできなかったみずからの無知・非力を、西郷さんにお詫びするほかありません。『古事記注釈』は、決して〝大著〟ではなく、「各駅停車の鈍行に乗っての長い旅路のメモ」と西郷さんは謙虚に書かれています。いまや、新幹線的な本が、毎年何万冊も超特急で書店を走り抜けていますが、西郷さんの「長い旅路」の車輛の一隅に、ほんの片時でも乗りあわすことができた光栄を、ご霊前で感謝とともに深く噛みしめています。

西郷さんは、伊藤仁斎の『童子問』の一節、「一にして万にゆく、これを博学といふ。万にして又万、これを多学といふ。」という言葉を大事にされました。根から幹、枝、葉、そして花実と繁茂する樹木のような〝博学〟に対し、布で作った造花のように、「らんまんと咲きみだれ人の目をよろこばせはするが、しょせん死物にすぎず、成長することがない」〝多学〟を排したのです。世はなお、〝多学〟の洪水といって過言ではありません。しかしその滔々たる烈しい流れに抗して、いささかも動ぜず、九二年にわたる〝博学〟の道を歩みとおされた西郷さんの生涯は、わたしたちに限りない生きる勇気と決意を与えずにはおきません。西郷さんはかつて、高木市之助氏を追悼して次のように書かれました。――「人間の大きな歴史に個人の生涯が、どこでどう交わり、どんな歌をうたって終るかという問題である。とにかく高木市之助氏は、死屍累々のなかにあって、よく一つの歌をうたい了せた稀な人であったと思う。」と。この言葉は、そのまま、西郷さんにこそ捧げたいと思います。

西郷信綱さん、有難うございました。

（２００８・９・29通夜にて）

西郷信綱さんの〝友情〟

未來社から刊行された西郷信綱さんの著書の何冊かの「あとがき」には、「西谷能雄氏と松本昌次氏のいつも変らぬ友情に心から感謝する」といった言葉がある。未來社の創業者で、西郷さんとほぼ同年代で親交が深かった西谷さんならともかく、ひとまわりほどもトシの違うわたしにとっては、なんとも面映ゆいことであった。しかし考えてみると、十指に及ぶ西郷さんの著書・編書等を未來社が出版できたのは、まぎれもなく、西郷さんからわたしたちに寄せられた、トシの差にはかかわりない〝友情〟のお蔭なのである。著者と出版者のお互いの〝友情〟の往還によってこそ一冊の本は成立しなければならないということを、西郷さんは、終生、一歩も譲らなかった人なのである。

わたしが未來社に入社したのは、一九五三年四月で、その七月には、西郷さんと阪下圭八・境野みち子さん共編の『日本民謡集』が刊行されている。また翌々五五年の七月には、イギリスの文芸批評家J・リンゼイ、A・ケッツルなどの論文を西郷さんが訳された『文学と民族の伝統』も出版されているので、わたしは入社早々から、西郷さんとお会いする幸運に恵まれたことになる。同時に、わたしの編集者としての最初の企画である花田清輝さんの『アヴァンギャルド芸術』（五四年一〇月）を出版した頃である。いわばこれらの助走期間を経て、本格的に西郷さんの仕事に目を開かされ、編集者としての姿勢を教えられたのは、『日本文学の方法』刊行のため、大田区石川町の共同住宅の一室に、西郷さんご夫妻を足繁くお訪ねするようになってからである。未來社時代のほぼ四半世紀に、わたしがかかわることの出来た西郷さんの著書・編書は、次のとおりである。

『日本文学の方法』　一九五五年一一月
『日本詞華集』（廣末保・安東次男共編）　一九五八年四月
『詩の発生――文学における原始・古代の意味』　一九六〇年六月
『増補　詩の発生――文学における原始・古代の意味』　一九六四年三月
『国学の批判――方法に関する覚えがき』　一九六五年一二月

『萬葉私記』　一九七〇年九月
『古事記研究』　一九七三年七月
『古典の影——批評と学問の切点』　一九七九年六月

こうやって列記してみると、いかにもわたしが西郷さんのお仕事に専門的にも理解を示していたかのようにみえるが、事実はさにあらず、感銘を受けた論考の一篇一篇をただひたすら〝友情〟に甘えながら、一冊の単行本にまとめることに熱中していたのである。『古事記研究』の「あとがき」には、「私のただひとつの安らぎは、(十年以上も前から予告してくれていた) 未來社との古い約束をこれで何とか果し了せたことである。」とある。

そんなわたしが、もっとも真剣に〝読むこと〟の真髄を西郷さんに教えられたのは、のちに『古事記注釈』全四巻 (平凡社、一九七五年一月〜八九年九月) に結実するキッカケとなった「古事記を読む——古事記注釈」を、一九七一年一月から、当時編集していたPR雑誌「未来」に連載させていただいた時である。赤字を入れた校正を前もって西郷さんに送っておき、出張校正の最終段階に印刷所からお宅に電話を入れ、訂正・疑問を確認するのである。むろん、FAXなどない時代だから、もっぱら〝声〟をたよりに、一字一句に気をくばったものである。これらは『古事記注釈』第一巻の「第三　天地初発」から、「第八　天の岩屋戸」までの三四回にあたり、連載は二年一〇カ月に及んだ。あまた雑誌があるなかで、原稿料などは雀の涙ほど格安の「未来」を選択された西郷さんの特別の〝友情〟を、あらためてふりかえらざるを得ない。第一巻の「あとがき」で、西郷さんはわたしの「おだてにまんまと乗ってしまい、結局三年近くも連載しつづけた」ことに感謝されていて、顔赤らむ思いだったが、

「おだて」もまた〝友情〟のひとつの現われとみずからを慰めたものである。

西郷さんとまさに膝を接しての仕事で忘れられないのは、廣末・安東両氏と共編の『日本詞華集』の編集作業であろう。古代・中世・近世そして一九三〇年ごろまでの近代に分け、三氏それぞれの専門領域はあるとはいえ、歌謡・和歌・連歌・俳諧・近代詩のすべてのジャンルにわたって討論を重ね、三氏が一致した作品のみを選ぶ作業がどれだけつづいたろうか。時には「松本君も一票を投じて下さい」などといわれたこともある。かくて造本などにも凝って勢いこんで刊行したものの、どういうわけかさっぱり評判にならずがっかりしたものである。ところが二〇〇五年六月に、半世紀ぶりに未來社が復刊し、重版にもなったという。その「あとがき」で西郷さんは、転々と会合場所を移りながらの「肉体的・精神的エネルギーを要する困難な仕事」について回想されている。まさにそのとおりだが、使用料が安い神田一ツ橋の学士会館もよく利用し、仕事に疲れると、〝遊び人〟を自称する安東さんの指導のもと、はじめて経験する玉突きに〝真面目人間〟の三人も熱中した一幕も忘れられない。本は売れなかったが、お互いの〝友情〟が深まったことはいうまでもない。

すでに四〇年ほども前、「未来」で西郷さんにインタビューしたことがある（「出発点について」一九六九年六月号、『文学芸術への道　著者に聞くⅢ』七二年五月刊所収）。そこで、西郷さんは、日本に「哲学」がないこと、学問的業績が「ピラミッドづくり」になっていることを慨嘆し、「花を見たり木を見たり、あるいは作品を読んだりするその私の経験が何であるかを徹底的に問うこと、そこに真の出発点がある」と語っている。ちょうど「古事記を古事記伝とかさねて、言々句々にわたり詳しく読んでいる」時である。また、風巻景次郎氏の学恩に及び、学校の教室ではなく、家や喫茶店で、食べたり飲んだりして「学問の手ほどき」を受けたことをギリシャ語の〝シンポジアム〟(饗宴)になぞらえ、教室の講義にはないそれらの「充実や豊饒」の経験こそが、西郷さんのいまなお生きつづける「モチーフ」とも語っている。〝読むこと〟については、いまなお心許ないが、西郷さんの〝友情〟に倚りかかったさまざまな〝シンポジアム〟で、どれだけの「充実と豊饒」を与えられたか、わたしは生き生きと想い返している。

(2011・10)

小林　昇

〝文体〟のある生涯

木下順二さんの『夕鶴』などで一九五一年一一月、出版界への第一歩を踏み出した未來社は、当初、対外的には恰も演劇出版社であるかのような印象を与えていた。事実、わたしが野間宏さんの口利きで未來社に入社した一九五三年四月、それまでに刊行されていた新刊四五点のうち、三〇点ほどが演劇関係書だった。しかし創業者の西谷能雄さんは、ほぼ一五年間在籍した弘文堂時代に親交を深めていた内田義彦さん、丸山眞男さんの著書によって、未來社における社会科学の学術書の分野を開きたいと、仕事をすすめてもいた。そしてわたしが入社した一〇月、内田さんの『経済学の生誕』が、まさにその第一冊目として刊行されたのである。

「夕鶴の附録になるのは困るよ」と、内田さんが冗談混りに言っていた『経済学の生誕』は、刊行間もなく学界から高い評価を得た。高島善哉氏が「十年に一度出るか出ないかの名著」と評したという話も伝わり、多くの書評が出たが、その中に、批判もこめた小林昇さんの一際すぐれた書評があったのである。それが一つの契機ともなり、また論敵・内田さんの強いすすめもあって、西谷さんは、いち早く、福島大学教授だった小林さんに連絡をとり、わたしも西谷さんのお供をしての福島大学詣でがはじまったのだった。

西谷さんが書いているとおり、当時の福島大学は戦前の兵舎で、「歩くと廊下がみしみしときしんで、なんとなく異様な感じを与えるバラック」（『出版とは何か』）建てのなんともみすぼらしい国立大学だった。しかしその教員室には、小林さんの薫陶を受けた若き研究者たちがいて、自由で人間味溢れる明るい学問的雰囲気があった。わたしたちが教員室を訪れるや否や、待ってましたとばかり将棋大会がはじまることもあり、仕事の話などは二の次だった。〝梁山泊〟を思わせるその古びた教員室の集いの中から、小林さんの助言・推薦のもと、羽鳥卓也、星埜惇、松井秀親、山田舜、渡辺源次郎、富塚良三といった皆さんの著訳書が、一九五〇年代後半から六〇年代にかけて、一斉に未來社から刊行されたのである。

何度か足を運んだ福島は、いつも雪が降り寒かった印象が残っている。小林さんも、「冬になると東北地方の盆地の寒さが身にこたえた。雪の吹きつける夜などは、コタツにいる私の和服の襟がうっすらと白くなっていることもあった」と書いている（『山までの街』）。むろん、福島にも春があり夏があるのは当然だが、小林さんの学問に対する態度に、福島の雪や寒さが、強く刻印されているようにわたしには思える。小林さんの未來社での最初の著書『重商主義解体期の研究』は、小林さんが、一九四〇年以来一五年を過ごした福島を離れ、立教大学に移る一九五五年三月に刊行された。

小林　昇

母とわれとこもごもに夜半《やは》を目覚めつつ悪意のごとき冬は来むかふ
雪こほる街よりの道をかへり来て掌《て》はあからみぬ少女のごとく
山あひの曝《さ》れし田づらにこびりつける雪ぞ淋しき昏がりてきぬ
（短歌の引用は、小林昇全歌集『歴世』から。以下同）

小林昇さんと内田義彦さんの学問の中身について触れることは、わたしのとても及ぶところではないが、一編集者として接する機会を得たお二人の人柄というか、学問を通しての生きる姿勢といったものは、まさに対照的だったように思う。些細な例だが、未來社に入社して間もなく、西谷さんから渡された内田さんの『経済学の生誕』の校正には、吃驚仰天、校正紙の余白の至るところに〝みみず〟が這ったような判読困難な文字で訂正が書きこまれていたのである。それでは印刷所の職人さんに気の毒なので、もう一通の校正に綺麗に書きうつすのが、西谷さんから命じられたわたしの仕事だった。しかし小林さんは、葉書一枚の一字の訂正でも、刃物で削ってゴム消しでこすり、書き直すほどの気の遣いようだった。その仕方を小林さんから直接伝授されたことがある。葉書一枚でもそれほどだから、小林さんの校正が綺麗だったことはいうまでもない。「日本の社会科学者の、ことに経済学者のなかの果たしていくたりが、自己の文体を以って自己の著作を書くという意識に徹しているだろうか」（『帰還兵の散歩』）とは、小林さんにしてはじめて言える自負心に満ちた言葉ではなかろうか。
内田さんは、木下順二さんや野間宏さんなどとの同時代の文学者たちと親しい交流があり、演劇などについても積極的に発言したが、小林さんは、同時代においては専門の経済学史の研究にのみ専念・

限定し、他ジャンルへの発言は敢てさし控えたと思える。しかし小林さんは、少年時代から親しんだ『万葉集』などの古典をはじめ、森鷗外・斎藤茂吉、そしてドストエフスキーなど内外の近代文学への造詣も深く、書斎に整然と並んだ多量の文学書には目を見張らされたものである。それらへの造詣が、「カタルシス」と称した四冊の歌集と三冊のエッセイ集に結果したことはいうまでもない。同時代の政治的・社会的動向や、人間関係などのあり方に対し、小林さんは、文章と同じく、みずからの確固とした〝文体〟をつらぬいたのである。

編集者にとって、内田さんは、原稿や校正が決して約束どおりすすまない手強い相手だった。むしろんFAXなどあるはずもなく、電話すらなく、ただひたすらお宅に日参するほかない時代である。ある時など、「どうも今日は気分がのらないから、アルバン・ベルクのオペラ『ヴォツェック』のレコードを一緒に聞かないか」といった一幕などもあった。つまり内田さんは、みずからの〝気分〟に忠実で、編集者とのやりとりや、その困惑までも楽しんでいるかのごとくであった。一方、小林さんは、原稿・校正などは、すべて約束どおりで、時間も正確だから、わたしも緊張せざるを得なかった。しばしば訪れた自宅での、水絵夫人を交えての文学やこけしにまで及ぶ自由な歓談を温かく想い起こすが、いかなる場合も、小林さんは〝気分〟で相手を左右することはなかった。

これは決して内田さんを非難することではないが、一冊目の『経済学史講義』(一九六一年)以後、内田さんの著作は、評判の高かった岩波新書の『資本論の世界』(一九六六年)ほか、ほとんどが岩波書店で刊行されるようになった。しかし小林さんは、印税収入などろくにのぞめない未來社で著書の刊行をつづけ、ついに『小林昇経済学史著作集』全一一巻(一九七六〜八九年)を完成させたのである(わたしは一九八三年五月、未來社を辞したので、この仕事は同僚だった田口英治さんがすべてすすめた）。あの寒気厳しい福島の〝ボロ校舎〟を訪ねてきた西谷さんとの友情をつらぬくこと、これもまた、小林さんにとってゆるがせにできない生きる上での〝文体〟だったのではなかろうか。

内田義彦さん、一九八九年三月、病没。

献花のなかの遺影を見ればなかなかにやさしき顔の内田義彦
内田・小林論争といふ名称《な》が残りむなしさのごときものも残りぬ
世に遅れ世に遅れたるわれの生《よ》のけふを来て君の棺《ひつぎ》を担ふ

＊

小林さんは、「わたくしにはヴェトナムで一期《いちご》の旅をしつくしたという思いがある」と書いている（『帰還兵の散歩』）。そしてさらに、「この思いはかなり深い疲労感を伴ったもので、……わたくしの学問上の仕事はむしろこの疲労感の産物」とすら書いているのである。一九四四年八月から、敗戦翌年の四六年四月、福島に帰還するまでのベトナム戦線での一兵士としての小林さんの体験が、どんなに凄絶なものであったか。三冊のエッセイ集でそれらの体験は書かれているが、〝疲労感〟は決して消えることなく、小林さんの生涯を貫く〝棒の如きもの〟となったと思える。ベトナム人の二人の捕虜を処刑するに当って、死体を抛り込む穴を掘らされた小林さん（『私のなかのヴェトナム』）。その〝殺人〟の現場を、小林さんは淡々と書いているが、戦場での〝殺人〟がこれだけにとどまらないことはいうまでもない。

小林さんの家を建てた庄幸司郎さん（未來社に入社する前年にわたしが教師をしていた都立夜間高校の教え子で、以来友人となり、建設会社を設立。小林さんは一時期、庄建設の監査役を引受けてくれた。二〇〇〇年二月病没）と、小林さん、わたしと三人、珍らしく赤提灯で呑んだことがある。言うまでもなく小林さんはチビリチビリ、庄さんとわたしは相変わらずガブガブ呑んでいた。ふと、話が戦争のことに移り、わたしたちは口を極めて天皇制ファシズムの侵略戦争を批判、そのもとで多くの兵士たちがどれだけ「犬死」同様に殺されたかと、酔いにまかせて話していた時である。それまでいつものように、相手を労るような微笑を浮かべていた小林さんが、突然キッと厳しい表情に変わり、「犬死などと言ってはいけません！」と、わたしたちをたしなめたのである。それ以上、議論することもなかったと思うが、その時、小林さんの頭には、共に戦場にあって、強制された死を死なねばならなかった戦友たち、そして同時にベトナム人たちのことが去来したのではなかったか。

小林さんは、いわゆる「マルクス・イデオロギー」や、当時のソ連をはじめとする社会主義国に対しては、極めて手厳しい批判をしている。しかし、藤田省三さんの書名を借りていえば、〝天皇制国家の支配原理〟については、どのように考えていたのだろうか。また、ベトナムでの直接の戦争体験を、ある悔恨と悲哀をこめて見事に書かれているが、死者が二千万人にも及んだという中国をはじめ、アジア全域にわたった日本の侵略戦争に対して、どのように償わねばならないと思っていたのか、一点の疑問とともに、聞いておきたいところであった。経済学史という学問領域、ベトナムでの戦争体験、みずからの目で確かめ得たもの以外には、禁欲して言及しないという、これもまた小林さんの〝文体〟

といえるだろうか。

妻とゐる夜半におののけり左掌《て》にまさしく銃の油匂ひつ
やや寒く団地は燈る　ヴェトナムにわれは罪負ひてながく生きにき
ヴェトナムに兵として拒みかねしこと秘めて来りつ三十八年

＊

何年か前のある日、西武池袋線の車内で、小林さんとバッタリ出会ったことがある。九〇歳前後で日本学士院会員の小林さんが電車に乗っていることに驚いたが、久闊をお詫びするわたしに、変わらぬ笑顔で語りかけ、別れぎわには「何かと話したいことがあるから、ぜひ家に寄って下さい」とのことだった。しかし何か臆するところがあり、手紙の往復で年月が過ぎてしまったのである。そんな折、小林さんの信頼厚い友人の船木拓生さんに誘われ、二〇〇九年一〇月二二日、一緒に小林宅を訪問することになった。嬉しい久しぶりの機会だったが、当日の朝、妻が救急車で病院に運ばれる事態が起こり、急遽、訪問を断念せざるを得なくなったのである。その後も船木さんと小林宅訪問を考えたが、そのまま再会を果たせず、翌年六月三日の小林さんの訃報に接することになった。そして、とり返しようのない悔いの思いは、護国寺桂昌殿での盛大であろうはずの葬儀への参列をも、躊躇《ためら》わせたのである。

小林さんにとって、森鷗外の生涯は、一つの軌範だったのではなかろうか。専門の経済学史研究への集中と、文学やあらゆる世俗的欲求・社会的発言への断念。そして学者としては最高といっていい日本学士院賞の受賞と昭和天皇との会見。アダム・スミス賞。その他大学・学会での数多くの名誉職。それは、軍医総監にまでのぼりつめ、帝国博物館総長、帝国美術院長などの要職もこなしつつ、日本近代文学の最高峰を極めた鷗外の生涯と重なりあうようにわたしには思える。しかし同時に、学問することへの〝疲労感〟を背負い、社会主義のみならず、資本主義の現実にも不信の念を抱き、科学文明の発展に絶望し、原発の開発への強い危惧などを、小林さんは、ささやかだが表明もしていたのである。鷗外が、「余ハ石見人森林太郎トシテ死セント欲ス」と遺言状にしるし、国家からの一切の「栄典」を拒否したことは有名だが、小林さんは、この「破滅の淵」に立たされている日本に、どんな言葉を遺してくれただろうか。

鷗外の遺書を半解にあげつらふ中野重治をうとむときあり
世に知られ老いて誰彼もまた醜し鷗外はその期《とき》に尽きたり
打ち交はす概念の論のとどまらず遠く来てここも寂しと思ふ（ドイツ再訪）

＊

「人類は、恐竜みたいに簡単には絶滅はしないでしょうが、人類支配の時代が遠からず終わりになるんじゃないか。つまり、人間の社会的存在としての能力は、もうそろそろ限界に近づいてきているんじゃないかと、そういう感じがいたします」（小林昇編『先学訪問08――21世紀のみなさんへ

小林　昇

──『財団法人学士会発行・井口洋夫氏のインタビューに答えて)

よみがへり古代の蓮《はちつ》ひらくともいのちはいづれ須臾《しゆゆ》なるものを

(2011・12)

武井昭夫

尾崎信遺稿集『運動族の発言――大阪労演とともに四〇年』

尾崎信さんは、一九五〇年一月、演劇観賞団体である労演（勤労者演劇協会、のちの大阪労演）の事務局員になり、以来、一九九四年一〇月、六七歳で生涯を閉じるまでの四四年間、大阪労演を根拠地として、戦後演劇運動の真只中を一途に歩みつづけました。没後五年にして刊行されたこの遺稿集（尾崎信遺稿集刊行委員会編集・刊行）には、いくつかの座談会とともに、尾崎さんの殆どの文章が項目別に編集され、まさに〝運動族〟の一人としての尾崎さんの揺るぎない軌跡を辿ることができます。

いささかの悔恨をこめて想い起こしますが、わたしもまた、ある時期、ある劇団にかかわり、〝運動族〟のはしくれとして駆けずりまわったことがあります。一九六〇年代、戦後演劇運動が最も高揚した一〇年間です。しかし、それらは空しく潰えました。それゆえ、ふりかかる困難に立ち向かい、粘り強く、演劇運動の真のあるべき姿を求めつづけた尾崎さんの生涯に、わたしは烈しく批判され、鞭打たれ、あらためて、深い敬意を覚えずにはおれないのです。

ところで、この遺稿集の巻頭には、武井昭夫さんの「演劇運動の再生のための教訓」と題された、実に一五〇枚に及ぶ書きおろしの文章が収められています。副題に「跋に代えて」とありますから、武井さんは、遺稿集の巻末に収められる心づもりだったのでしょうが、しかしこの文章は、まさに巻頭にあってしかるべきものということができます。尾崎さんと三十数年に亙る「生涯の友、同志」だった武井さんの情理兼ねそなえた〝跋〟は、演劇運動における尾崎さんの貴重な〝遺産〟に光をあてたばかりでなく、それらと重ねて戦後の芸術・文化運動、政治運動等の主要な潮流を批評的に追究・検証しており、ただただ見事というほかありません。従ってこの拙文も、武井さんの〝跋〟の一端をなぞり、紹介するに過ぎないでしょう。

尾崎さんは、まず何よりも、演劇創造の主体である作家・劇団と、それを観賞する観客（勤労者）との批評的な往復運動を実りあるものにすることによって、いかに演劇運動全体の質的向上をはかるかという、極めてきびしい道で奮闘しました。資本主義的・商業主義的荒波がたえず押し寄せる現実に向かって、「勤労者による自主的な演劇創造活動の質量」をどう高めるか、尾崎さんは、個々の舞台公演に誠実に対面し、また多くの会議・報告等で発言しつづけたのです。尾崎さんは書いています。――「文化・芸術そのものの商品化・風俗化（観客の受動化・刹那化）という傾向の拡大のなかで、われわれの運動は、勤労者のもつ積極性・能動性と結びついた演劇創造の再形成ということを中心的な課題としなければならない」と。一九七三年の発言です。いまわたしたちを取り巻く文化・芸術状況に目を注ぐ時、暗澹たる思いにとらわれるとともに、いまは亡き尾崎さんの先駆的な痛憤をひしひしと感じないではおれません。

尾崎さんはまた、芸術運動に対する政治・政党からの介入に対し、毅然たる姿勢を崩しませんでした。尾崎さんは終生、日本における社会的変革の闘いを貫いた人でしたが、だからといって、「民主的・民族的演劇の発展」といったような「一党の政治的見解」による演劇運動に対する上からの〝裁断〟に対しては、「運動のあり方やリアリティというものを殆ど無視して」おり、「演劇（芸術）運動の成立する根元のところの省察を深くくぐらない」ところの「政治主義的」スローガンとして、強い〝危惧〟を表明したのです。演劇のみならず、あらゆる民主的運動での「政治的呪縛」からどのように解放されるか、尾崎さんは苦闘しつづけたのです。

たえず勤労者＝大衆の生活基盤に立脚していた尾崎さんは、自立演劇・職場演劇・サークル演劇の活性化にも全力を投じました。そのために、丹念に、〝自立劇団〟の公演・演劇祭等に足を運び、真摯な感想を述べ、その創造・発展への課題と取り組みつづけたのです。武井さんは書いています。――「全国的にみても労演活動家でこれだけ系統的にかつ継続的に職場の演劇創造に深い関心を寄せ、その実践を批評しつづけた人はいないのではないか」と。尾崎さんは、類稀れな持続する精神と、働くものの現場にしっかりと立って、演劇観賞運動の現状と行く末に眼を注いでいたのです。

それゆえ、職場作家として出発した宮本研さんとの芸術的共感・友情に溢れた文章も胸を撃ちます。わたしも、一編集者として、研さんの『僕らが歌をうたう時』や、『明治の柩』を出版した頃のことを想い出しました。もはや、研さん亡く、尾崎さん去り、時代は急速に病み、演劇の孤立した商業主義にまみれた舞台は猖獗を極めています。しかしおわりに、やはり武井さんの呼びかけをしるしたいと思います。

――「演劇運動は再生・再建されねばならない。戦後のそれが無残に解体されたが、二度とそうはならないような運動の新生がめざされねばならない。演劇界の無残な現況がその必要を痛切に訴えている。労演の困難な状況もそれを示している。……運動の歴史と論理を忘却の彼方に埋もれさせたままにしてはならない。たえず歴史は掘り起こされ、そこから教訓がまとめられ、それが次代に届けられるべきなのである。そのための貴重な遺産の一つが本書である。」

(2000・冬)

『戦後史のなかの映画』を読む

いまから四十数年も前の一九五九年、アンジェイ・ワイダ監督の『灰とダイヤモンド』をめぐってかわされた花田清輝と武井昭夫の論争は、当時、わたしをびっくり仰天させた。映画を批判した花田さんの「無邪気な絶望者たちへ」に対し、武井さんが、本書に収められている「ヤンガー・ジェネレーションの戦後意識」で、敢然と反批判を展開したのである。主人公のテロリストの凄絶な末路に感情移入する「うじゃじゃけた讃美論」を厳しく退けつつ、武井さんは、ワイダの積極的な主題を評価し、「花田のアンチテーゼは……完全なゆきすぎ……戦術転換を強くねがう」と断じたのである。芸術運動の道をともに歩いてきた先輩への、心をこめた渾身の発言であった。こんどあらためて読み、年代を隔ててもいまなお新鮮な批評精神の輝きに、感嘆するほかなかった。花田さんがこの批判に敬意を払ったことはまちがいない。そのことは、花田さんが、終世、武井さんを芸術運動におけるかけがえのない僚友としたことをもってしても明らかである。

武井さんが言及している黒澤明の戦時下・敗戦直後の作品、また一九五〇年代後半から六〇年代初めにかけての日本・外国映画のほとんどは、時代を共にしてわたしも見ているが、それらに対する懇切丁寧で、しかも厳正的確な、映画・芸術運動はいかにあるべきかという據点を一歩もゆずらぬ批評は、決して過去形としてではなく、今を生きるわたしたちを限りなく鼓舞してやまない。――黒澤明の戦争協力映画『一番美しく』と、戦後の戦争反対映画『わが青春に悔なし』における作家としての責任の問題。深沢七郎の『楢山節考』を映画化した木下恵介と、それを〝鑑賞・礼讃〟した映画評論家たちの「日本的現実への無条件屈服の姿を美化する残酷な抒情性」批判。大島渚の『日本の夜と霧』上映中止事件を通しての日本映画の危機の総体への警鐘。フレッド・ジンネマンの『夜を逃れて』や、ジャック・クレイトンの『年上の女』におけるドキュメンタリー的手法への評価など、さし出されている問題は多く、どれもが今日的意味を孕むものばかりである。

今日的といえば、本書の後半一六〇頁を占める遠藤裕二氏を聞き手としたインタビュー「現代日本映画を語る」は、今村昌平・小栗康平から北野武・橋口亮輔、わたしの見たこともない監督作品まで、その目くばりの広さと深さには目を瞠るものがある。また、土本典昭をはじめとするドキュメンタリー映画の重要性と将来性も強調する。日本映画の後退・停滞にある意味では絶望しつつも、協働で創り出す映画「芸術運動の原初」に立って可能性を切り開かねばならないという、武井さんの熱いメッセージを、本書からひしひしと感じとるのはわたしだけではあるまい。

（2003・11）

『層としての学生運動――全学連創成記の思想と行動』

敗戦から五年目の一九五〇年五月二日、〝眠れる牛〟と揶揄も含めていわれていた東北大学の学生が、目を覚ました。いわゆるイールズ事件である。全国の大学を巡回して、共産主義的教師を教壇から追放せよと講演していた米国のイールズ博士が、学生たちの抗議にあってはじめて演壇で立往生、講演を中止せざるを得なかったのである。その日、大学構内、法文学部の最も大きい階段教室には、彼の講演を聞くために集まった学生たちが、立錐の余地もなくつめかけていた。ハタチそこそこのわたしもその一人で、教室の中程の席だったと思う。やがて講演がはじまろうとすると、最前列あたりの学生数人がつぎつぎに立って質問を浴びせかけ、烈しくつめ寄った。イールズは答弁に窮し、大学の職員か誰かにガードされながら、そこそこに姿を消したのだった。直ちに、レッド・パージ反対の学生大会にきり代ったのではなかったか。（イールズ事件の〝記録集〟が刊行されたがわたしは未見である。）わたしにとって、学生運動による政治参加の初めての経験であった。

当時、全学連（全日本学生自治会総連合）の輝ける初代委員長が、武井昭夫さんだったことは知られている。本書のなかで、武井さんは、このイールズ声明反対闘争を、その年一〇月に始まった「大学でのレッド・パージとの決戦の秋《とき》」の、いわば前哨戦として高く評価しているが、事件から二日後の五月四日、「全学連書記局に東北大より〝「イ」ゲキタイ、ハンテイバンザイ〟の電報が打たれたのだった（本書巻末の五〇ページにわたる詳細な山中明編「日本学生運動史年表」による）。そして、わたしがいまなお忘れることができないのは、武井全学連委員長から、〝トーホクダイガクノガクセイショクン、ヨクヤッタ〟という激励の返電が届き、喜ぶとともに、勇気づけられたことであった。

本書（スペース伽耶刊）は三部から成る。〈I全学連の出発――その闘争目標はなんだったか〉には、現在の時点から、「第一次全学連の急進主義」の理念と経験を、若い世代に向かって語った論稿・インタビュー・講演を収める。「米帝国主義の支配とそのもとに強化されてくる再建日本帝国主義との対決を運動の共通する大衆的理念」とし、学生を「全学連を軸に層として」まとめつつ、「勤労人民と同盟して「平和を擁護しつつ民主主義を発展させ社会の変革」をめざすという〝理念と経験〟は、なんといまも新鮮で正当性に満ちていることか。学生運動の困難な現状に直面する学生たちを対象に、全篇にわたり懇切丁寧な〝注〟を書き加え、新しい「変革をめざす流れ」を切々として説く武井さんには、ただ敬服のほかはない。

本文四六〇ページのうち二八〇ページに及ぶ〈II「層としての学生運動」――その大衆性と戦闘性〉には、一〇篇の論稿が収められているが、武井さんが二一歳（一九四八年）から二四歳（五一年）にかけての東京大学の学生時代に書かれたものというから驚く。わたしがイールズ事件で〝目を覚ました〟頃には、遙か先を歩んでいたのである。なかでも、「東北大闘争をはねあがりと非難」し、地域・日常闘争に学生運動を後退させようとした藤尾守（山川暁夫）の「前衛」論文を批判した「日本学生運動における反帝的伝統の堅持と発展のために」は、わがことにもかかわりあらためて感銘を深くした。武井さんは、いかなる場合も反帝反戦闘争の国際的立場を一歩も退かなかったのだ。〈Ⅲ運動再建のための提言〉には、六全協（五五年）後の表題に沿った〝短文二編〟がある。

花田清輝さんは、生前、年若い武井さんに〝運動〟の観点から最も信頼を寄せていた。演劇・映画をめぐって二冊の対談集が刊行されてもいる。花田さんは書いている。――「帰郷運動者の一人が、クニへ帰って、まず、オヤジを説得してくるよ、といって勇んで出発するのをみて、武井昭夫が、とんでもないことをいいやがる、そんなむつかしい仕事は、革命がおわってからとりかかっても遅くなかろうに、といったような意味のことを、めずらしく実感をこめてつぶやいていたのは、ほほ笑ましかった」（「『修身斉家』という発想」）と。そして「まっさきにオヤジやオフクロに構うのは、手つづき上あやまっている」と武井さんに共感を寄せつつ、「修身斉家」よりも「治国平天下」を優先すること、さらに「治国」だけしか眼中にないナショナリストを批判し、いまや世界各国を含む「天下」＝インターナショナリズムの立場に立たない限り、「平天下」は実現しないことを、花田さんは主張したのである。

武井さんは、「学生時代に考えていたように生きていくことを持続してきた」と述懐しているが、まさに、学生運動につづく文学運動・演劇運動、そして思想運動のすべてにおいて、インターナショナルな立場に立った「平天下」の道を、一貫して歩み通しているのである。余人のなせる道ではない。本書は、その出発点を示す貴重な論稿・証言集である。

（２００５・７）

『芸術運動の未来像』のことなど——追悼

武井昭夫さんの「はじめての評論集」である『芸術運動の未来像』が現代思潮社から刊行されたのは、いまから半世紀をさかのぼる一九六〇年十二月です。この本の企画・編集をしたのは、当時、弘文堂の編集者で、のち晶文社を経てイギリス民衆文化、ウィリアム・モリス研究者としてすぐれた業績を残した小野二郎さんです。しかしどたん場で刊行できなくなり、現代思潮社の編集者だった久保覚さんがそれを引き継ぎ完成させたものです。久保さんも、武井さんが傑出した「文化活動家」と評した人ですが、小野さんは五三歳で八二年四月、久保さんは六一歳で九八年九月、それぞれ急死してしまいます。小野さん、久保さんともにわたしは存じ上げていて、特に久保さんとは晩年、仕事の上で深いおつきあいをさせてもらいました。お二人とも、わたしなどとは比較にならないほどのすぐれた編集者であり文筆家でしたが、『芸術運動の未来像』という、武井さんにとって記念すべき、いや、武井さん個人のみならず戦後の日本文学の批評運動にとって不滅の一冊の本の成立事情には、お二人のことも思い出されて忘れ難いものがあります。

すでにその頃、武井さんの存在は、吉本隆明さんとの共著『文学者の戦争責任』(五六年九月・淡路書房)や、「新日本文学」「現代批評」などの文芸批評・映画批評等でわたしたち仲間の間では知れわたっていました。しかし五三年、未來社の編集者となったわたしは、花田清輝・埴谷雄高・平野謙さんなどの文芸評論集につづき、一九五九年、吉本隆明さんの『芸術的抵抗と挫折』と『抒情の論理』の二冊を企画・刊行したのです。当時、花田さんとお話しする機会が多かったのですが、ある時、「いまの若い人で誰に期待しますか」と、雑談まじりに聞いたことがあります。すると言下に、花田さんは、「武井昭夫と吉本隆明だね」といわれたのです。その〝ひとこと〟は忘れられません。

ところが事態は大きく変化します。やがて有名な花田・吉本論争がおこり、六〇年の安保闘争の敗北をピークに、吉本さんは一躍ジャーナリズムでの寵児となります。一方、武井さんは、「新日本文学」を根城に、花田さんなどとともに芸術運動・批評運動をつづけ、六九年には、「日本の労働者の階級意識の再形成を目指す運動団体」としての「活動家集団思想運動」を結成するのです。武井さん自身が語っているのですが、文学者の戦争責任・戦後責任などの問題を、武井さんは、運動内部から追究し強化しようとしたのですが、吉本さんは、それらの運動を破壊することに個人として力を注いだのです。わたしは、残念なことでしたが、二冊の評論集を作らせていただいたあと、吉本さんとはお訣れします。そして七五年から七七年に未來社で企画・刊行した『武井昭夫批評集』三冊（もともとは全六冊の予定でしたが、事情で中断）、及び『演劇の弁証法』（影書房・二〇〇二年）などをとおして、武井さんの仕事を追いつづけることになったのです。

ふりかえってみると、手前味噌ないい方になりますが、吉本さんの『芸術的抵抗と挫折』と、武井さんの『芸術運動の未来像』は、戦後の新しい時代を切り開く画期的な批評集として記憶されるものではないでしょうか。以後、吉本さんについてはご存知の方も多いでしょうが、武井さんは、みずからの〝マルクス・レーニン主義的立場〟といいますか、日本の資本主義体制での政治的・文化的状況への一貫した批判的・批評的姿勢を堅持し、マスコミへのかかわりを断ったといっていいでしょう。原稿の執筆も、「新日本文学」のほかは、ミニコミの映画・演劇・美術雑誌や書評紙などに限られます。出版についても、花田さんとの対談集である『新劇評判記』（六一年・勁草書房）、『運動族の意見――映画問答』（六七年・三一書房）をのぞけば、晶文社と未來社・影書房という、マスコミとはほど遠い出版社に限られ、晩年は、「思想運動」の出版・広報活動の拠点ともいうべきスペース伽耶で、『武井昭夫状況論集』全四巻を亡くなる二カ月前に完結させたのです。つまり、武井さんほど、みずからの主義・主張をすべての局面で貫徹した方はいません。

年齢の差を越えて、花田さんと武井さんとの〝運動族〟としてのお互いの敬愛関係には羨ましいものがあります。アンジェイ・ワイダの『灰とダイヤモンド』をめぐる両者の論争は知られていますが、これもいま読みかえすと、ともにポーランドの戦後の苦闘をどう評価しつつ、日本の政治的・芸術的ありようをいかに見きわめるかということで、共通の場に立って論じあっているのです。この論争で、かえってお二人の関係は緊密になったといえます。武井さんが口を極めて批判したのは、無残に殺されてゆく反共テロリストの主人公に同情の涙を流す「うじゃじゃけた讃美論」（武井さんの言葉）に対してです。『芸術運動の未来像』に収められたこれらの映画評は、他の戦後文学論とともにいまなお光彩を放つものです。このような映画への批評がいま見られないのは残念というほかありません。

わたしが武井さんの名前を知ったのは一九五〇年五月二日、東北大学でおこった〝イールズ事件〟の時です。学生運動に余り積極的でなく〝眠れる牛〟などと半ば**ヤユ**されていた東北大学の学生が（わたしもその一人でしたが）、共産主義的教師を大学から追放しろと、全国の大学で講演してまわっていたＣＩＡのイールズ博士を壇上で阻止し、退散させたのです。〝遅れてきた政治青年〟であったわたしの政治運動への初体験でした。当時、全学連委員長だった武井さんからの激励の電報を、いまに忘れることはできません。やがて新日本文学会に加わることで武井さんを身近に知ることになるのですが、武井さんの〝原則〟からすれば、〝例外〟の仕事に腐心することの多い編集者であるわたしに対し、武井さんは内心、我慢ならない思いを堪えて、寛容につきあってくれたのだと思います。しかし、その〝原則〟こそが、わたしにとっての基本的な指針であることはいうまでもありません。武井さんの最後の著書の表題は『原則こそが、新しい。』です。

このような追悼の思いを求めに応じて書くことは、武井さんの生涯の全仕事に対し、誠に失礼なことだと思います。かつて花田さんは、「追悼文なんか書く奴はくだらない」などと批判したことがあります。武井さんは、そのようなくだらない追悼文は、生前、書いたことはありませんが、大阪労演の事務局員として戦後演劇運動の最前線を生きた尾崎信さん（九九年・六七歳で死去）に対し、実に一五〇枚（四〇〇字）の追悼文で報いたことがあります。また、映画評論家・木下昌明さんの夫人で、新日本文学会・思想運動で行を共にしながら、八〇年に三八歳の若さで病没した木下教子さんや、さきの久保覚さんなどに対しても二、三〇枚に及ぶ情理溢れる感動的な追悼の言葉を贈っています。武井さんは、そういう人だったのです。

（２０１１・冬）

吉本隆明

長いお訣れ

わたしが一介の編集者として吉本隆明さんの著書刊行にかかわったのは、一九五八年の半ばごろから五九年にかけてのわずか一年ほどであった。それまでの吉本さんの著書としては、武井昭夫さんとの共著『文学者の戦争責任』（五六年九月・淡路書房）と、『高村光太郎』（五七年七月・飯塚書店）、そして『吉本隆明詩集』（五八年一月・書肆ユリイカ）があり、わたしは一読、深い感銘を受けていた。そこで、「近代文学」や詩の雑誌・同人誌などに書かれていた吉本さんの評論を編集・刊行したいと願ったのである。

未來社の編集部に一九五三年入社したわたしは、主として第一次戦後派と称された作家・評論家の著書の刊行をすすめていた。その第一冊目が、花田清輝さんの『アヴァンギャルド芸術』（五四年一〇月）で、つづいて、平野謙・埴谷雄高・本多秋五さんなど、主として〝近代文学派〟と呼ばれる方がたの評論集の刊行にかかわっていたのである。そんな折、ようやくにして、吉本・武井さんのほか、谷川雁・井上光晴・橋川文三さんなど、わたしの年代にも近い、謂わゆる〝戦中派〟の発言が活発になり、戦後的な斬新な印象をわたしは受けたのだった。

特に、戦前のプロレタリア文学運動から戦後の民主主義文学運動をひとつながりのものとして理解していたわたしにとって、吉本さんの「二段階転向論」は目が覚める思いだった。すなわち、中野重治などをのぞくプロレタリア文学者のほとんどは、権力の弾圧によって転向したのみならず、戦争期には、積極的に権力に協力し、理論的・実作的に戦争を合理化する第二段階の転向を歩んだと断じたのである。それは、いうまでもなく、日本封建制の優性遺伝、天皇制権力への屈服、大衆からの孤立に耐えられなかった結果と論じたのだった。また、「マタイ伝」を「マチウ書」、「イエス」を「ジェジュ」とフランス語で表記した「マチウ書試論」は、不勉強で十分に読みとれなかったが、フランス語の『聖書』をテキストに必死に苦闘する吉本さんの息遣いに圧倒されずにはおれなかった。

ある時、花田さんに「次の世代で誰に期待しますか」と聞いたことがある。すると花田さんは言下に「武井昭夫と吉本隆明だね」と答えた。平野さんも「吉本隆明はいいねえ」と、顔をほころばせて語ったことがある。さてしかし、一部で吉本さんの評価は高まりつつあったが、果たして評論集がどれだけ売れるか皆目見当がつかなかった。いまでは想像もつかないだろうが、たしか、初版は千二百部か千五百部、印税のかわりに本を七〇部という約束で、一九五九年二月に『芸術的抵抗と挫折』、そして詩論を中心にした『抒情の論理』を六月に未來社から刊行したのである。吉本さんが特許事務所で働いていた頃で、北区田端町か文京区駒込林町か、どちらかの仮寓のがらんとした畳敷の一室で、前年に生まれた長女の多子《さわこ》さんを膝にかかえた吉本さんと打ち合わせた一齣を想い起こす。吉本さんは、柔和ですべてに寛容であった。ところが、少しずつ燻りはじめていた謂わゆる〝花田・吉本論争〟がそのあたりから一挙に激烈化したのである。両者にはさまれた形で、わたしは困惑し、編集者としての姿勢をみずからに問わねばならなかった。

この論争については、「花田清輝・吉本隆明論争」と傍題のある、いまは亡き好村冨士彦氏の西部劇まがいのタイトルの名著『真昼の決闘』（八六年五月、晶文社）で明らかである。世上では吉本さんが勝利したかのような印象を与えたが、わたしはそうは思わなかった。次第に高揚する安保闘争の最中、吉本さんの声名は高まり、芸術・思想・政治等に関する多くの理論的著作が書かれたが、わたしは、吉本さんとの長いお訣れの道を歩くことになった。花田さんは一九七四年九月、六五歳で亡くなったが、それまでに、『著作集』全七巻と、評論集・戯曲一一冊の未來社での刊行にわたしはかかわることができたのである。これが両者の論争に対するわたしの選択であった。

わたしはいまも、『芸術的抵抗と挫折』と『抒情の論理』の二冊を、手前味噌のようだが愛着をこめて戦後文芸評論集の白眉といって憚らない。しかし以後の、「知の巨人」「思想界の巨人」と周囲からもてはやされた半世紀余の吉本さんの道程を、わたしは無念に思いかえす。それは残念ながら、日本資本主義の高度成長を総体的には補完・擁護するものとなったのではなかったか。大衆・庶民という言葉に幻惑されて、多くの知識人が吉本さんをもてはやした。残念なことではあったが、それが、亡くなる直前の原発推進の吉本さんの無残な発言とも連結したのである。

一九六〇年六月一五日、樺美智子さんが惨死した夜、国会をとり巻く反安保の何万の群衆のなかにわたしもいた。そこで、学生たちとスクラムを組み、烈しい抗議行動をつづける吉本さんの姿を照らされるライトの中で見た。感動的な一瞬は、いまもありありと目に浮かぶ。未來社を辞し、小さな出版社をはじめた直後の二十数年前、池袋の西武線の改札で、バッタリ吉本さんと出会った。どちらからともなく、ぱっと手を握り合い、わたしは久闊を詫び、お互いに「どうかお元気で」と声をかわして別れた夜の、吉本さんの掌のぬくもりを忘れない。たまたま、今年二月に、こぶし書房で復刊された『芸術的抵抗と挫折』の解説を書いたが、そのおわりに引用した、わたしの好きな吉本さんの詩「恋唄」（五七年一〇月）の最後の一連を再録させていただく。

おれが愛することを忘れたら舞台にのせてくれ
おれが讃辞と富とを獲たら捨ててくれ
もしも　おれが呼んだら花輪をもって遺言をきいてくれ
もしも　おれが死んだら世界は和解してくれ
もしも　おれが革命だといったらみんな武器をとってくれ

（2012・4）

小尾俊人

小尾俊人さんを悼む
――『昨日と明日の間』にふれて

小尾俊人さんが、敗戦記念日の八月十五日に亡くなった。八十九歳。その日は、小尾さんが編集者として最も深く敬愛した丸山眞男さんのご命日（一九九六年没）に当たり、偶然とはいえ、お二人がともに〝戦後精神〟の出発を象徴する日に亡くなられたことに、ある感懐を抱かずにはおれない。

一九七六年、みすず書房から刊行された『戦中と戦後の間』の「あとがき」で、丸山さんは「十年一日のごとく、風呂敷を小脇にかかえ国電とバスに揺られて」訪ねてくる小尾さんについて「多田《ただ》の本屋の親爺《おやじ》にあらず」という江戸文学の老大家の言葉を引いて感嘆し、惜しみない信頼の情をのべたことがある。当時、小尾さんの良き同僚だった高橋正衛さんと、企画から刊行まで二十年をかけたこの本は、翌年に大佛次郎賞を受賞したが、その授賞式のスピーチでも、丸山さんは、小尾さんの編集者としての「アブノーマルと思われるほどの執念」に、心からの感謝の言葉を贈っている。丸山さんに限らない小尾さんのこの「執念」が、内外のかずかずの名著を世に送り、みすず書房の今日の屋台骨を築き上げたのである。

小尾さんの出版に対する基本的な精神は、小尾さんの最後の著書となった「編集者のノートから」と傍題のある『昨日と明日の間』(幻戯書房・二〇〇九年)を繙けば明らかである。二ページほどの小さな文章も含めて、本書にはほぼ四十篇の「仕事につながって綴った文章」が収められているが、そのどれもが小尾さんの戦後の時代と、それを生きた傑出した精神とのかかわりをくっきりと描きとり、ただ敬服のほかかない。

みすず書房の出発は、なんといっても『ロマン・ロラン全集』全七十巻の刊行と、その訳者・片山敏彦氏との出会いではなかろうか。「静かで清爽、真の人間的気品にみちていた」片山氏にふれた小品で、小尾さんは、「先生は、人間のアタマが論理の機械になったり、流行現象の奴隷になったりすることを嫌われた。そうしたアカデミズムや芸人インテリから距離をおかれた」と讃えている。それはそのまま、小尾さんの編集者としての、また文筆家としての姿勢、矜持となったといっても過言ではない。

以来、小尾さんは、「政治社会の有様《ありよう》、情報洪水の氾濫、有名性への憧憬、大衆煽動の技術など」の「阻害要因」に抗しつつ、「文字と芸術の力による精神の自立、友愛と尊敬が生きた力となることのできる世界へ」と出立したのである。その六十年を越える、みすず書房を砦とした小尾さんの編集者としての業績は、誰もが畏敬の念を覚えずにはいられないはずである。それは同時に、決して時流や利益を優先することのなかった戦後出版史の一つの模範ともいえる。

『昨日と明日の間』には、深く記憶に残る日本・外国の先人たちの精神のありようが、見事な文章で刻まれている。さきの丸山さんをはじめ、野田良之、萩原延壽、宇佐見英治、高杉一郎、藤田省三、瀧口修造、西田長壽、山辺健太郎、井村恒郎、石川淳、生松敬三の諸氏、そして荻生徂徠、山路愛山、田口卯吉。さらに、フランクルの『夜と霧』や、ゴヤ、ドーミエの画業、ゲバラの生涯などをとおして戦争に抗し、非暴力の世界の実現を語る。戦争中、軍隊で知りあった友人・代田敬一郎氏の『木の国・石の国』出版記念会での挨拶も心打たれるが、マーチン・ルーサー・キング師の死を悼むわずか三ページの文章は素晴らしい。そこで小尾さんは書いている。

「私たちの憲法は、第二次世界大戦を経過した人類の希望のシンボルとして、第九条に示される軍備放棄の条文を持ちます。これは、人間を動物性においてでなく、精神性における高い存在として期待するものであります。これは、あなたの「非暴力」の精神の高みと相呼応するものと私たちは考えます。人間性と、人類の未来と、私たちの子孫を信ずる者にとって、この精神の高みの実現は、自明のこととして理解されなければなりません。」と。

出版の現場をしりぞいたあと、六人の有志たちとエッカーマンの『ゲーテとの対話』をドイツ語で講読し、翻訳している経緯をのべた講演も収められていて驚倒のほかない。〝昨日と明日の間〟の惨憺たる出版界の現状に、あらためて思いを致さないではおれない。

しばらく前のことだが、神保町のとある喫茶店で、小尾さんのお姿をお見かけしたことがある。ご挨拶すべきかどうか、一瞬迷ったが、何人かの方とお元気そうに話しあっていたので遠慮した。いや、そればかりではない。同業の編集者として相対することに臆する思いがあったからである。

小尾俊人

小尾俊人さん、一介の編集者として、あなたを模範に歩んでこられたことに心からの感謝を捧げ、お訣れします。

（2011・10）

小島清孝

〝小出版社〟を勇気づけた人

小島清孝さんは、一九七三年以来、東京堂書店の〝書店員〟としてただ一筋の道を歩み、二〇〇六年一〇月、その生涯を閉じました。しかし、小島さんは、いわゆる〝書店員〟として、本を読者に手渡すという主たる業務にのみ専念したわけではありません。小島さんは、本が書店の店頭に並ぶ以前、つまり、みずから関心をそそられたこの一冊の本は、一体、どこの出版社の誰がどうやって作ったのかということに、絶大の関心を寄せたのでした。本はただ単に、〝商品〟として手から手に移動しているものではない、本とは何かという本質的主題を、小島さんは〝書店員〟の領域を敢えて越境してでも探求せずにはおかなかった人なのです。

いまから二、三〇年も前、出版界でも高名なある方が、アメリカに次ぐ世界第二位の日本の出版産業規模を誇り、出版物の大量消費と出版流通のあり方を讃えている文章を読んで、びっくり仰天した記憶があります。出版は〝量〟で評価されるものなのか。本は〝消費〟されるものなのか。小島さんは生前、『書店員の小出版社ノート』（木犀社《もくせいしゃ》・一九九七年七月刊）という著書を遺しました。それは、本書（『書店員の小出版社巡礼記』出版メディアパル・二〇〇七年一一月刊）と同じく、〝小出版社〟一〇社の出版活動を丁寧に探索・評価したものですが、巻末には「再販制について考える」というすぐれた出版流通論が、〝書店員〟としての豊かな経験の上に立ってのべられています。そこで、小島さんは、〝再販制〟が廃止されると〝小出版社〟の存続に甚大な影響を与えることから、廃止に強く反対しつつ、さらに「再販問題検討小委員会」が「読者」を「消費者」ととらえることへの「違和感」をのべ、本は消耗品としての商品とは異なることを力説しているのです。しかし現在、本の名を借りた〝消耗品〟が量産されていることも確かですが、小島さんは、飽く迄も、みずからの出版理念に従って少部数の本を読者に向かって送りつづける〝小出版社〟にこそ、出版の本質を求めているのです。

小島さんは〝書店員〟としてどのような本を読者に手渡すべきなのか、さまざまな企画を試みましたが、そうしたなかで、グリーンピース出版会との出会いは、小島さんの〝書店員〟としての領域をひときわ更に越境させることになります。一九八五年六月のある日、グリーンピース出版会が刊行した『子どもの目に映った戦争』と、それをすすめた青木進々さんの努力と決意を伝える新聞記事に、小島さんは目を奪われたのです。この本は、第二次大戦下、ポーランドに侵攻したナチス・ドイツ軍が、どんなに残虐・非道な行為をくりかえしたか、子どもたちが描いた画文集です。たまたまワルシャワに滞在していたグラフィックデザイナーの青木さんは、古書店でこの本を手にし、そのナイーブな子どもたちの心と目に映った戦争の記録に感動、なんとしても日本人に伝えたいと願ったのです。青木さんの以後の運命は一変します。

いや、一変したのは青木さんだけではなく、小島さんも同じです。当時取次との取引きがなかったグリーンピース出版会から、小島さんは本を直接取り寄せ、B4判・オールカラー・定価三八五〇円の画文集を、一カ月で一四冊読者に手渡したのです。これは、一冊の本に心をかけた小島さんの小さな、しかし、やがて大きく展開する、新たな出発といっていいものでした。小島さんは前著で書いています。――「この体験を通してわたしは、青木さんと『子どもの目に映った戦争』に出会ったばかりでなく、このの ち、青木さんのように個の精神のおもむくままに本をつくる編集者たちに出会う機会をもつきっかけを得たのである」と。一冊の本が、〝小出版社〟との出会いの道を小島さんに開いたといっても過言ではありません。

青木さんは以来、写真ドキュメント『アウシュヴィッツ収容所』(六カ国語版・一九八七年一〇月刊)をはじめとして、傑出した出版活動をすすめつつ、ポーランドから提供された死者たちの遺品を展示する「心に刻むアウシュヴィッツ展」を全国各地で開催、ついには、「アウシュヴィッツ平和博物館」を日本に建設する運動に、まさに生涯を賭したのです。その間の困難を極めた紆余曲折をのべる余裕はありませんが、小島さんが〝書店員〟としての職務を果たしつつ、青木さんの片腕のようにしてどんなに力をつくしたか、計り知れないほどです。青木さんは苦闘のさなか、二〇〇二年七月、無念にも癌のため六四歳で亡くなりました。現在、青木さんと同じ道を歩み、その遺志を継承した小渕真理さんが、福島県白河市のはずれに建つ「アウシュヴィッツ平和博物館」を守りつづけていることには敬服のほかありません。

わたしが小島さんに出会ったのは、一九八四年二月、小島さんが企画したブックフェア「創業まもない版元さん大集合」で、三〇年間在籍した未來社を辞し、前年六月創業した影書房も〝集合〟した時でした。このようにして、小島さんは〝小出版社〟をたえず勇気づけ応援したのです。しかし小島さんとの関係が深まったのは、青木さんを紹介され、アウシュヴィッツの「展示会」や「平和博物館」の建設のため、出会い、話し合い、呑み、激励し合ってからです。実に二〇年の歳月が流れています。わたしより一〇歳も若かった青木さんが去り、いままた、二〇歳も若い小島さんが去りました。一人の〝編集員〟と、一人の〝書店員〟との友情に満ちた見事な生涯だったと思います。わたしはただ、残された者の悲哀に堪えながら、二人の反戦・平和への熱い遺志を受けつがねばならないと老いてなお決意するのみです。

小島清孝さん、あなたの生涯がどんなに輝いていたか、本書が明らかに物語っています。

（2007・11）

II

久保　栄

『新劇の書』讃

久保栄の『新劇の書』は、わたしにとっての大事《だいじ》な一冊である。〝大事〟といっても、この本の巻頭にある「掌《てのひら》のなかの自叙伝」の言葉を借りれば、〝掌のなか〟に入るようなありふれた文庫本に過ぎない。奥付に「昭和三十年七月三十日発行」とある新潮文庫である。何回かの転居や、本の処分にも拘らず、この一冊は『火山灰地』初版本（新潮社・昭和十三年七月四日発行。戦後、どこかの古本屋で買ったらしい）とともに、半世紀にわたって、わたしの傍から離れなかった。なぜか、小さいながらこの一冊には、一読いらい大事な本だという思いがつきまといつづけていたのである。『久保栄全集』（三一書房・一九六一～六三年）には、そっくり収録されているのだろうが、わたしはその巻を持っていない。

それにしても、『新劇の書』が、あの苛烈な戦時体制下の一九三九年、テアトロ社から刊行されていたことには一種の驚きを禁じ得ない。文庫本は、その「復刻版」なのである。初版本の「序に代へて」と、『久保栄選集』第六巻（中央公論社・一九五一年）の「あとがき」の一部を付した、文庫本の「あとがき――戦前・新劇の再評価のために――」の中で、本の成り立ちについて久保栄は次のように書いている。

「『新劇の書』は、この時期（一九三五年を間に挟む前後八、九年――引用者）のわれ〳〵の理論水準を示す、今ではもう一つの歴史的文献となった。戦後編んだ『築地演劇論』（昭・二十三、平凡社）や私の選集の第六巻（昭・二十六、中央公論社）も、ほゞ似た内容をふくむものではあるが、この機会にもう一度、『新劇の書』の初版本（昭・十四、テアトロ社）までさかのぼって、その原形を尊重し、三、四篇ほどの評論・感想文を抜きさしし、難字に読み仮名《がな》をふって、現在に向く復刻版をつくることにした。書中、ゴチック体で〔補―〕となっている部分が、今度の書き入れである」と。（引用は新仮名遣いにあらため、漢字も略体とした。以下同）

ところで、文庫本『新劇の書』は、次の五章から成る。

Ⅰ　『火山灰地』をめぐって／Ⅱ　カブキと新劇／Ⅲ　新ファウスト考／Ⅳ　舞台のうえの「遺産」／Ⅴ　日記から

劇団民藝による四四年ぶりの『火山灰地』戦後再演の舞台や、昨年からの東京演劇アンサンブルの『日本の気象』と『林檎園日記』の舞台を観て、ⅡとⅢの専門的な章は敬遠し、ⅠとⅣとⅤを久しぶりに読み直したが、七〇年近い時間を距ててもなお伝わってくる久保栄のことばが、あらためてからだに昨日のことのように滲み透るような思いを経験した。

Ⅰは、「僕は、複雑な性格だと人からも言われ、自分もそう思う。だから僕の芸術も、複雑なプラスとマイナスをもっている」と、のっけから一言のもとに自己批評する「掌《てのひら》のなかの自叙伝」からはじまる。「十歳までに三人の女性を母とよんだ僕」である。「ファミリイというものに対する無目的な反抗から、惑溺的な生活に青春をスポイルした僕」とも書いている。しかし一高・東大を経て築地小劇場文藝部へ。そして「劃然とスタニスラウスキー・小山内的な線の継承」に、「創造活動の基底」を置くまでの道が簡潔に辿られる。

それにつづく、「火山灰地・書簡集」は、初演（一九三八年六月八日〜七月八日）の幕開きも迫った五月、北海道の「ロケーション先の演技部員へ」の、病気で現地へ行けなかった久保栄の三通の書簡で構成されている。それらを読むと、『火山灰地』上演の成否は、演出者から俳優、裏方のすべてが、ここにこめられた久保栄の提言を本当に読みこみ、理解したかどうかにかかっているのではないかと思える。例えば、演技の基本については、「まず自己の性格と与えられた役の性格の違いの距離測定を、科学的になし得る訓練を日常的になし遂げているかいないかという点にかかっている」という。そして俳優は、「現実の巨大な流れのなかから観察によって得たものを、『肉体の言葉』として貯えなければならない特殊性をもつ」ものだという。当り前で古いと言うならば、言わば言え。これは俳優にのみ限らない、人間の生きる基本でもあるのだ。

久保栄は、実に懇切丁寧に、作品の社会的背景、農民と小市民的インテリゲンチャの問題、農地経営の実体などから、舞台上の装置・音楽・方言に至るまで細部にわたってことこまかに書き送っている。そして言う——「僕が『火山灰地』について、心ひそかに抱いているただ一つの誇りは、自分は『書斎派』として、この作を書いたのではないということです。たとえ山ほどの資料を机のうえに積み上げても、書物の行間からは、ただひと言の生活的真実にあふれたセリフも生れて来ないという信念のもとに、身を挺して現実の動脈に触れ、そこからこの振幅の大きい歴史的時代に住む人びとの、しかも無名の主人公たちの、はげしい喜怒哀楽を描き出そうとした作劇態度、これだけが自ら恃むところです」と。これもまた、ただ、〝作劇態度〟にのみ限ることではないことも明らかだろう。

Ⅳは、村山知義脚色（久保栄も三分の一かかわった）島崎藤村原作の定本『夜明け前』（一九三八年）の「演出おぼえ書」、歴史劇論などのほか、トルストイの『アンナ・カレーニナ』を演出した杉本良吉への激励の手紙が収められている。「始めは不拡大の方針だったという事態はどん〳〵局面を押しひろげて行って、われ〳〵の内部からさえ、進歩的演劇の前途について、性急な悲観説がとび出すという」暗澹たる時代が深まるなか、「つよく演出卓《デスク》を守らなければならなかった惨澹たる苦心――そういった、何から何までの負担」が重く肩にふりかかって稽古の途中で倒れた杉本良吉へのいたわりの言葉は、久保栄の心中にきざした不安でもあったろう。〔補―〕に、翌年の一月二日、杉本良吉と岡田嘉子が、樺太の国境を越え「入ソ」したと書かれている。

Ⅴの「日記から」は、『新劇の書』のなかでも最も心打たれる部分である。前半は、「一九三九（昭和十四）年九月―十一月」間の八日分を抄録した「演劇時評に代える日記抄」であり、後半は、「一九四二（昭和十七）年一月―五月」間の一九日分を抄録した「戦中日記抄」である。前半と後半との間には、「所轄（碑文谷署）」、「巣鴨の独房」、伝染病にかかっての「雪ヶ谷の避病院」など、転々とした刑務所ぐらしの一年半が横たわっているのである。従って前半は、村山知義の「語気の強い駁論に耐えながら」の本庄陸男『石狩川』脚色・上演の経緯などが記録されているが、後半は、一九四一年一二月二七日に突然出所となり、家に帰った翌年一月一日からの、病床にある吉田隆子を看病しながらの日常と心境の記録とともに、随所に刑務所ぐらしが回想されるのである。そこには非転向を貫きながらも、手足をもぎとられなすすべもない一知識人の苦渋が漲り、惻々として胸に迫る。

「大きな時代の転回のそとに弾き出された自分の無力な姿を、どうしても自嘲したくなる気持ちと闘い、「惨敗の苦汁に舌鼓を打つ時代の子の端くれでなければ幸いだ」（一月二日）と自らを励まし、「買い出し籠を手にさげた貧しい身なりの母親と男の子」が、石蹴りをしながら歩いている風景に、思わず涙を流しそうになる（一月十二日）。また、赤痢でひっきりなしの便意に苦しむ久保栄を、親切に助けてくれた「同房の餌取という変った苗字の男」が、調べたら「特殊な一廓に住む人」だったことがわかり、その親切に「別な感情をこめて」思いを馳せたりする（一月十三日）。

一月二八日には、勤めていた専修大学に寄るが、誰もが「国防服」で、「ナチスのニュース映画」を見ているようで息がつまり、「退職手当の用談を済まして、匆々に辞去する」。しかし久しぶりに見舞いに来てくれた山本安英には、「こういう時期に身を処するについて、ともかくもこの人あたりは、新劇人らしい気魄をもちつづけている」と、頼もしく思う（二月六日）。巣鴨に拘置される時、素っ裸にさせられて「看守の前で床に四つん這いに這って見せ」た屈辱的な場面の回想（五月二日）に、ダンテの『神曲』の「わが心鏡にうつるものならばさこそ見にくき姿なるらめ」という言葉をしるして、『新劇の書』は閉じられる。

天皇制支配の戦時下、死を覚悟しながら一人の知識人が演劇運動の真只中で、節を屈せずいかに苦闘し、芸術創造の道を歩んだか、『新劇の書』は、いまを生きるわたしたちを鼓舞してやまない一書である。

（２００５・８）

中野重治

映画『偲ぶ・中野重治』に関する走り書的覚え書

中野重治氏の葬儀（一九七九年九月八日・青山葬儀所）の模様を記録した映画『偲ぶ・中野重治』（土本典昭監督）を見ている間じゅう、中野氏がこの世に残した多くの作品とのわたしなりの出会いの断片のかずかずが、チラチラと急速に私の頭の中をかすめ通り、時には胸がつまったりしたが、しかし同時に、ああ、こんな仕方で中野氏は葬送されてはいけない、気の毒だと思いつづけてもいた。

私はこのしずかな水辺を去りましよう
今日は水さえも私をいとうている
水の心はおとなしい故
それとみずからは言い出さない
ただ私が向うの方へ行くならば

水は彼自身のしめやかな歌をうたい始めるでしょう
私はしずかなこの水辺を去りましょう
水がそれを乞うているようです

（水辺を去る）

わたしが中野氏の姿を見かけた最後は、一九七九年五月三一日に開かれた「平野謙を偲ぶ会」の会場（新橋・第一ホテル）でであった。八月二四日の死に先だつこと三カ月足らずである。中野氏がわたしを覚えているほどでなく、ただ一方的にこちらがわずかの過去の出会いを深く記憶に刻み込んでいるに過ぎないという関係だから、わたしは、二百人余のごったがえす参会者のなかにその姿を見かけても、絶えずある距離を保ちつつ、まっ白な口髯、黒眼鏡、肉は落ちてもシャンとした背筋で立つ、近代日本文学の老雄を敬意をこめて目で追っていたものである。その会では有名な井上光晴氏の爆弾挨拶があった。――平野謙さんは、芸術院賞恩賜賞で、天皇のしるしのついた花びんをもらった、しかし、合理的な思想と、中野さんの言葉をかりれば、〃批評の人間性〃を根底にすえた平野さんともあろう人が、そんな花びんをもらうのはおかしい、文部省の玄関先にでもつっ返してきたらいい、それをそうすすめなかった「近代文学」同人の理念もまたとどめを刺された、――というのである。この挨拶は、わたしに強い感銘を残したが、その会のはじまりで、「献杯」の挨拶をした中野氏の短かい言葉もまた、いかにも中野氏らしいものであった。――私はこども以来のんできたが、故人はかつて盃を口にしたことがない、しかも大きな仕事の途中で仆れたのだから乾杯はおかしいと世話役にいったら、いや乾杯でなく献杯だという、曖昧なままだが、平野君の生涯とその仕事を偲んで、献杯、——というのであった。

いや、そんなことはどうでもいいのだが、ここでいいたいのは、ことほどさように、内容にそぐわない通り一遍の形式的なものごとのすすめ方に対して、中野氏は、生前、どんなに〝緊急順不同〟で〝異議〟を申し立てつづけただろうか。その中野氏に対して、この葬儀は、いかにも反中野的であったと、葬儀に参列することもしなかったわたしが、映画を見ながらそう思った。井上氏だったらどんな爆弾的弔辞をのべただろうか。『偲ぶ・中野重治』は、体制的なものに偏屈なまでに対立しつづけた中野氏を、手馴れた文壇葬儀屋の手によってものの見事に葬り去った記録として、後世に残るであろう。

わたしの心はかなしいのに
ひろい運動場には白い線がひかれ
あかるい娘たちがとびはねている
わたしの心はかなしいのに
娘たちはみなふつくらと肥えていて
手足の色は
白くあるいはあわあわしい栗色をしている
そのきやしやな踵《かかと》なぞは
ちようど鹿のようだ

（あかるい娘ら）

一九七九年のどんづまりの大晦日、わたしは、炬燵に寝そべり、酒をのみながら、ぼんやりとテレビを見ていた。それは、第二一回日本レコード大賞の審査発表であった。すると、誰かの何かの賞の賞状を手渡すのに、にこやかに山本健吉氏が登場した。わたしは愕然としてはね起きた。そして一瞬のうちに『偲ぶ・中野重治』の弔辞読みのトップに、なぜ、山本健吉氏が登場しなければならなかったかのわたしの不思議な思いと重なりあった。山本氏の文学的業績のかずかずをわたしは決してとやかくいっているわけではなく、中野氏の〝生涯と文学〟のわたしなりの貧しいながらの理解に、どうしても山本氏が交わり合ってこないまでである。しかしそう考える方がおかしいのであって、芸術院会員・日本文芸家協会理事長である山本氏は、準備された文壇葬には必要不可欠の露はらいとして登場しないわけにはいかないのである。それにしても、中野氏に弔辞を読んだ手で、歌謡曲の入賞者に賞状を渡すというのが、日本文壇のありようなのだろうか。もっとも、現在の日本では、〝文学界〟も〝歌謡界〟も、似たり寄ったりのもので、メクジラたてるほどのこともなかろうが……。

国分一太郎氏は、新日本文学会議長の名において、弔辞のなかで「真実なら足をはこんできてもよさそうな幾人かのひと」について一言ふれた。その「幾人かのひと」たちは、みずからが所属する党の機関紙に、中野氏が亡くなったという〝事実〟すら報道させようとしなかった。いまは立場を異にするとはいえ、かつての日本プロレタリア文学運動の光栄ある担い手としての真の僚友、そして誰がなんといおうと、どんなに個人的・思想的・集団的に意見を異にしようとも、日本近代文学史上、屈指の一文学者・思想家の死を報道しない新聞は新聞ではない。みずからでみずからの存在を否定するものはそうさせておけばいいとはいえ、なにかハレモノにさわるように、中野氏の〝栄光と悲惨〟の革命運動へのかかわり方を避けて通った葬儀の一部始終は、やはり、文壇的であったと感じる。石堂清倫氏は思い余った揚句、書いてきた弔辞を放りだし、絶句し、中野氏に訴えかけるかのようであった。佐多稲子氏は、内部にたぎり立つ僚友の〝生涯と文学〟の激流を、平静に正確に、そして抑止しつつ参会者に伝えていた。宇野重吉氏は、「中野さん、どうぞお元気で……」と、言葉を結んだ。

また夜が来た
壁の上の影法師君
夜がまた来たのだ
ぼくは一寸行つて来る
あすこへ行つてちよつと一ぱいのんで来る
壁の上の兄弟
退屈だろうが
しばらく独りで我慢してくれたまえ
ぼくはじきに帰つて来る
そして帰つた上でならそれは君
君はまたいつものように

ぼくを泣かしてあすべばいいだろう
君の膝のところで
ぼくは大人しく泣いていようから
では君　壁の上の兄弟
ぼくは一寸行つて来ます

（夜の挨拶）

映画『偲ぶ・中野重治』を監督した土本典昭氏は、「告知板」（庄建設発行）誌上で、石堂清倫氏の次のような意味の言葉を伝えている。――ある偉大な文学者・詩人としてのみ、〝読本〟で後世に残る中野氏としたくない、中野氏はあくまでも革命を思いつづけた人なのだ、――と。そして土本氏は、「五〇年余の友の言葉」としての重みを身にしみて感じたと書いている。しかし、果してそうであろうか、そうであろう……。『中野重治全集』の「うしろ書」を一冊にまとめた『わが生涯と文学』（筑摩書房刊）を読むと、にもかかわらず、わたしは、中野氏は何よりもまず詩人であった（『中野重治詩集』一冊しかないにしても）と思う。一個の芸術家であったとしか思えない。いや、だからこそ、〝政治屋〟たちとは席を同じうできなかったのだ。そこをつけこまれて、〝文壇屋〟に祭りあげられる余地もあったのだろう。「天皇のしるしのついた花びん」ももらわなかった中野氏は、あの世に、「一寸行つて来ます」とのみに行くようにでかけたに過ぎないのだ。そんなふうに、中野氏を〝偲び〟たいと思う。

やはりとどめには、この映画で中野氏自身が朗読している、「私は嘆かずにはいられない」の詩の最

中野重治

後のパラグラフを引用しよう。

私は嘆きたくはない　私は告発のために生まれたのでもない
しかし行く手がすべて嘆きの種子である限り
私は嘆かずにはいられない　告発せずにもいられない
よしやヒネクレモノとなるまでも
しかし私はいう　私は決してヒネクレではないと

（1980・2）

一冊の古書から

先日、所用があって久しぶりに神保町に出た。ついでに古書店に寄ってみようかと思ったが、齢八〇を来年に控えて脚の疲れがこたえ、あきらめた。五〇年も前の一九五〇年代後半、未來社の編集者になって数年たったころ、古書店をのぞいたあとは、たいがい、書肆ユリイカの伊達得夫さんを訪ね、喫茶店「ラドリオ」で話しこむのが楽しみだったことなどを、チラリと想い浮かべたりした。伊達さんは、六一年一月、わずか四〇歳の若さであっという間に死んでしまった。店に入るのはあきらめたが、なんとも未練が残り、店頭の特価コーナーを駅までの道すがらのぞいたりした。ある一軒で、中野重治の『本とつきあう法』（筑摩書房・一九七五年二月）を買った。本にまつわるエッセイ三十数篇を収めたもので、七〇〇〇円だった。保存もよく、中野重治のこの本は手元になかったから、なんとなく心がはずんだ。

電車の中でパラパラと読みはじめたら、わたしがまさに四、五〇年も前に未來社でかかわった二冊の本の書評があって、なにか一挙に過去にひき戻された。当然、それらの書評をその頃読んでいたはずだが、すっかり忘れていたのである。その一冊は、塩田庄兵衛編『幸徳秋水の日記と書簡』で、五四年一一月刊、もう一冊は六五年二月に刊行を開始した、尾崎宏次編『秋田雨雀日記』第一巻である。これは、六七年一一月までの二年半をかけて全五巻で完結した。これらを読むうち、すでに過ぎ去った出版にまつわるさまざまな断片、そして中野重治や秋田雨雀との小さな出会いのことまでが、引き出されてきたのだった。

『幸徳秋水の日記と書簡』の初版が刊行されたのは、わたしが未來社に入社した翌年のことである。のち、六五年六月に増補版、九〇年四月には増補決定版が出ている。その最新版が刊行された時は、わたしはすでに未來社を辞して七年ほどがたっていたが、塩田さんは、初版の時なにかと世話になったからと、わざわざ一本を直接手渡して下さったのである。そして「あの時は誤植が多かったねえ」と、破顔一笑されたのである。わたしはただただ恐縮するばかりだったが、入社して一年余、校正などロクに学んでもいなかったのだから、仕方がないといえばそれまで、大胆不敵というほかはない。日記や書簡といっても、旧漢字・旧仮名遣い、漢詩あり候文あり、難字続出、よくもまあぬけぬけとやれたものだと、今更ながら驚いた。

中野重治は、一二ページに及ぶこの本の書評で、塩田さんの「力のこもった解説」も評価しつつ、「いろいろひっくり返して読む」楽しみについて、丹念な引用とともに書いている。実は、国木田独歩への最も古い（明治三三年・推定）秋水の書簡は、あるイキサツから中野重治個人の所蔵するものなのである。「華翰拝讀／咽喉の上に刀を着くの一事尤も緊切」ではじまる原物を、アート紙に写真版で印刷し、本文中に挿入してもいる。しかしこの書評でわたしが一番気にしたのは、あの気難しい中野重治が、「それにしても誤植が気になる」とかなんとか書いていないかということであった。しかしそれは杞憂で、気がつかなかったのか、ホッとした。

一九四八、九年ごろ、まだ学生だったわたしは、世田谷区豪徳寺の近くに住んでいた中野重治の自宅に一度だけ訪ねたことがある。なにか、地域の文化運動についての数人の会合だったと思うが、徳永直氏も同席していたと記憶する。そこでどんなことが話しあわれ、若僧のわたしがどうしてそんなおえら方の席に呼ばれたのか、すっかり忘れてしまったが、中野重治の本棚をみてびっくりしたことだけは忘れられない。本は背をみせて縦に並べるのがあたり前なのに、そうではなく、ほとんどが横に重ねられ、書名が墨で〝天〟か〝地〟に書かれているのである。つまり、できるだけ多くの本を本棚につめるための工夫なのだ。

書名にもなっている「本とつきあう法」という連載エッセイの中の「古本の始末」には、もっとギョッとしたことを書いている。本の重さが困るので軽くするため、本という本の「箱なんかは捨てる。カヴァーなんかはさんざんに剝いでしまう。」のである。「著者まえがき」では、筑摩書房の創業第一冊目である『中野重治随筆抄』も装幀した青山二郎の装幀なので、「私はよろこび、青山二郎さんに感謝する。」と書いているのに、その感謝した「カヴァー」も、中野重治は「さんざんに剝いでしまう」のであろうか。自分の著書の「箱」なんかも捨ててしまうのであろうか。「本そのものの重さをどう削るか。私はほんとうに本屋に頼む。どうぞして軽い本をつくつてくれ。」と、中野重治は、それこそほんとうにねちっこくくりかえしている。

しかし、いま本棚で目についた中野重治の代表的長篇『甲乙丙丁』上下二巻（講談社・六九年九月、一〇月刊）をひっぱり出してみると、上製本クロース装貼函入りで、ともに六〇〇頁を越え、二巻でゆうに一・五キロはある。しかも、装幀はシンプルだが栃折久美子氏である。もう一冊、エッセイ集『四《し》方《ほう》の眺め』（新潮社・七〇年九月刊）をみると、やはり上製本クロース装貼函入りで、装幀者はなんと駒井哲郎氏ではないか。中野重治は、これらの「箱」も捨てるのであろうか。わたしにはとてもできない。ご自分の本でも、軽くするため例外なく、「箱」や「カヴァー」を、捨てたりさんざんに剝いだりなさるんですかと、生前、中野重治に聞いておきたかった気がする。

ところで、『秋田雨雀日記』第一巻の書評は、わずか三ページにも満たないものだが、それだけのなかに、「おもしろい」という言葉を一〇回もくり返しているのがおもしろい。しかも、「馬や、犬や、鶏が日記をつけるとはとても思えない。これほどこくめいに日記をつけた人というものは、その点では、人間のうちでももつとも人間的な人だつたといえるのかも知れない。」と、日記をつけないとまるで「人間的」でないような文章があったり、「荷風のなぞとちがつて薄あじ気味なのに不満な人間もこのごろのことだからあるかとも思うけれど、死人に口なしを逆手に取つて、毒くらわば皿までというのが、それはそれでおもしろいとしてもいちばんいいわけなものではない。」と、なんだかよくのみこめない文章でとどめているのもおもしろい。

それにしても、『秋田雨雀日記』全五巻は、未來社にとっては大仕事であった。ほとんどが「当用日記」に書かれ、一九一五（大正四）年二月からはじまって、雨雀が亡くなる六二年（五月に死去）一月まで、警視庁に没収された三九（昭和一四）年の一冊をのぞき四七冊のほとんどを収めたのである。A5判8ポ二段組、平均四六〇ページ、四〇〇字詰原稿用紙七千枚に及んだのである。編者の尾崎宏次さんの兄・尾崎義一は、筆名上田進、有名なロシア文学者で、その夫人・千代子は、雨雀の娘さんである。しかし兄夫妻は早く亡くなったため、雨雀は尾崎さんを終生たよりにし、亡くなる二週間前、「私の財産はこれだけです」と、日記全冊を尾崎さんに托したのである。晩年、なにかの用事で、雨雀さんの家を夜八時頃訪ねたことがある。実に優しく迎えてくれたが、「こんな時刻に人の家を訪ねてはいけませんよ」と、丁寧に諭され、恐れ入ったことを想い起こす。両手で抱きかかえて上げたいような、ちんまりとした美しい翁という印象だった。

日記は、太い万年筆でうねうねした（?）字体で書かれ、決して読み易いものではなかった。それを二〇〇字詰原稿用紙に全部筆写したのは、当時、未來社の営業部にいた秋山順子さんである。彼女は、それらを下宿に持ちかえって毎夜、一〇枚二〇枚と判読しながら一万四、五千枚を筆写したのである。秋山さんは、のちの影書房創立のメンバーでもあり、三〇代後半から人工透析をつづけていて、いまは秋田の故郷に帰って療養しているが、その間に朝鮮語をマスターし、一昨年（二〇〇五年五月）には、韓国現代演劇界の重鎮である李康白《イガンペク》氏の戯曲集『ユートピアを飲んで眠る』を翻訳、わが社から出版したのである。先夜、電話を入れ、「ところで、その時、ペラ一枚の筆写代は幾らだった？」と彼女に聞いたら、「多分、一〇円ぐらいだったかしら」という返事だった。コーヒー一杯八〇円の時代、いくら貧乏会社だったとはいえ、当時の編集長として、なんとも顔赤らむ思いだった。

（2007・1）

追記　秋山順子さんは、つづいて李康白氏の戯曲集『ホモセパラトス』を二〇一三年二月、影書房から翻訳・刊行したが、同年五月病没した。

松本清張

清張好き・遼太郎嫌い

戦後における〝国民文学〟的規模での人気作家といえば、なんといっても松本清張と司馬遼太郎が双璧であろう。ともにすでに世を去ったが、その人気はいまだ衰えをみせない。特に後者は、ある時流にも乗って〝大絶賛〟の合唱にとり巻かれているかのようだ。しかしわたしは、〝清張好《ず》き・遼太郎嫌《ぎら》い〟を標榜して久しい。いや、清張と遼太郎は、その作風において、ともに天を頂けない間柄というべきではなかろうか。

なんとなく心屈した折など、わたしは、清張の短篇を行きあたりばったりに読むことにしている。それには、平野謙全巻解説の新潮文庫版「傑作短編集」全六冊が最もいい。計六二編が収められていて、なかには『菊枕』をはじめ何回も読んだ作品もある。そしてそのたびに、なんとなく生きる勇気といったものを与えられる。平野氏がいうとおり、「松本清張の文学のエッセンスはその短篇小説にある」といえよう。しかし遼太郎はいけない。どうしても書いたものに馴染めないから、敬遠したり読むのを途中放棄したりで大きなことはいえないが、遼太郎をやたらと担ぎだす評論家や学者などの説にも、違和感を覚えるだけだった。

そんなさなか、李成市・李孝徳・成田龍一氏による鼎談「司馬遼太郎をめぐって」(「現代思想」一九九七年九月号・青土社)を読んで深い共感を覚えた。これは、いま世上を揺るがしている「教科書問題」特集企画の一つだが、日本近代の黎明期を肯定的に語る余り、朝鮮・中国をアジア的停滞性のサンプルとして貶める遼太郎が徹底的に批判されている。それゆえに遼太郎は、日本の植民地支配・侵略戦争の歴史的罪悪を、むしろ軽減・回避しようとすらしているのである。〝自由主義史観〟と遼太郎の〝英雄史観〟が通底する根拠が具体的な作品に則して論じられていて納得できる。

それに対し清張は、近代日本の暗部、負の歴史から、生涯目をそらさなかった。清張の短編小説の多くには、権威や世俗に背き、成功を断念し、個人的不幸を背負った人びとへの強い共感がある。しかし遼太郎は、高度成長期の波に乗って、楽天的に、日本近代の英雄たち(例えば坂本龍馬など)に、日本人の肯定的像を結ぼうとしたのである。この〝司馬史観〟から切り捨てられ踏みにじられた人びとを見落として。これからもわたしは遼太郎とは馴染むことはできないだろう。なぜなら、日本近代におけるアジア諸国への植民地支配・侵略戦争の歴史的刻印を決して消去するわけにはいかないからである。同誌掲載の田村紀之・李孝徳両氏の対談も〝司馬史観〟批判として出色である。

ちなみに、この二百数十ページに及ぶ特集は、大越愛子・高橋哲哉両氏の対談「ジェンダーと戦争責任」をはじめ、どの論文・エッセイ・対談・翻訳も見事で、すぐれた編集方針が貫徹している。

このところ、〝自由主義史観〟なるものに同調する出版物が書店の店頭で目立つおぞましい風景のなかで、この一冊は再読・三読に値するものといえよう。

（1997・9）

「傑作短編集」全六冊

かつて、わたしは「清張好き・遼太郎嫌い」という、小さな文章を書いたことがある。表題が示すように、松本清張に共感を寄せ、司馬遼太郎を批判したものである。そこでわたしは、膨大な清張の作品群のなかから特に、新潮文庫版の「傑作短編集」全六冊をすすめた。平野謙が全巻解説しており、「松本清張の文学のエッセンスはその短篇小説にある」と書いている。同感である。

全六冊は、一九六五年六月から一二月にかけて刊行された。五一年四〇歳を越えてから『西郷札』で実質的に文学的出発を果たし、九二年八二歳で世を去った清張からすれば、初期の作品集に属する。現代小説・歴史小説・推理小説に分けて、それぞれ二冊、計六二編が収められているが、清張の想像を絶する驚異的な執筆量からすれば、ほんの僅かともいえる。しかし、ここに清張文学のまさにエッセンスがあることは、いまも変わりはない、とわたしは思う。

清張は、小説のみならず、その仕事の全体において、近代日本の暗部、負の歴史、敗北の経験から、生涯目をそらすことなく、それらを直視した。それゆえ、清張の短編小説の多くは、権威や世俗に背き、成功を断念し、個人的不幸を背負った人々への強い共感に支えられている。社会派・庶民派といわれるゆえんだが、近代日本黎明期の英雄たち（？）を肯定的に語り、いわゆる〝自由主義史観〟に安易にとりこまれた〝司馬史観〟とは大きな違いである。

芥川賞受賞作の『或る「小倉日記」伝』（五二年）は、障害の体を母に支えられつつ、鷗外の小倉時代の日記の存在を探索・研究した実在の郷土史家の生涯を描いたものである。しかし彼の死の直後に、本物の「小倉日記」が発見され、彼の執念の努力は空しいものとなる。また、これも実在の考古学者をモデルにした『断碑』（五四年）も、今でこそ鬼才と評されながら、当時、学歴もなく官学に牙をむいたがゆえに、学界から「黙殺と冷嘲」を浴び窮死する主人公と妻の悲惨な生涯が描かれる。これらだけでも、清張が小説でなにをわたしたちに訴えたかったかは、明らかであろう。

わたしがもっとも好きな作品は、『菊枕』（五三年）である。「ぬい女略歴」と傍題にあるが杉田久女がモデルのことは誰の目にもわかる。事実、その夫婦関係や高浜虚子との確執、また死の経緯などで遺族から抗議を受けたほどである。しかし、俳壇というヒエラルキーに挑戦しながらも、日常と芸術の落差に精神を痛めた久女の生涯を、これほど見事に描いた作品はない。彼女もまた孤独で不幸な死を迎えたが、「谺《こだま》して山ほととぎすほしいまゝ」の一句のように、久女は光り輝いている。

その他、清張みずから「推理小説への出発点」といい、映画やテレビでドラマ化され人口に膾炙した『張込み』（五五年）や、朝鮮戦争下、小倉での黒人暴動と日本人夫婦の悲劇を描いた『黒地の絵』（六〇年）などもある。平野謙のいう「著者独特の反体制的な叛骨」精神に溢れた短編集として高く評価したい。

（2004・夏）

『菊 枕』

新潮文庫版の「松本清張傑作短編集」全六冊は、現代小説・歴史小説・推理小説各二冊ずつ、計六二の短篇が収められている。各巻の表題は、㈠『或る「小倉日記」伝』㈡『黒地の絵』㈢『西郷札』㈣『佐渡流人行』㈤『張込み』㈥『駅路』で、全巻解説は平野謙氏。解説冒頭、平野氏は、「松本清張の文学のエッセンスはその短篇小説にある」と書いているが、同感である。また、短篇小説のみならず、松本清張が文学や思想上に果たした戦後の仕事の全体像は、推理小説での功績とは別の観点からも、もっと高く評価されていいのではないか、と思う。

それはともかく、ここでは、『或る「小倉日記」伝』に収められている『菊枕』についてふれたい。副題に「ぬい女略歴」とある、わずか二十数ページの短篇だが、この一篇は、何度読んでもわたしの胸をうつ。それは、〝ぬい女〟とは、俳人・杉田久女をさすモデル小説であり、わたしは、杉田久女の俳業とその生涯に心ひかれてきたからである。とはいえ、この作品は発表当時（文藝春秋・一九五三年八月）、親族からきびしい批判を受けた。松本清張は、作品ではすべて仮名を使い、久女の俳句は一句も引用していない。それゆえ、久女を知らない人には、ある一女流俳人の苛烈な生涯としてしか読みとれないが、親族としては、一読、明らかに久女の生涯のきわだった一面のみを曲解した作品として堪えがたい思いがあったのだろう。
それはまず、久女の夫である杉田宇内を、東京美術学校（現東京芸術大学）の西洋画科を出たのに、福岡県小倉の中学校の美術教師として一枚の絵も描かず生涯を送った〝無能〟な男として描いたことにもある。「彼女（久女）の心の底には絶えず、無気力な貧乏教師の妻というひけめが、のたうっていた。」ともある。『菊枕』が発表された時、杉田宇内は健在であった。久女の有名な句がある。

足袋つぐやノラともならず教師妻

また、久女が高浜虚子に対し、魂全部を捧げるほどに傾倒し接近しようとしたにもかかわらず、その余りの驕慢ぶりに虚子から逆に遠ざけられ、遂には「ホトトギス」から除名され、次第に破局に向かってすべり落ちて行く悲劇的いきさつが強調されていることに、親族は反発したのだろう。なにしろ久女は、橋本多佳子とともに、「ホトトギス」きっての女流俳人だったし、久女の死後刊行された『句集』に、虚子は序文を寄せている。表題の「菊枕」も、脳溢血後の病後をいたわる虚子のために、大輪の菊の花をいっぱい詰めた長さ一尺二寸ほどの枕で、久女が師の長寿を願って丹精こめて作り贈ったものである。その折の作句も代表作に数えられている。

白妙の菊の枕をぬひ上げし

杉田久女は、日本敗戦翌年の一九四六年一月二一日、前年から入院していた福岡市郊外太宰府九大分院筑紫保養院で亡くなった。五七歳。死亡診断書は腎臓病の悪化だった。しかし彼女は精神病棟に入院していたのであり、虚子に二百数十通もの手紙を出したが、その文面は次第に意味がわからなくなり、支離滅裂、墨で塗ったりくしゃくしゃにしたりして、明らかに精神に異常をきたしていたという。『菊枕』のフィナーレは哀しくも凄絶である。夫のためにつくったという菊枕には、凋《しぼ》んだ朝顔の花がつまっていたのである。そして終日、「独言独笑」のうちに誰に見とられることもなく久女は死んだ。ここから、久女〝狂死説〟がひろく流布し、親族や久女を敬愛する人びとから『菊枕』への風当りは強まったのだった。

しかし『菊枕』一篇は、杉田久女の声名を高からしめこそすれ、決して名誉を傷つけるものではない、とわたしには思われる。俳壇や歌壇だけではなく、この日本は、男中心の〝天皇制〟的ヒエラルキーで社会全体ががんじがらめにされているのではないか。政党、文壇、学閥、会社などなど、そして家庭まで。そんななかで、女性としてあり余る才能をもち、集団の欺瞞的構造に気づき、一歩も妥協を許さず信ずる道を歩むものがどういう仕打ちを受けるかは、明らかだろう。〝狂死〟に追いこまれる久女によって、この日本社会のありようが照らし出されているのである。逆に言えば、〝狂死〟もせず生きていられるのは、なんらかの妥協・忍耐をみずからに受け入れているからではないか。『菊枕』には、このような社会に反逆する言葉はなく、もっぱら、久女の型破りな言動で虚子やその周囲から排除されるいきさつと、夫との家庭的不和が坦々と描かれているが、その底流には、久女と〝無能〟といわれる夫への作家としての並々ならぬ関心と愛情、そして彼らを不幸にする現実への憤りがひそんでいる、と思う。

　ちなみに、杉田久女をモデルにした戯曲として、秋元松代氏の名作『山ほととぎすほしいまま』（一九六六年）がある。また伝記文学として、田辺聖子氏の「わが愛の杉田久女」という副題のある『花衣ぬぐやまつわる…』（一九八七年・女流文学賞受賞）がある。田辺氏は、その著の中で『菊枕』にも言及し、この小説は、久女やその俳句を愛して書いたわけではなく、久女を松本清張の「構築する小説宇宙の素材」として利用したに過ぎないと断定する。あるいはそうかも知れない。しかしここにも、『或る「小倉日記」伝』その他の作品に共通する松本清張の芸術的姿勢が貫徹しているのではないか。すなわち権威や世俗に背き、成功を断念し、個人的不幸を背負いながら、学問や芸術で才能を発揮した人々への強い共感である。松本清張は、多くの秀れた推理小説によって国民的大作家となった。比較にならぬ名声と資産を得たといっていいが、彼の心の根底をながれていたものは、久女のような生涯を送った人間への敬意ではなかったか。秋元氏と田辺氏の作品の表題となり、あたかも久女の生涯を暗示するかのような絶唱は次の二句である。

谺《こだま》して山時鳥《やまほととぎす》ほしいまゝ
花衣《はなごろも》ぬぐや纏《まつ》はるひもいろいろ

（1995・12）

チャールズ・チャップリン

『チャップリン自伝』

　去る四月（一九九七年）、NHKTV・BS2で、チャップリンのユナイテッド・アーチスツ時代、後期の傑作八作品を放映した。『巴里の女性』（一九二三）、『黄金狂時代』（一九二五）、『街の灯』（一九三一）、『モダン・タイムス』（一九三六）、『独裁者』（一九四〇）、『殺人狂時代』（一九四七）、『ライムライト』（一九五三）、『ニューヨークの王様』（一九五七）である。過去、何度も見た作品であるが、まさに何度見ても、これらの作品は、いまもなお色褪せぬ傑作で、あらためて字義どおり、チャップリンは不世出の映画芸術家であることを確信した。

　これを機会に、一九六六年、中野好夫氏の名訳によって新潮社から邦訳出版された『チャップリン自伝』を再読したが（現在は新潮文庫で読める。上「若き日々」、下「栄光の日々」）、これまた、あまたある〝自伝〟のなかでも屈指の出来ばえである。８ポ二段組五八〇頁の大冊だが、チャップリンの、みずからの人生と映画、そして人間と時代に対する批評精神の見事さは、ただ脱帽のほかはなかった。恐らく映画史上、チャップリンほど、一人の喜劇役者として全世界の人びとを魅了しつくした人はなく、わたしたちに生きる勇気を与えた人はなかったのではなかろうか。この『自伝』もまた、チャップリンの映画と拮抗する後世の人びとへの激励の贈り物というべきだろう。

しかし、辛うじて芸人一座で生活できるようになるまでの幼少年時代の、ろくろく食物もない貧しい生活は言語に絶する。父の別居と死、そして母の狂気と入院、孤児院生活。いまでは誰もが知っている、あの〝だぶだぶのズボン、大きなドタ靴、ステッキと山高帽〟といった、初期のドタバタ喜劇以来の親しいチャップリンの扮装も、そのようなきびしい日々の経験から生まれたものであろう。わたしたちは、いまでいうホームレスの浮浪者・チャップリンを見て抱腹絶倒するが、どのような作品にも、貧しい人びとへの愛と、ポリスや金持ちなどに代表される権力者への抵抗と批判がみなぎっているのである。自伝には、さまざまな女性関係、あらゆる名誉と巨額な収入、贅沢な暮らしや政治家・芸術家たちとの交遊なども素直に書かれていて面白いが、終生、チャップリンは映画をとおして、時代の不正とたたかいつづけたのである。

『モダン・タイムス』が、現代の機械文明を先駆的に批判したことは広く知られているが、ナチスの台頭をいち早く恐れ、ヒトラーをカリカチュアライズしつつ徹底的に攻撃した『独裁者』は、傑作中の傑作というべきではないか。ヒトラーが一人ひそかに試写室で見たという伝説もある。映画の最後で、ヒトラーと間違えられた床屋でユダヤ人のチャップリンが、数分間にわたる演説をブツ場面がある。感動的な場面だが、自伝の中では、「大多数の批評家」が作品に合わないと反対で、「大衆のほう」が全体として好意的で賞讃の手紙をくれたとある。わたしも後者で、何度見てもいい。チャップリンもその演説に自信があるらしく、自伝に全文を引用している。映画の芸術的出来ばえなどというものを無視し、ファシズム打倒のために全世界の心ある人びとに訴えかけるチャップリンのたたかいの姿勢に脱帽のほかない。真の芸術家は、かくあるべきではなかろうか。

そういえば、チャップリンは、映画における芸術的な方法とか構成などというものには、余り意を介さなかった。トーキーやカラー映画などの技術的発展にも保守的だった。なぜなら、何を大衆に訴えるかという主題と、パントマイムを基本としたみずからの演技を大事に考えていたからである。従ってカメラなども正攻法で、持って廻ったような技巧は使わなかった。主題を喪失し、演技力が衰退するとともに、こけおどしの技巧ばかりが優先するものだが、チャップリンはそんなものは無視し、時代の風を正面から受けながら、まっすぐに、みずからの道を歩きつづけたのである。不幸な人びとに無限の生きる勇気を与えながら……。

全世界の民主主義的団結による自由を訴えた『独裁者』ですら、共産主義に荷担するのではないかと非難されたチャップリンは、『殺人狂時代』で、当時、アメリカで猖獗を極め多くの犠牲者を出した〝赤狩り〟のマッカーシー旋風にまきこまれた。戦争で大量殺人した者が勲章を貰い、平時で人殺しをした者が死刑になる不合理を衝いた『殺人狂時代』も、〝赤〟であり、チャップリンの交友関係までが槍玉に上げられたのである。チャップリンはアメリカを離れ、生まれ故郷のイギリスを経て、晩年は、ユージン・オニールの娘ウーナという最高の妻を得てスイスで生涯を終えたが（一九七七年）、その前に、『ニューヨークの王様』で、マッカーシズムを諷刺し批判することを忘れなかった。

自伝には、至るところに、人生・芸術に関する名言がちりばめられている。一介の貧しい浮浪児から、恐らく最高の地位にのぼりつめたチャップリンは、波瀾万丈の自伝を閉じるにあたってさりげなく書いている。——「わたしの味わった不幸、不運がなんであれ、もともと人間の運、不運などというものは、空行く雲と同じで、結局は風次第のものにすぎないと信じている。そう思えばこそ、わたしは、不幸にもそうひどいショックは受けなかったし、幸運にはむしろすなおに驚くのを常とした。わたしには、人生の設計もなければ哲学もない——賢者だろうと愚者だろうと、人間はみんな苦しんで生きるほかないのだ。」と。

（1997・6）

『独裁者』

これまでに観た映画のなかから最も好きな映画を一本選べといわれたら、わたしはためらうことなく、チャップリンの『独裁者』（一九四〇年）をあげるだろう。そして特に、ラスト・シーンでの六分間に及ぶチャップリンの演説が好きだ。しかし『チャップリン自伝』（新潮社）によれば、公開当時は大多数の批評家が作品にあわないと反対で、大衆のほうが全体として好意的で賞讃の手紙をくれたとある。わたしも大衆の一人として賞讃したい。

チャップリン自身、その演説には自信があるらしく、全文を『自伝』に引用しているが、それまでのパントマイムの演技に終止符を打ち、物語を無視し、突然、カメラに向かって、チャップリンが素顔（ヒンケル＝ヒトラーの扮装はそのまま）で語りかける場面は、確かに意表を突いたものである。しかし、チャップリンは、どうしても迫りくるファシズムの危機を、映画という武器を使って、全世界の人びとに訴えたかったのだ。これが真の芸術家というものではなかろうか。

この演説は、ただヒトラーを批判しただけではない。人間いかにあるべきかのすべてが語られている。チャップリンの全作品の主題が、この演説にこめられているといってもいい。他人の不幸へのいたわり、自由の精神、貧困からの解放、機械文明批判、絶望や隷属との戦い、貪欲や憎悪や非寛容の追放、そして、理性の世界と民主主義の確立、等々。

演説の終わりでは、絶望に打ちひしがれているポーレット・ゴダード扮する少女ハナへの呼びかけとなる。

「ハナ、ぼくの声が聞こえるかい？　いまどこにいようと、さあ、上を向くのだ。空を見るのだ、ハナ！　雲が切れる！　太陽があらわれる！　闇が去って、ぼくたちは光の中に出るのだ。新しい世界――貪欲と憎悪と残忍を忘れたよりよい世界が、いまや来かかっているのだ。……空をごらん、ハナ！　上を向いて！」（中野好夫訳）

これはハナ一人に対してというより、映画を観る一人一人に対する力強い激励の言葉といえる。

かつて花田清輝さんは、数多くのチャップリン映画のラスト・シーン――主人公が観客に背を向けて画面の彼方へと遠ざかる姿――について書いた。

「もしもあなたが、あのラスト・シーンから、われわれの主人公の孤独と絶望と社会からの落伍とを受けとるとすれば、もはやわたしはあなたを信じない。わたしは、そこに、われわれの主人公の——そしてまた、チャップリン自身の断乎たる再出発の決意をみるのである」と。そして、チャップリンがいかに「戦闘的であって、未来につながるなにものかをもっている」かを強調したのである。『独裁者』のラスト・シーンの演説もまた、「無告の代弁者」としての断乎たる再出発の戦闘宣言であった。

ヒトラーは、一人試写室にこもって『独裁者』を見たという伝説がある。もしそれが本当ならば、その時彼は、みずからの敗北を実感したのではないか。

（1999・春）

ソーントン・ワイルダー

『わが町』

ソーントン・ワイルダーの戯曲『わが町』(*Our Town*)は、これといったドラマチックな展開もなく、どちらかといえば、演劇的な常識を破った、平凡な人たちの平凡な日常を描いたものだが、近代劇のなかでも、わたしの最も好きな作品の一つである。

たとえば、戯曲の冒頭のト書きは、次のように意表をついたものである。——「幕なし。／舞台装置なし。／場内に入ってきた観客には、うす明かりの中にがらんとした舞台が目に入る。」そして、やがて登場した「進行係」が、舞台にテーブルや椅子を並べはじめるのである。つまり大道具は何もなく、これらの小道具だけで、観客(または読者)は、家や部屋や庭や、さらには町の様子や、教会・墓地までも想像しなければならない。しかも、食器とかカバンとか新聞とか、日常的に使っている小道具もほとんどないから、舞台で演ずる俳優は、あたかもそれらが目の前にあるかのようにして、無対象行為で表現することを強いられるのである。

全三幕の舞台は、「ニュー・ハムプシア州のグローヴァーズ・コーナーズ」という田舎町で、そこは「マサチューセッツ州からの境界線を丁度越えたばかりの地点で、北緯四十二度四十分、西経七十度三十七分」に位置しており、そこに住む普通の人びとの、一九〇一年から一三年までの「日常生活」（第一幕）、「恋愛と結婚」（第二幕）、そして死（第三幕）が、進行係の物語りや指示などで展開するという仕組みになっている。それは、いってみれば誰もが経験する平々凡々たる毎日の人びとの出会いと会話ばかりなのだが、ワイルダーは、まさにそこにこそ実は人生にとって貴重な一瞬一瞬があるのだということを提示しているのである。そのことは、第三幕の幕切れ近くで、ようやく明らかにされるといってもいい。

すなわち、少女時代から恋愛・結婚を経て、お産で若くして生命を落とした主人公の女性が墓地に葬られるシーンである。ここは、進行係と死者たちとの対話である。非現実的な世界だが、死の領域から生の現実がもう一度ふり返られるのである。進行係によって、彼女の生きていた生活の一コマが再現されるのだが、それを見ながら彼女はいう。

「あたしには分からなかったんだわ。あんな風にすべて事がどんどん運んでゆくのに、あたしたちはちっとも気がつかなかったんだわ。」と。そして「さようなら、世の中よ。……ああ、地上の世界よ、それはあまりにもすばらしすぎて、だれにも理解できないのだ。」とつぶやきつつ、彼女は進行係に「涙ながらに突然たずねる」のである。「人生を――一刻一刻を生きている間に、だれか人生を理解したような人があったでしょうか。」と。すると進行係は、即座にすげなく答える。「ありませんね。」しかし、しばらく間をおいて「聖者や、詩人なら、もしかすると――いくらかはね。」とつけ加えるのである。

ただこれだけの戯曲だが、わたしは、なんとなく気持ちが落ちこんだ時など、ここに描かれた人びとや台詞を思い起こす。この作品は、アメリカのどこかの町の、二〇世紀はじめの小さな日々の過ぎ去り行く出来事ではない。いま、わたしのまわりの日常そのものなのだ。うっかりすると見過ごしてしまいがちの日々の細部にこそ、実は大事なものがひそんでいるのである。しかし人間は、生きている時、どうしてもそのように自覚することができないのである。劇中の一人の死者はいう。

「生きているってのは、……無知の雲の中をうろつき廻っているだけさ。うろつき廻って他人の……まわりの者の感情をふみにじってばかりいるのさ。まるで百万年も寿命があるみたいに時間を無駄にすごしてさ。年中、何だかだと手前勝手な欲のままに動かされているのさ」と。しかし、このような台詞は、人間の愚かさをあざけっているわけではない。逆にだからこそ、生きて、愛して、そして死んで行くあなたの人生を大事にしてほしいという激励の言葉として響くのである。ドラマ全体から受ける感動は、まさに力強く、爽やかというほかない。

この訳書には、ワイルダーの一幕劇四篇も収められていて、そのなかの『長いクリスマス・ディナー』(*The Long Christmas Dinner*) は、翻訳(鳴海四郎)でわずか二八ページ、上演時間はおそらく一時間ほどと思われるが、その間に、実に九〇年の年月が流れ、「生」の戸口と「死」の戸口を登場人物たちが出入りし、白髪のかつらなどを使って三〇以上の場面転換が行われるのである。この作品は『わが町』にも共通するもので、「宇宙と対決した人間の問題を主題におき、恋愛、結婚、孤独、死、といったどこの国の家庭にも見られる人間生活の平凡な日常の出来事を『悠久なるもの』との関係でとらえている。」（訳者解説）のである。

ワイルダーの出世作となった小説『サン・ルイス・レイ橋』（*The Bridge of San Luis Rey*）は、ある日突如橋が落ちて五人の通行人が死ぬが、これは「偶然」か、はたまた「神の攝理」かを問いつつ、五人の人物の内面生活が探索される。だからといって、決して宗教的な内容ではなく、作品を底流するものは、『わが町』と同じく、「愛に基く人間へのあわれみといたわり」であり、と同時に、「虚無、孤独、絶望に対する鋭い洞察のひらめき」（訳者解説）である。ちなみに『運命の橋』という邦訳名で伊藤整の訳がある。

『わが町』は、戦争中に森本薫が訳し上演され、戦後もさまざまな形で上演された。また、長岡輝子さんの翻案がある。たしか神奈川県溝の口を舞台とした作品だが、いま手元に本がない。なお、わたしが持っている『わが町』の訳本は、松村達雄訳、一九五七年七月・研究社刊、「アメリカ文学選集」の一冊である。

（1997・11）

リリアン・ヘルマン

『未完の女』

リリアン・ヘルマン自伝『未完の女』(*An Unfinished Woman — a memoir*, 1969. 稲葉明雄・本間千枝子訳、平凡社刊)を読む。さきに邦訳された『ジュリア』(*Pentimento*, 1973. 中尾千鶴訳、パシフィカ刊)、『眠れない時代』(*Scoundrel Time*, 1976. 小池美佐子訳、サンリオ刊)に次ぐ三冊目だが、彼女の自伝としてはこれが一番初めに書かれたものだ。リリアン・ヘルマンといえば、少なくとも一九三〇年代以後のアメリカ演劇界を代表する屈指の劇作家である。しかしたとえば、テネシー・ウィリアムズやアーサー・ミラーなどの諸作品のほとんどが邦訳されたり上演されたりしているのと比較して、彼女の肝心の戯曲の邦訳・舞台上演は寥々たるものである。わたし自身をとってみても、敗戦後間もないころ、彼女の戯曲『ラインの監視』(*Watch on the Rhine*, 1941.)を原作とする映画を見、前進座公演(一九四六年六月)の舞台を見たが、年若かったせいもあって、記憶を辿っても、その作品をつらぬく反ナチ・反ファシズムの強靱な精神に心動かされた一点だけがかすかに思い返せるだけである。当時、リリアン・ヘルマンの名前にどれだけ注目したか、甚だ覚束ない。以後、「現代世界戯曲選集」のなかの一篇といったような目立たない形で、『子供の時間』(*The Children's Hour*, 1934.) や、『秋の園』(*The Autumn Garden*, 1951.) などを読んだことがある。(昨年『子供の時間』が小池美佐子訳、新水社刊で出版された。) 彼女の戯曲集 "*The Collected Plays*, 1972. Little, Brown" (脚色ものも含めて一二篇の戯曲が収められている) を以前とり寄せてはみたものの、英文で読むのがしんどくて、パラパラとページを時折くったに過ぎない。まあ、こんな次第だが、一般的に彼女が日本でいくらか知られたとすれば、映画『噂の二人』(『子供の時間』の映画化題名) や、昨年だったか有馬稲子が主演して評判になったそれの日本での舞台上演、映画『ジュリア』などによってであろう。以上が、わたしの場合のささやかなリリアン・ヘルマン経験のすべてだからとても口はばったいことはいえないが、なぜか彼女への特別の偏愛の気持を、わたしは避けることができないのである。

ところで、リリアン・ヘルマンが「とぎれとぎれではあったが三十一年という長年月」をともに過ごし、臨終まで看取ったダシール・ハメットに、「あなたが亡くなったあと、あなたの伝記を書くことになる日のために、一部始終をちゃんと心得ておきたい」というと、ハメットは、「ぼくの伝記を書くなんてやめたほうがいい、どうせそれは、ハメットという名の友人がときどき出てくるだけのリリアン・ヘルマンの自伝になるだけのことだろう」と答えたという。『未完の女』の解説者・本間長世氏は、これを引用して、「ハメットが見抜いた通り、『未完の女』において、ヘルマンは友人知人の名をときどき出しながら彼女自身の自伝を語り、彼女が主要人物である戯曲のごとき回想記をつくり上げた。」と書いているが、果たしてそうか。わたしはそうは思わない。むろん、自伝である以上、みずからが登場するのは当然だが、彼女の自伝の素晴らしさは、自身をいわば狂言まわしのような役柄にして、有名・無名を問わず、彼女の出会った人びととその時代を真の主役として記録したところにある。この点に関しては、すぐれたハード・ボイルド派の探偵小説家たるハメットの推理も、的はずれだったといわざるを得ない。まさにハメットをはじめとして黒人女性の「女中」に至るまで、彼女によって描き出された登場人物たちが、それぞれの時代という舞台背景のなかで、どんなに生きいきと存在感をもって〝演技〟しているか、彼女の三冊の自伝の魅力とわたしの偏愛のゆえんはそこにあるといっても過言ではないのである。

たとえば、『ジュリア』（これは、ハメットや友人たちを回想した七篇の短篇から構成されている）のなかの映画化された「ジュリア」一篇をとりあげてもいい。フロイトの弟子としてすぐれた才能を持ちながら、ナチスの台頭とともに反ナチ闘争に加わり、最後にファシストたちによって「修復不能なほど顔の左側をナイフで傷つけられた死体」となって斃れたジュリア。リリアン・ヘルマンの少女時代からの親友の短いが美しい生涯は、この一文によって見事に歴史の舞台に位置づけられたといえる。反ナチ闘争の資金を、リリアン・ヘルマンは危険を冒して運ぶ。それは、彼女がジュリアたちの運動に共鳴してというより、ひたすらジュリアに対する信頼と友情からといっていい。リリアン・ヘルマンのみずからの重大な役割についての描写は実に控え目であり、ただひたすらジュリアと彼女につながる人びとの偉大さの影として描かれているのだ。ジュリアという仮名でしか記録されなかったにしても、どういう人びとが真に人間として価値があり、時代を担ったかというリリアン・ヘルマンの確かな視点が、一行一行にみなぎった名篇である。それゆえ一九五〇年代にアメリカに吹き荒れたマッカーシズムという〝赤狩り旋風〟に対するリリアン・ヘルマンのたたかいは、熾烈を極めたのである。無名であっても人間の尊厳を守った人びとを愛した彼女は、従って権力を笠に着た〝ならず者〟たちには生活の資を断たれても敢然として刃向かった。その記録が『眠れない時代』である。アメリカ下院非米活動委員会への出頭命令に対し、彼女が、「自分を救うために、何年も昔の知己である無実の人たちを傷つけるなどということは、非人間的で品位に欠け不名誉なことに思われます。わたしは、良心を今年の流行に合わせて裁断するようなことはできませんし、したくありません。」という手紙を出し、他人に対する証言を一切拒否したことは有名である。マッカーシーら「三人組がブルドーザーで通ったあとの路上には、押しつぶされたいのちがたくさんころがっていた。」という時代である。ハメットも逮捕・投獄された。ここでも、リリアン・ヘルマンは、みずからを主役の英雄として記録しているのではなく、「おかしくみじめな」時代に、〝ならず者〟たちや彼等とたたかった人びと・敗北した人びとがどのように生きたかを、一篇のドラマとして自身をも客観視して描いているのである。

さて、『未完の女』を読むと、リリアン・ヘルマンは、幼少時代からかなりの利《き》かん気の性格だったらしい。父が母以外の女とデイトしているのを目撃してカッとなり、無花果《いちじく》の木のてっぺんから身を投げて鼻柱をへし折ったり、家のゴタゴタにうんざりして家出したり、つまりは相当に「手に負えない厄介な子」であった。しかしそれは、周囲の誰かがいうように、「胸がわるくなるほど性根がまがっている」わけではなく、幼いながら一個の独立した人格としての彼女なりの強固な自己主張であり、まわりの大人たちが演ずる愚かな偽善劇に対する強い反撥であった。この性格は、彼女の生涯を赤い一本の糸のように貫いていると思える。従って彼女は、子どもごころに、孤児院のみなし児たちに「独立的存在」を覚えて親近感をもち、「黒人街」に行くことにある種の「安全」を感じたりもする。ダシール・ハメットと出会うまでの彼女も、相当に自由奔放で、男たちとも勝手気ままに会ったり離れたりするが、彼女が学んだものは、人間の尊厳を失なった知的頽廃への軽蔑の念であったように思える。そして、ハメットとの出会いと劇作家としてのスタートが始まる。『未完の女』の最終章を飾る「ダシール・ハメット」一章は、恐らく存在した彼以上のハメット像であり、他の存在をどれだけ敬意をこめて書ききることができるかという一個の模範でもあろう。

『秋の園』を書いている時はすさまじい。リリアン・ヘルマンが書きあげた原稿に対して、ハメットは「怒りのこもった、どなるような調子」で批判する。それは彼女が「裏切りを働きでもしたような口ぶり」であった。憤然とした彼女は、部屋を走りでてニューヨークにすっ飛び一週間も帰らない。帰ってくると「原稿をずたずたに破ってブリーフ・ケースに詰め、それを彼の部屋の外においてお」くといった有様だ。しかし思い直して七カ月後に書き直した『秋の園』に対して、ハメットは、「よく書けている。これほどの芝居は、もう長いあいだ、だれも書いたものがいない。」と最高の「讃辞」を贈るのである。なんという並はずれた関係の仕方だろうか。リリアン・ヘルマンは、よくつむじを曲げ、ハメットにくってかかったらしい。ある時、ハメットの「酒癖や、女性関係、それに二人の共同生活でみじめな思いをさせられた」ことをなじり、彼女は「怒りにみちたスピーチをやってのけ」ていた。ふとみると、ダッシュ（ハメットの愛称）が、火のついた煙草を自分の頬に押しつけていた。驚いた彼女に、ハメットは、「きみにするかわりに、ぼく自身にしているんだ」と答える。その傷痕は生涯消えなかったらしいが、こうしたエピソードのなかにも、リリアン・ヘルマン自身がいかにハメットをこそ主役として描いているかがわかる。「素朴な人達にたいして冷酷であったことは一度もないが、有名人には我慢がならな」かったハメット、どんなに自分が欲しがり大事にしているものでも、「物はいちばんほしがっている人間のものさ」と惜しげもなく人にあげてしまうハメット、〝赤狩り旋風〟の時、「自分の考える民主主義のためなら、命を捧げてもいい」といって刑務所にはいったハメット、彼の『マルタの鷹』や『影なき男』などの作品ではうかがい知れないハメットの真の姿が、三十年余のよき喧嘩相手だったリリアン・ヘルマンの筆によって不滅となったというべきか。彼女は最後に次のように書く。

「しかし、わたしはこの本を、一つの悲哀にみちた挽歌としておわらせたいとは思っていない。ハメットを失ったさびしさは否定できないが、それは自然のなりゆきである。わたしは彼ほど興味つきない人物に、いまだに出会ったことがない。あの人が話してくれたことを想いだして、わたしはいまだに声をあげて笑ったり、こんなときはこういっただろうと想像して愉快がったり、もう何年もたっているのに、あのひとがいまだにわたしの気持をかき乱したり、あれこれ命令したりしていることに腹を立てているしまつである。」

さきにも触れたように、リリアン・ヘルマンが「自伝」と称して書きしるした友人たちは多い。彼女の最も親しい友人だったドティことドロシー・パーカーもその一人だ。「尋常一様でないもつれ方をした矛盾の魚網のような」ドティは、「何人かのりっぱな男たちに愛され」ながら、いつも「自分を愛してくれない男」、しかも「卑劣な男ばかり」を愛した。しかし彼女はいつも自分を「たいした存在ではない」と考え、つつましく、そして「他人にたいする考え方は独創的で鋭」く、リリアン・ヘルマンにいつも「生きる喜び」を与えてくれるのである。彼女は「お金なんかない状態」を望み、死んだ時、残っていた「なにがしかのお金」はすべて、一度も会ったことのないマーティン・ルーサー・キングに遺言で残されていたという。リリアン・ヘルマンの無欲でウィットに富んだドティに対する愛情に溢れた追憶は心をうつ。リリアン・ヘルマンの少女のころの「女中」だった黒人のサフロニアと、後年死ぬまで彼女とハメットに仕えた同じ黒人のヘレンについての回想の一章も、すぐれた短篇を思わせる。リリアン・ヘルマンは、この二人の黒人女性を「他のどんな女性たちよりも愛した」という。そして書く。――「ああ、サフロニア、わたしがいつでもとりもどしたいと思うのはあなた。わたしはいまでもよくあなたによってものごとを判断し、推量し、みずからを変え、解釈し、行動している。」と。

　リリアン・ヘルマンの戯曲作品は、古典的ともいえる堅固な方法で、抑制のきいた必要最小限の言葉で書かれているが、自伝もまた同様である。しかしそこで登場させられた人びとは、好むと好まざるとに拘らず、肯定的存在であろうと否定的存在であろうと、作者が求める〝真実〟や〝分別〟につき当りながら、読む者の目の前に再生して主役級の〝演技〟を強いられるのである。リリアン・ヘルマンの自伝を読むと、〝自伝〟とは、いかに他の存在を描くかということではないかと思い知らされる。いや、逆にいえば、他の存在を語ることによってしか自己を語ることはできないということであろうか。一九〇五年生まれのリリアン・ヘルマンは、今年七六歳。恐らく直接出会うことはなくとも、また遠く海を距てていても、その人が存在していることでたえずわたしに生きる勇気を与えてくれるということはあり得るのだ。

（1981・7）

『ジュリア』

アメリカの劇作家リリアン・ヘルマン（一九〇五〜一九八四）の自伝的作品の一つ『ジュリア』（中尾千鶴訳、パシフィカ・一九七八年刊）の原題は、ペンティメント（*Pentimento*）である。巻頭にあるその言葉の意味によると、カンヴァスに描かれた絵が年月が経つとともに透明になり、その下からはじめに描かれた絵が姿を現わす現象をさすらしい。埋もれた過去がだんだんに見えはじめ、それらが現在にとってどんな意味があるのかを問うにふさわしいタイトルである。書名が『ジュリア』なのは、この作品を脚色した映画の日本公開題名に便乗したからである。映画は、フレッド・ジンネマン監督で、ヘルマン役をジェーン・フォンダ、ジュリア役をバネッサ・レッドグレーブ、三部門にわたって第五〇回アカデミー賞を受賞、日本でも評判だった。

『ジュリア』には、七篇の作品が収められている。結婚という形をとらず三十余年にわたったダシール・ハメットとヘルマンの共同生活は有名で、この本でも、ハメットは主要な登場人物として至るところに顔を出す。『マルタの鷹』や『影なき男』などの探偵小説とそれらの映画作品で、ヘルマンよりもハメットの方が日本ではなじみが深いかも知れないが、それはともかく、彼等二人の芸術的友情と協力や、一九四〇年代末から五〇年代にかけてアメリカに吹き荒れた、いわゆる〝マッカーシー旋風〟

といわれる〝赤狩り〟へ対する毅然とした二人のたたかいも、ヘルマンは自伝として遺した（『眠れない時代』小池美佐子訳、ちくま文庫）。作品以外のハメット像は、ヘルマンの筆によって後世に語りつがれたといってもいい。ハメットばかりではない。『ジュリア』には、乳母の黒人女性までふくめて、ヘルマンの生涯を彩った愛人や友人たちが描かれ印象深いが、なかでも「ジュリア」一篇の感銘は、映画ともども忘れ難い。

ジュリアという名前は、ヘルマンが少女時代から最も親しかった友人の仮名である。仮名にしたのは、彼女がのこした子どもや関係した人びとが、この文章を書く時にまだ生存しており、なんらかの波及が起こることに気を遣ったためである。ジュリアは、ヘルマンにとって、まさにレズビアンといってもいいほどの愛の対象であった。少女時代、「口づけをする代わりにその顔にそっと手を触れ」るほど、「性的な憧れ」を抱いた友だったと、ヘルマンは書いている。長ずるに及んで資産家の出のジュリアは、オックスフォード大学で学び、のちウィーンで精神分析の権威フロイトの弟子となるが、一九三〇年代前半、ヒトラー・ナチスが擡頭してくるのである。そしてジュリアは、反ナチの運動に挺身するようになる。

話をはしょらねばならない。ナチ親衛隊のテロで片脚義足になりながらも、ジュリアはたたかう。本でも映画でも最も感動的で緊迫した場面は、ジュリアに頼まれて反ナチ闘争の資金を、ヘルマンが危険を冒して指令どおり運ぶところである。彼女は、ジュリアたちがどんな運動をしているか知らない。しかしジュリアへの信頼と友情が彼女を決意させる。彼女に渡された〝帽子〟には、反ナチ運動でたたかっている同志の五百人から千人の命を救うジュリアからのお金が隠されている。監視のきびしいドイツ国境を通過するまでのはらはらする一瞬一瞬。そしてジュリアとヘルマンの何年ぶりかの再会。二本の松葉杖に支えられたジュリアを見て、ヘルマンは「溢れ出る涙をおさえることができな」い。しかしジュリアは感傷にひたっているわけにいかない。ほんの僅かの時間での別れ。それから半年ほども経った一九三八年五月、再びナチに襲われ、ジュリアは「修復不能なほど顔の左側をナイフで傷つけられた」うえ、殺される。

この一篇は、ある時代の不正の横行に対して決然と抵抗し、斃れた友を追悼しつつ、どういう人びとが真の人間として時代を担ったかを証言した傑作である。ヘルマンは書いている。「人生の全き時に到達し、表情がこれ以上完璧なものはないというほどいきいきと輝き、体はたぐいまれな優雅さと力に満ちる、という女が世の中にはいるものだ。ジュリアの場合がそれであった。」と。その彼女を殺されたことへの悲嘆と怒り、そこから学んだ人間としての威厳は、ヘルマンの全戯曲作品、いや全生涯を貫徹しているといっていい。ヘルマンの出世作で、近代演劇の屈指の名作である『子供の時間』（一九三四年。日本公開の映画の題名は『噂の二人』で、オードリー・ヘプヴァーンとシャリー・マックレーンが好演）には、ヘルマンとジュリアの愛情が色濃く投影している。

今年初頭、『リリアン・ヘルマン戯曲集』（小田島雄志訳、新潮社）が刊行された。『子供の時間』をはじめ『ラインの監視』『秋の園』など六作品が収められている。自伝としては、さきに『未完の女』（稲葉明雄・本間千枝子訳、平凡社ライブラリー）があり、ヘルマンの二五歳年下の最後の愛人、ピーター・フィーブルマンの『リリアン・ヘルマンの思い出』（本間千枝子他訳、筑摩書房）もある。この本の巻末に収められているヘルマンの死に際しての弔辞の中で、ジョン・ハーシーは、ヘルマンの「怒りのエネルギー」にふれ言っている。「彼女の心の奥で燃えていた炎は、感情にまかせたものではなく、理性に基づくものでした。あらゆる種類の不正——非人道的な行為、不公平な死に対する理性からの憤怒でした。彼女はそのすべての作品の中で、日々の生活において、中傷、貪欲、偽善、残虐、そして権力の持つ卑劣で、凡庸で、危険なすべての事に対して戦いを挑んだのです。」と。

（1995・6）

ベルトルト・ブレヒト

『ガリレイの生涯』

『ガリレイの生涯』に触れた文章のなかで、ブレヒトは、この作品におけるガリレイが、もし宗教裁判の拷問に屈服しつつも科学研究を継続し、後世に伝えるための理性的行動を貫いたという印象を与えたとしたら、それは、わたしの弱点だとのべ、「ガリレイの罪は近代科学の『原罪』とみなすことができる」と断言している。つまりガリレイは、周知のとおり、天動説に対するに地動説をもって当時の聖書と教会の絶対的権威に挑戦した。それは、コペルニクス的転回といわれる地動説の科学的前進の第一歩であり、まさに近代科学の基礎を開いた暁鐘であったわけだが、教会の圧迫の前に自説をひるがえして第一線をしりぞき、蟄居して有名な『新科学対話』をひそかに完成することに晩年をすごしたのである。ブレヒトのドラマも、このガリレイの科学者としての真理への飽くなき追究の姿勢とその挫折を描いている。しかしブレヒトは、このような擬装転向者＝ガリレイを、単純に讃美したり断罪しているわけではない。彼は、ガリレイが天文学や物理学を豊かにしたことを認めつつ、しかし、自説をひるがえしたことによって「科学の社会的意義をそのためにほとんどすべて剝奪」したことを批判しているのである。つまり、天動説に対する地動説の主張は、「一切の進歩陣営のためのバリケード」であり、まさに、教会にとっての一大スキャンダルであったはずのものであるにもかかわらず、ガリレイの自説撤回によって、科学的真理探求は民衆から遠ざかった専門家の間でのひそかな論争に封じこめられ、その間隙をぬって、「全反動陣営のほうは秩序整然たる退却を完了」してしまったというのである。それが「原罪」と断ずる由縁である。

ドラマのなかでブレヒトは、ある良心的な下級僧侶が「真理が真理である場合は、われわれがいなくとも、実現されるとはお思いになりませんか？」と言うのに対して、即座に、ガリレイをして次のように言わせている。「それは違う、違います。われわれがそれを実行にうつす場合にのみ、真理は実現するのです。理性の勝利は理性的な人間の勝利のほかにはあり得ない。」

ところがガリレイは、この言葉をみずからの手で裏切ったのである。確かに、ガリレイの「真理」は、ガリレイの自説撤回にもかかわらず、後世に実現された。人工衛星が成功している現在において、誰が天動説を主張できようか。かつては、ジョルダノ・ブルーノなどを、そのゆえをもって火あぶりの刑に処したところの教会ですらも、口をぬぐって地動説の信奉者に転向しているのだ。スキャンダルは秘密裡に闇の彼方に葬り去られ、反動陣営は見事な退却戦を展開し成功したのである。一挙に粉砕すべき時に粉砕しなければならない反動を、後世にまで生きのびさせた罪を、偉大な近代科学の始祖＝ガリレイは背負っているというわけである。それはそのまま、戦争から戦後を生きるわれわれ自身の「理性的人間の勝利」とは一体何かという問いに、はねかえってこないだろうか。例えば、天皇制問題ひとつをとってみても、敗戦直後の「理性的勝利」の機会を逸し、その一大スキャンダルの温存と老獪な迂回作戦を許した「原罪」を、われわれは負っていないだろうか。ブレヒトの作品は、われわれ自身の背負う「原罪」の二重塗り三重塗りに対する、厳しい批判であり呼びかけとわたしには思える。

『ガリレイの生涯』は、ナチスの弾圧を逃れたブレヒトが一九三九年、デンマーク亡命中に書いた作品である。ここには明らかに、ナチスの擡頭に戦えず亡命しなければならなかったことに対する自己批判を含んでおり、まのあたりに戦争体制に吸収されていく転向者の群れを見つめつつ、真理はどのようにして実現すべきかの緊迫した主張が、マルクス主義的芸術家の立場から見事に結晶している。それは、決して現在のわれわれをとりまく状況とも無縁ではないであろう。「この作品はある新しい時代の擡頭を提示しようとするものであり、それにまつわる若干の偏見を修正しようとする試み」であるとブレヒトは言っているが、わたしは、この作品のみならず、ブレヒトに出会うことによって、どれほど深く「新しい時代の擡頭を提示」され、わたし自身の「若干の偏見」を修正されたか計り難い。なんとなく気が滅入って力弱くなった時、読みかえして教えを乞いたい精神はいろいろあるが、なかでも、ブレヒトと日本におけるブレヒトともいうべき花田清輝は、そのたびにわたしに「理性的な人間の勝利」とは何かという根本的な問題を教えてくれる。『ガリレイの生涯』の幕ぎれにおける、ガリレイの弟子であり真理の伝達者であるアンドレア・サルティのセリフではないが、二人の著作を読みかえすたびにわたしは、「君はよく目をあけて見ることを学ばなきゃいけない。……私たちの知識は、まだまだ不十分だからね」という声が聞こえてきて、勇気をふるいたたせるのである。

＊引用したテキストはすべて、白水社刊『ブレヒト戯曲選集３』所収の千田是也訳による。

（１９６６・９）

『ブレヒト青春日記』

『ブレヒト青春日記』（野村修訳、晶文社）は、一九二〇年六月から二二年二月にかけての、若干の欠落部分もあるほぼ二年間の日記である。ブレヒトが二二歳から二四歳、『夜うつ太鼓』で二二年一一月までの〝クライスト賞〟を受賞して「無名時代」に終止符を打つ直前までである（この時代から晩年の五六年までの「生活に触れて書いている短文類」を、ブレヒトの遺稿から「収集」した「自伝的手記」も付載されている）。一九一八年一一月、第一次世界大戦でのドイツ降伏、さらに翌一九年にかけてのドイツ革命の敗北と挫折、それら過酷な戦争と革命の傷だらけの後遺症が巷にくすぶる時代である。ブレヒトは「一文も稼いだことがない」が、「まだ過渡的存在で、飛躍の余地をもたねばならない」とみずからをいましめ、「世界を完全に継承したいという願望」に燃え、「あらゆる物がぼくに引き渡されて欲しい」と必死に願う。まさにその〝願望〟どおりに以後生きたブレヒトの、「芸術の冷徹な高みへの離陸」を準備し、その予感に満ち溢れた日々のドキュメントは、どの一行も、時代と場所を越え、確かな手ざわりでわたしの手元に届くかのようである。

すでにしてブレヒトは、戯曲『バール』『夜うつ太鼓』を一応書きあげていたが、それらに推敲を重ね、『都会のジャングル』にとりかかり、詩集『家庭用説教集』に結晶する一編一編を書きつけている。ブレヒトがマルクス主義の文献を徹底的に研究するまでには、まだあと二年ほどの歳月が必要である。だがこの時期に先立つミュンヘン大学での医学の勉強、戦争中のアウクスブルク野戦病院での勤務、敗戦という経験は、詩「死んだ兵士の伝説」に明らかなように、ブレヒトを強固な反戦・平和主義者に仕立てていた。さらに日記を書きはじめる前の母の死、ひきつづく父との確執などが、ブレヒトをひとびとのなかへ突き出す（庭のリンゴが二個盗まれたことに怒る父に対し、「木の作るものは誰のものでもないさ」と弁護するブレヒトは、いかにもブレヒトらしい）。すでに子どもまでもうけたビー（パウラ・バンホルツァー）と、二二年から二七年の間結婚したマリアンネ・ツォフら女性との頻繁な出会いと交情。時にはマリアンネをめぐって「豚野郎」と罵倒する男とのもめごともある。マリアンネと「馬のように愛しあう」かと思うと、翌々日には子どもを連れてきたビーについて、「愛らしい、ぼくはかの女が好きだ」と書く。精神的遺産の私有に断固として反対したブレヒトは、まるで、個人的愛情の私有も認めなかったかのように、女性たちの間をしきりに行き交い、称賛し、慰め、いたわり、批評し、けなしたりする。それでも、「日々は灰色で、ぼくは買い叩かれている」と、ブレヒトは憤懣を書きとどめずにはおれない。

ブレヒトは、飽くことなく多くの芸術仲間、女性たち、つまり「ひとびととかかわり合って」生きた。それは生涯変わらなかった。しかし同時に、「けっきょくのところぼくは、ひとびとを格別高く買っているわけではない」ともいうブレヒトである。

この若き日々、ブレヒトは歩きまわり、時には水泳をしたり屋根裏部屋で玉突きをしたり、怠惰になって「マッチをいじって時間をつぶす」こともあるが、初期の代表作となった諸作品にう、つ、ぼ、つとした思いをこめてかかわる姿はすさまじい。ブレヒトは書く。「ひとつの理論をもつ男はだめだ。四つかそれ以上の、多くの理論をもたねばならぬ。それらをポケットに新聞のように、いつも最新のやつを、詰めこんでいなくてはならない。たくさんの理論のあいだに居るのは、居ごこちがいい」と。ブレヒトは、世界のすべてを〝継承〟したいと願い、同時に、みずからの〝思想〟は「すべてが摂取され、消化され、利用されること」を望んだ。この日記には、極端にいえばブレヒトの〝思想〟のすべてがちりばめられている。問題は、まだ後世がそれらを摂取・消化・利用していないところにある。

「原則は、破られることによって生命を保つ」という一行で本書は終わる。晩年、ブッコウにあったブレヒトの別荘の戸口に、この文章は張りだされていたという。破られることによって検証され、例外と衝突することによって堅固になる原則でなければ、それは無残にひからびカビだらけになるしかない。ついせんだって、ワイダ監督総指揮によるポーランドの自主労組「連帯」のグダニスク闘争の記録映画の一部をテレビで見た。ワレサ議長をはじめとする労働者たちの政府との交渉とその勝利の模様を見ているうち、わたしには、ふと、ブレヒトのさきの一行が地下からの激励の声のように聞こえたのである。野村修氏の理解の行き届いたすぐれた翻訳によるブレヒトの〝青春〟の記録は、この世界の矛盾・葛藤をみずからに「担いとってきた」ブレヒトの全仕事のプロローグとして、読む者を先へ先へと「突出」させずにはおかない。

（1981・6）

『ブレヒト戯曲全集』

『ブレヒト戯曲全集』（岩淵達治訳、全八巻）が、生誕一〇〇年を記念して、かつてわたしが編集者として三十年余在籍した未來社から刊行されはじめたことは、嬉しいことである。と同時に、ブレヒトの作品を翻訳・出版したいと企画しながら、未來社時代、結果としてはたった二冊しか実現できなかったことも苦く想いかえされた。それはともかく、ドイツ語などさっぱり読めないにも拘わらず、さまざまな訳書や舞台によって、ブレヒトに格別の関心をそそられた者としての、若干の〝ブレヒト経験〟をしるしておこう。

わたしがはじめて、ブレヒトの日本での舞台上演を観たのは、一九五五年三月、新人会公演の『家庭教師』（岩淵達治訳、千田是也演出）だったと記憶するが、さらに強くブレヒトに魅《ひ》かれたのは、三年後の一九五八年三月、八劇団合同の青年劇場が公演した『ガリレオ・ガリレイの生涯』（千田是也訳・演出、下村正夫共同演出）でだった。この舞台は、極端にいえば、演劇に限らず、芸術・人生万般に対するまさに〝コペルニクス的転回〟を、わたしに迫ったほどの衝撃だった。すでにブレヒトは、一九五六年八月、五八歳の若さでこの世を去っていた。

木下順二さんの『夕鶴』などで、一九五一年一一月創業した未來社は、はじめ演劇書が多く、有名な『俳優修業』（山田肇訳）をはじめとするスタニスラフスキー・システムの翻訳を出版していて、一九五三年四月に入社したわたしは、仕事も兼ねてそれらを愛読し、また新劇の舞台を観る機会も多かった。そんなわたしに対して、『ガリレイの生涯』による〝異化効果〟の影響には、計り難いものがあった。やがて知ることになる〝戯曲的演劇〟と対立する〝叙事的演劇〟なるものの魅力にとりつかれはじめたのである。幸いなことに、小宮曠三訳『ブレヒト演劇論』（ダヴィッド社刊）についで、一九五〇年代後半から六〇年代はじめにかけて、『ブレヒト戯曲選集』（千田是也編集、全五巻）や、演劇論集『今日の世界は演劇によって再現できるか』（千田是也編訳）が、白水社から相次いで刊行され、わたしでも容易にブレヒトの作品を読むことができるようになった。また、舞台も、『母』（三期会）や『三文オペラ』（俳優座）などが、ポツポツと上演されるようになったのである。

編集者として、ブレヒトの仕事にかかわった一冊目は、一九六三年四月刊行の長谷川四郎訳『コイナさん談義』である。一九六〇年代の一〇年間は、昼は未來社の編集者、夜は劇団演劇座の文芸部員といった、まるでジキルとハイドみたいな二重生活を送っていた。そして、花田清輝・廣末保・長谷川四郎さんなどの本は〝昼〟作り、彼等の戯曲を〝夜〟稽古・上演するといった日々だった。『コイナさん談義』には、他に「死んだ兵隊の歌」「小市民七つの大罪」「子供の十字軍」という、やや長い詩も収められていて、長谷川さんの名訳であった（のちに長谷川さんは、みすず書房から『中国服のブレヒト』という名著を刊行する）。『コイナさん談義』は、版権交渉もせず、モグリのようにして出版したが、一九六七年四月に刊行した二冊目の千田是也・岩淵達治訳『ブレヒト教育劇集』は、正式にズールカンプ社と契約し、「大洋横断飛行」「折り合うことについてのバーデンの教育劇」「イエスマンノーマン」「処置」「例外と原則」「ホラティ人とクリアティ人」の六篇を収めた。これらは『三文オペラ』が書かれた直後の一九二九年頃、ブレヒトが三〇歳を越えたばかりの時に書かれた短篇劇だが、ブレヒトの基本的なものの考え方が表現されていて、仕事をしながら、ますますブレヒトに深入りするみずからを感じたものである。

一九六〇年代のはじめ、ロンドンの大学に招聘されていた西郷信綱さんから、一冊の本を贈られた。Martin Esslin *"BRECHT——a choice of evils"* であった。イギリスに行く前、ブレヒトについて話したわたしに対する好意であり、いろいろブレヒトについて書かれた本を読んだが、この本が一番面白かったという添え書きがあった。これが、間もなく翻訳・刊行されたエスリン『ブレヒト——政治的詩人の背理』（山田肇・木桧禎夫・山内登美雄訳、白鳳社刊）である。サブタイトルの「諸悪のなかの選択」が捨てられたことに、残念な思いがした。

千田さんが、ブレヒトの代表作といっていい『肝っ玉おっ母とその子供たち』を俳優座で上演・演出したのは、一九六六年一〇月である。そのパンフレットに、「ブレヒトやベルリナー・アンサンブルの人たちの手になるモデル・ブックを、できるだけ丁寧になぞってみる」「お手本通りの楷書の勉強をやっておく」と千田さんは書いているが、いま手元にあるベルリナー・アンサンブルのA４判四〇〇ページを越える *"THEATERARBEIT"* をみると、まさにそのとおりだった舞台を思いかえすことができる。この本には、舞台写真・スケッチ・楽譜なども豊富に掲載されていて感嘆のほかかない。たまたまその頃、ベルリナー・アンサンブル公演の『肝っ玉……』の舞台記録映画を見る機会があった。ヘレーネ・ワイゲルの肝っ玉を見ることができたのも嬉しかったが、全体として、いかにもそっけない、乾いた舞台に、ブレヒトの〝異化効果〟なるものの真髄を感じた記憶がある。

せんだっての二月、東京演劇アンサンブル公演・広渡常敏演出の『肝っ玉……』を観た。背景を日本の戦国時代におきかえ、刀を差した武士やボロをまとった農民が登場するのには驚いた。千田さんの〝楷書〟に対する広渡さんの〝草書〟であろう。ブレヒトは、次の時代に、このようにして継承されることを希んでいるのではなかろうか、それぞれの地点で。未來社の『ブレヒト戯曲全集』第一巻には、初期の作品『バール』『夜うつ太鼓』『都会のジャングル』『イングランドのエドワード二世の生涯』の四作品が収められている。かつて、千田さんや長谷川さんや岩淵さんに、翻訳料をほとんど支払わなかったことを痛く想いかえしつつ、岩淵達治個人訳全集の壮挙に心からの拍手を送りたい。

（１９９８・５）

『ブレヒト作業日誌』

ブレヒトは、ナチスによるいわゆる〝国会議事堂放火事件〟の翌日（一九三三年二月二八日）、妻のヘレーネ・ヴァイゲルや息子、友人数人とともにドイツを脱出、以後、各国を転々としながらの十年余の亡命生活に旅立った。この『作業日誌』（*Arbeitsjournal*　岩淵達治他訳、全四巻、河出書房新社・一九七六―七七年刊）は、デンマーク滞在中の三八年七月二〇日にはじまり、その死（五六年八月一四日、五八歳）のほぼ一カ月前まで、断続的に書きつがれた。すなわち、デンマーク、スウェーデン、フィンランドを経てのアメリカでの六年余、ドイツ敗戦後、スイスを経ての東ドイツ（当時）に帰還してからの七年余である。

亡命という過酷な条件下にありながら、ブレヒトは、この間に、『ガリレイの生涯』をはじめ、『第三帝国の恐怖と悲惨』『肝っ玉おっ母とその子供たち』『セチュアンの善人』など代表的戯曲のほとんどを書きあげている。そのための叙事的演劇論、異化効果についての論及が随所に散りばめられていて興味つきない。と同時に、多くの新聞記事や写真の切り抜きをコラージュ的に貼りこみ、一進一退、変動する戦争と政治の情勢に批評を加え、深く時代とかかわりつつ、みずからの芸術的・政治的姿勢を書きとどめている。

ブレヒトは、ソ連（当時）を亡命地として選ばなかった。粛清の嵐を感知したからだろう。メイエルホリドに触れ、「文学と芸術はひどい目にあっているようだ」（39・1）と書き、のちに、スターリン批判の本にふれ、「社会主義はファシズムのなかに、歪曲化された似姿をみるのである。美点は全然似ていないが、悪徳だけはすべて似ている」（43・7・19）とも書いた。ルカーチへの批判も手厳しい（皮肉にもブレヒトの葬儀で、ルカーチは弔辞を読んでいる）。ブレヒトは、マルクス主義者として、資本主義・ファシズムと生涯を賭けて戦ったが、同時に、官僚主義・教条主義・形式主義批判などの社会主義的〝悪徳〟とも対決したのである。

友人たちとの協同作業を大事にしたブレヒトにとって、すぐれた協力者だったマルガレーテ・シュテッフィンのモスクワでの病死と、親友ベンヤミンの服毒自殺の報は痛切な思いだったろう。アドルノやホルクハイマーなどとはたえず議論を重ね、チャップリンを高く評価し、トーマス・マンを〝爬虫類〟と口を極めて罵倒している。「アウシュヴィッツの光景を前にしては文学はもはや無力だ」(50・5・25)と書きつつ、「山々の激動を治めることはできた、われわれはこれから平地の激動ととりくむのだ」(49・2・10)と、戦後ベルリーナー・アンサンブルを拠点に、ブレヒトは、まさに世界を震撼させた演劇運動を展開したのである。僅か七年ほどの命ではあったけれども。『作業日誌』には、それらのエッセンスが、ぎっしり詰めこまれているとわたしは思う。

(2004・4)

III

「憲法は生命に優先する」――竹内好

いまから六〇年ほど前、竹内好さんが、雑誌「平和」(一九五四年五月号)の〝平和憲法についてのアンケート〟に答えた「憲法擁護が一切に先行する」という一文があります。アンケートの項目は次のとおりです。

一、憲法の中心点はどこか。
二、新憲法が戦後アメリカから与えられたという通説と現在それを守ろうということは矛盾しないか。
三、護憲運動にどういう形で参加するか。
四、今後の護憲運動に希望すること。

竹内さんは、〝一〟について、主権は国民にあるのだから、「官吏は国民にサービスすべき」ものであり、「天皇はただの象徴」に過ぎないと述べつつ、基本的人権(思想そのほかの自由)は侵してはならないが、それを守るのも国民の努力によること、そして「国際紛争の解決」に武力を使わないことに「憲法の中心点」があるとまともに答えています。

しかし〝二〟の答えに、わたしはいかにも竹内さんらしい大事な問いかけがあると思います。竹内さんは、きっぱりとアメリカから憲法が与えられたことに「矛盾を感じました」と答え、「憲法制定の手続」に不満で、「なんだ、こんなものを勝手に作りやがって……念を入れて読んでみる気」にもならなかったと書いているのです。「ところが」です、「勝手に憲法を作ったやつが、だんだんその憲法をジャマにし出した。自分で憲法を作っておいて自分でそれを守ろうとしない。この虚偽に腹が立った。憲法擁護の気持はそのようにしてだんだんに起ってきた」というのです。そして、アメリカから与えられたっていいじゃないか、それは旧憲法が天皇から与えられたのと同じで、「どっちみち、人民の力で作ったものじゃない。敗戦のときは、たしかにまだ私たちに憲法を作るだけの力がなかった」と率直に認め、しかしいま伸びてきている「人民の力」で憲法を守らねばならないと答えているのです。

竹内さんは、生涯をかけてアジア諸国侵略に狂奔した日本の近代を疑いました。西欧諸国に追従した日本知識人の〝外発教養主義〟を批判しつづけました。どうすれば、内からの「人民の力」を結集して日本を変革できるか。外から、上からではなく、「古いものが、古いもののなかから生まれる力によって、みずからを倒すのでなければ、真の改革は実現されない」(「ノラと中国」)ことを、竹内さんはわたしたちに問いかけたのです。さらに竹内さんは、述べます。「日本国憲法を作ったアメリカは作ったことを後悔している。……日本国憲法は、アメリカも捨てたし、日本の支配層も捨てている。……だから日本の人民が、それを自分のものだと宣言すれば、それは日本人民の作りだしたものになる。」と。

〝三〟と〝四〟で、竹内さんは、「憲法擁護をもって、自分の一切の行動に先行する」と述べ、「憲法は生命に優先する」とすら断言し、日常的に憲法の条文が目にふれる様々な仕方を提言しています。戦前はむろんのこと、戦後ですら、日本は内からの「人民の力」で〝改革〟をしたためしがないといっても過言ではありません。知識人といわれる人たちのほとんどは今なお、〝外発教養主義〟に支配されているのではないでしょうか。「人民の力」の伸びることを信じた今は亡き竹内さんの歯ぎしりするような思いが偲ばれます。

政府は、馬の鼻づらに人参をぶら下げるように、「生活が第一」などと叫んでいます。情けないことです。竹内さんがいうように、生命に優先する憲法を「第一」にすることによってはじめて生活は守られるのです。

（2011・1）

「日本人は抵抗《レジスタンス》せえへんわ」――富士正晴

〝竹林の隠者〟といわれ、生涯を「坐而不悟」をモットーに生きた富士正晴さんに、「植民地根性について」（「思想」一九五五年五月）という一文があります。それは今からほぼ八〇年ほど前、〝シナ〟のある公園の入口に立てられた「犬とシナ人とは入るべからず」という立札に向かって、「魯迅と名乗るシナ人」がステッキを力一杯振り上げるエピソードからはじまります。〝チャンコロ〟は「貧乏たらしく、不潔で、悪臭が」するから、公園には立ち入らせないというのです。いったいその公園は、誰の土地なのでしょうか。しかし、けんかする力も立札を抜く力もない魯迅は、ステッキで立札を叩くことしかできないのです。その「魯迅のステッキがいつも私の頭の中でビュウと音を立てている気がする。」と、今の日本のアメリカ支配の植民地的状況を見すえて富士さんは書いています。魯迅のステッキのビュウ、ビュウという音は、「一人一人の国民の頭とこころの中にこそひびかねばならない」のではないか。

「植民地根性というものは、主人の立場、主人の思想を自分の立場、自分の思想としている奴隷の根性なのである。奴隷は主人なしの世の中を考えにくく教育されてしまっている。主人を失うのがこわい。だから、奴隷なのだ。植民地も主人の国から離れては生きて行けぬと考えてしまう。だから水爆結構、基地結構と真剣におべんちゃらを言い、植民地であることを止めようとせぬ。アメリカがよくよく考えた上で天皇を残した理由がここでよく判る。日本が植民地根性にとって実によい培養条件をもっている理由がよく判る。」

この文章はちょっと変わっていて、これからあとのほとんどは、富士さんが創刊にかかわり、いまなお最長不倒を誇る同人誌「VIKING」（現在七二一号）のメンバーで、芥川賞候補にもなって文学的天才といわれながら、一九五二年の大晦日、二一歳の若さで鉄道自殺した久坂葉子の小説「ゆき子の話」に、富士さんがコメントをところどころに加える形になっています。

小説は〝N〟というアメリカ人にさんざんこき使われ侮辱され性的いやがらせまで受け、あまりのことに彼の顔をなぐったりして反抗までした〝私〟が、いざ彼が朝鮮へ去るとなると寂しくなり、彼の存在が念頭から一時《いっとき》も離れられなくなるという筋書きになっています。果たして久坂葉子が意図したかどうかは別にして、富士さんは〝N〟をアメリカに、〝私〟を日本に見たてて、次のように書いています。

「支配者と奴隷、強国と植民地の関係、そして強国の人がどういう風にして植民地の人を肉体的のみにでなく、精神的にもスポイルして行くかという、その必然の仕組みを、たくらまずしてつい描いてしまった。私はこの短編をよみかえすたびに胸がにえくり返るような気がするのだ。」と。

わたしも胸がにえくり返ります。いま日本のなかで、どれだけの人が、アメリカと日本の関係を、宗主国と植民地、主人と奴隷、つまり〝N〟と〝私〟の関係と心底感じとっているでしょうか。「わたしたちは、まだまだ、植民地人としての自分を、はっきり知っていない。感覚として、はっきり摑んでいない。わたしたちはまるで、他人事のように自分を眺めている。或いは、支配者の側に立った眼で、被支配者を眺めている。そしてその被支配者が自分であることを、身に浸みて、感覚として摑んでいない。」と富士さんはにえくり返った胸のうちをつづけています。

近代において一度たりとも日本に侵攻したことがない、逆に日本が侵攻してさんざん痛めつけた中国や朝鮮を仮想敵に仕立て上げ、非戦闘員を原爆や空襲で大虐殺したアメリカ＝主人の言いなりに、沖縄にはりめぐらした基地を固定化して軍事大国化をすすめる日本＝奴隷の姿は、余りにも無残です。

「犬とジャップとは入るべからず」の立札が見えないのでしょうか。

富士さんは心優しき人で、滅多に胸などにえくり返さない人でした。大阪・茨木市のはずれ、竹藪にかこまれたボロ家からほとんど動かず、荒れた庭の池に住む蛙のツラを見つめながら、批評精神に溢れた小説・評伝・エッセイ・詩などを書きつづけ、「余り長寿にならぬうちにポコリと死にたいのがわが望み」の言葉どおり、一九八七年七月一五日早朝、まさに一人ポコリと世を去りました。中国戦線に一兵士として狩り出され、中国の民衆に限りない被害を与えた痛みを背負い、決して戦後の豊かさを享受しようとしなかった七四年の生涯でした。かつての未來社時代、ベトナム戦争中のことですが、わたしは富士さんにインタビューしたことがあります（「未来」一九六九年一〇月）。四方山《よもやま》だべったあと、おわりに、富士さんは語りました。

「――やっぱり上・下系列が日本人は強い。東条のときの日本人と大してかわってえへんのや。上意下達だよ。下意上達せえへんのや。上意下達になるのが、ほんとは好きなんや。自分の下のやつに下達する快感や。非常に官僚的な意味でしょう。これは徳川できちっと、よけいそうなったやろけど、明治でそれを利用したでしょう。明治維新がそれをきっと利用してるわね。これはなかなか、百年、二百年でうまいこといかへんと思うな。――いま世界でいちばんつよいやつはベトナム人とちがうか。あんな貧弱な体して、あれ、いまの日本人、やれへんよ。たとえばアメリカが突如、ニクソン（当時大統領）が気がかわって、お前らえらそうにさせてやらへんわいいうて、日本へパッと軍隊あげて上陸しても、あんなレジスタンス、絶対せえへん。日本はレジスタンスせえへんわ。レジスタンスの伝統ないわ。」

植民地根性、奴隷根性にまみれた日本及び日本人の現状を見据えた富士さんの苦渋の言葉は、「魯迅と名乗るシナ人」の振り上げたステッキのビュウ、ビュウという音とともにわたしを鞭打たずにはおきません。

（2011・2）

「アメリカ人を皆殺しにしたい」——上野英信

生涯のほとんどを九州・筑豊の炭鉱部落に住みつき、棄民となって見捨てられた炭鉱夫たちの無念を記録しつづけ、一九八七年一一月、六四歳で世を去った上野英信さんに、「私の原爆症」（「展望」一九六八年一〇月）という一文があります。冒頭、上野さんは書いています。

「あえて誤解を恐れず告白するが、この二十三年間、私はアメリカ人をひとり残らず殺してしまいたい、という暗い情念にとらわれつづけてきた。学徒召集中のことだが、広島で原爆を受けたその日以来、この気持はまったく変らない。おそらく、死ぬまでこの情念から解放されることはあるまい。」

上野さんは、爆心地から三・五キロの地点で被爆、被災者の救護活動に当ったりしたのです。以来、白血球の減少や慢性脾腫症に悩まされながらも、上野さんは、「被爆者の一人であることをなるべく隠そうとしてきた」のです。なぜか。それは、「アメリカ人を皆殺しにしたいという、ついに果たされることのない情念に私がとらわれているのを知られる恐れから」なのです。そして上野さんは書いています。「どんな美しい思想も、建設的な平和の理論も、私をこの陋劣《ろうれつ》な苦しみから解き放ってくれない。鋭い放射能の熱線が一瞬にして石畳に焼きつけた人影のように、この黒い影も私から消え去ることはない」と。

果たして、上野さんがとらわれつづけた「暗い情念」は、「陋劣な苦しみ」でしょうか。否です。逆にいえば、日本人は余りにも「陋劣な苦しみ」を苦しもうとしないのではないでしょうか。非戦闘員を対象にした広島・長崎の原爆投下、東京大空襲をはじめとする日本の各都市へのアメリカ空軍の無差別焼土作戦は、まさに〝皆殺し〟以外のなにものでもないのです。戦争終結のためにといって、大虐殺の現実を水に流すわけにはいかないのです。戦争中、わたしは「鬼畜米英」と教えられましたが、戦後、かつてのベトナム戦争でもアメリカの〝鬼畜〟ぶりは徹底したものでした。

上野さんは、「暗い情念」に導かれるようにして、一九四七年、学んでいた京都大学を決然と退学し、一炭鉱夫として〝暗い地底〟で働き、のちにすぐれた記録文学作品を書きつづけたことはよく知られています。上野さんの戦後を生きる原点は、原爆の惨状を眼前にした、「一九四五年の八月六日から十五日までの十日間」にあるといっても過言ではないでしょう。日本人は、原爆投下が人類史上、どんなに許し難いものであるかということに、余りにも鈍感すぎるのではないでしょうか。と同時に、日本が中国・朝鮮をはじめ東南アジアの人びとに、どれほどの言葉につくせぬ惨禍をもたらしたかについても、鈍感そのものです。いまなおそれらの国ぐにに、日本人を〝皆殺し〟にしたいという「暗い情念」を胸に秘めている人びとが多くいるのではないでしょうか。

「理路整然たる平和論」は信じないと、上野さんはいいます。同感です。平和を守るにしろ、第九条を守るにしろ、上野さんが生命に刻みこんだ「暗い情念」を根底にすえたものでなければならないのではないでしょうか。上野さんはおわりにいいます。「末期《まつご》の思想を中核としてもたない平和運動は、もはやいかなる意味においても存在理由をもちえないだろう。平和への希求は、……それらしい気運に同調してみずからを解消することではない」と。〝皆殺し〟の任務を負った日本の基地のアメリカ人を、一日も早く、それぞれの故郷に帰さねばなりません。

（2011・3）

「世界は螺旋形で発展する」――木下順二

戦後の演劇界の第一人者だった木下順二さんは、二〇〇六年一〇月三〇日、九二歳の生涯を閉じました。しかしその死は一カ月間も公表されることなく、没後のすべては養女の方《かた》ただお一人によってとりはからわれました。いかにも木下さんらしい決然とした幕のおろしかただったといえます。最晩年、体調が思わしくなかった木下さんは、表だった執筆活動はほとんどしていませんでしたが、ただ一篇、〝遺言〟といってもいい一文があります。「螺旋《らせん》形の〝未来〟」（「朝日新聞」二〇〇四年一〇月一四日）です。

そこで木下さんは、敗戦直後の一九四七年に発足した「未来」グループの面々――中村哲・杉浦明平・内田義彦・丸山眞男・野間宏・寺田透・石母田正・岡本太郎など、いまは亡き友人たちとの「侃々《かんかん》諤々《がくがく》」の議論を思い浮かべ、「ああとうとうおれも一人になったという感慨」を新たにしつつ、果たして、かつての時代から日本と世界は、どれほど進み展開しているだろうかと、思いを馳せます。そして、現在の日本や世界、思想や歴史は、決して一直線に発展しているとはいえないが、〝螺旋形〟を描いて発展しているのではないかと、次のように書いています。

「いま世界は大混乱の状態を重ねていると言えば言えるが、大か小かは別として、過去を考えてみても、世界はいつも、部分でか全体としてか、混乱してきた。そしてそれを正そうという努力もまた常に、部分でか全体としてか、払われてきた。その流れの中に今日現在もまたある。という意味で、今日現在も世界は螺旋形で発展しつつあると言ってはいけないか。」

こんなことをいうと、「未来」の会のメンバーから、「叩《たた》かれるか賛成されるか、さぞや喧々囂々《けんけんごうごう》」となるだろうが、「たった一人残された者として、逝ってしまった面々に手向ける、この一文もささやかな花束のつもり」と、木下さんは謙虚に文章を結んでいます。ふりかえってみますと、木下さんの戯曲の主人公たちのほとんどは、それぞれの時代の過酷な運命や状況に立ち向かいながら、力及ばず挫折し敗北するか、または国家的弾圧によって抹殺された人達です。しかし彼等の努力によって、世界は〝螺旋形〟で発展しているのではないかと、木下さんはわたしたちに問いかけているのです。

それは、戦争中に書かれた処女作『風浪』いらい一貫しています。たとえば、一九五〇年に起きた「徳田要請問題」という事件で、国会に召喚されさんざんに追及されとっちめられた果て、鉄道自殺した菅季治《かんすえはる》をモデルにした『蛙昇天』、敗戦前夜、国際諜報団の首魁《しゅかい》として逮捕され絞首刑になった、ゾルゲと尾崎秀実《ほつみ》などをモデルにした『オットーと呼ばれる日本人』、そして、堺利彦、大杉栄、荒畑寒村、山川均、高畠素之など、日本の社会主義運動に貢献した知識人をモデルにした『冬の時代』など、これらの登場人物たちこそ、現実の混乱を正そうと努力した人たちではなかったでしょうか。

しかし、木下さんの未来に対するやや希望的といえる〝遺言〟にも拘らず、現実では〝一直線〟に世界を破滅させる勢力が猖獗《しょうけつ》を極めています。去る三月一一日に起った東日本大震災による福島第一原発の爆発・放射能汚染も、その一例です。多くの原発反対運動を無視し、安全神話をふり撒いたのは誰でしょうか。「螺旋形の〝未来〟」は、ただ手を拱《こま》ねいていてはやってこないのです。原発どころか核兵器も世界に拡散しています。発展か破滅か、核廃絶のためにたたかうことによってしか、未来への道がないことは明らかです。

（２０１１・４）

「魂は伝えられるでしょう」——井上光晴

埴谷雄高さんによって〝全身小説家〟と評された井上光晴さんは、一九七七年から九二年に六六歳で亡くなるまでの十数年間、全国十数カ所に設立した〝文学伝習所〟を駈けまわっていました。その一端は、井上さんの没後公開された原一男監督の映画『全身小説家』に記録され評判となりました。しかし、井上さんと親しかった埴谷さんはじめ瀬戸内寂聴さんなど周囲の人びとは、「文学は伝習できない」「時間のムダ」と批判的でした。それに対し、井上さんは「少なくとも魂は伝えられるでしょう」

とこたえ、ガンの度重なる手術に堪えた最晩年まで、その意志と情熱に変りはありませんでした。「文学伝習所は、いわば井上光晴一座の全国公演で、井上さんは作者・演出家・俳優の三役を兼ねながら、魂を伝えまわった」と、かつてわたしは書いたことがあります。

それはともかく、〝文学伝習所〟設立にあたっての「趣意書」の冒頭で、井上さんは書いています。「いま日本民族は、人間として内部から崩壊しようとしています。水と空気を蚕食しつくしてとどまるところを知らぬ列島の汚染に見合うかのように、そこに生きる人々の思想と心情が、荒廃の淵に立たされていることを認めないわけにはいきません」と。そして、「戦後三十年（一九七七年現在）、戦争の傷痕を回復し、繁栄の道を求めてひたすら歩いた足どりそのもののなかに、それは胚胎していたといってもよいでしょう。」とつづけています。この文章の起草から三十数年を経ていますが、東日本一帯の大地震と津波による現在進行形の福島原発の被害を、井上さんは恰も象徴的に予言していたかのようです。いまや、日本列島の「水と空気」は「蚕食」「汚染」され、「荒廃の淵」に立たされているといっても過言ではありません。

事実、井上さんは、チェルノブイリ原発事故直前に、日本での原発事故で混迷・苦悩する地域住民を描いた『西海《さいかい》原子力発電所』（一九八六年）と、原発の使用済み核燃料の容器（キャスク）を運ぶ輸送車が海に転落、放射能の汚染が絶望的にひろがる現実を描いた『輸送』（一九八九年、ともに文藝春秋）という、先駆的な長編小説も書いています。紙幅の関係でその内容や、井上さんの他の文学的活動に触れることはできませんが、同時代の文学者の一体誰が、四半世紀も前、今日、わたしたちが直面している深刻な現実を文学的想像力で描ききったでしょうか。『輸送』の「あとがき」で、井上さんは

「人間の頽廃は最早、とどまるところを知らぬ」とすら書いています。

「頽廃」といえば、先日テレビを見ていて、愕然としました。東電には五十数人の役員がおり、彼らの年報酬は、平均三千数百万円ということです。しかも多くの〝天下り〟がいるとのことです。責任を負って報酬をカットするなどといっていますが、彼らは一体、これまでどれほどの報酬を得てきたのか、国会議員なみに公表すべきです。しかも社員のリストラや、電気料金の値上げなどで、責任を他に転嫁しようとしています。どこまで鉄面皮の人たちでしょうか。これこそが「頽廃」でなくてなんでしょうか。原発は、一部の人間の利益のために推進されているとしかいいようがありません。

新聞社の一紙でもいい、テレビ局の一局でもいい、「原発には絶対反対」とどうして言えないのでしょうか。かつての戦争中の「一億一心」みたいに、何が「日本はひとつ」でしょうか。井上さんの〝魂〟を伝えるには、まだまだ前途多難といわねばならないようです。

（2011・5）

「もっと怒っていい」――シルビア・コッティング・ウール

去る五月末、ドイツ「緑の党」のシルビア・コッティング・ウール下院議員が、福島県飯舘村など、福島第一原発事故で放射能に汚染された被災地を訪れたことが報じられました（「朝日新聞」五月二四日付。以下、新聞の引用は「朝日新聞」）。そこで彼女は日本が脱原発を決断する時は「今こそ。でなければ、永遠にこない」と強調し、さらに農作物の放射能汚染を心配しつつ彼女を笑顔で迎える農家の女性たちの姿に、「原発事故は自然災害ではない。もっと怒っていいのではないか」と疑問も感じたといいます。

この記事は、被災地を視察するウールさんの小さな写真を載せてはいますが、13面の上段片隅にわずかに三段しかありません。もしわたしがデスクでしたら、この記事こそ第1面のトップで大きく報道したことでしょう。この二日ほど前の五月二二日には、「日中韓で風評被害防止」の会談のために来日（二一日）した中国の温家宝《ウェンチアバオ》首相と、韓国の李明博《イミョンバク》大統領が、福島市内の避難所をニコニコ顔で見舞う写真と記事が1面を飾り、2面には、菅直人首相をまじえた三人が、これも被災者たちの苦悩などどこ吹く風、ニコニコ顔で〝福島県産〟のトマトやさくらんぼを食べている写真とともに大々的な記事が載っています。被災地の荒涼たる風景に苦悩の表情をあらわにするウールさんと、楽しげに談笑する国家を代表する三人と、果たしてどちらが真の政治家なのか、明らかなことです。

ウールさんが断言するように、今こそ、脱原発を選択しなければ、未来は廃滅の道です。しかし、日本の支配者たちは、かつての歴史的教訓にも決して学ぼうとしません。

比喩が当たっているかどうかは別にして、かつての戦争中、ミッドウェー海戦（四二・六）で連合艦隊はほとんどが壊滅、ガダルカナル島で戦死・餓死者二万五千人を出して撤退（四三・二）等で、すでに日本の敗色は濃厚であったにも拘わらず戦争を継続、本土大空襲、沖縄戦、そして広島・長崎への原爆投下という大惨劇に至った記憶は新たです。この間に、何度も「今こそ」戦争をやめる機会があったのにそれらを無視し、多くの人命を失った教訓は、何ひとつ生かされていません。

そしてさらに、こういう危機的状況には、必ずといっていいほど、戦争中と同じような風潮や、それに同調する人物が現れます。「日本はひとつ」とか「がんばろう日本」など、まるで戦争中の「挙国一致」や「欲しがりません勝つまでは」を連想させます。また「日本人の誇り」とか「美しい日本」など、自画自賛の言葉が横行し、果ては、橋下大阪府知事のように、ドサクサに乗じて「君が代条例案」を数をたのんで可決したりする人物が現れるのです。彼などは、ミニ・ヒトラーにふさわしい人です。かつて志賀原発二号機の運転差しとめ判決を下した元裁判官の井戸謙一氏は、国策ですすめられている原発を批判することが、どんなに困難で勇気がいることかを苦痛をこめて語っていましたが(六月二日付)、治安維持法が跋扈《ばっこ》した時代が、ひたひたと迫っている思いです。

ところで、『敗北を抱きしめて』などの名著で知られるジョン・ダワー氏も、インタビュー(四月二九日付)に答え、日本が原発を考え直すための指導的役割を果たすことを希望しています。しかし被災地で奮闘している人たちを、宮澤賢治の詩「雨ニモマケズ」の「質実で献身的な精神」を掲げて高く評価していますが、どうでしょうか。言うまでもなく「雨ニモマケズ」は、賢治がみずからに課すように公表を意識せず手帳に書きとめたものなのに、戦争中、「欲ハナク／決シテ瞋《いか》ラズ」や「一日ニ玄米四合ト／味噌ト少シノ／野菜ヲタベ」などが、教科書に掲載され耐乏生活に利用されました。もし賢治の詩をあげるとするならば、「春と修羅」の次の五行ではないでしょうか。

いかりのにがさまた青さ
四月の気層のひかりの底を
唾《つばき》し　はぎしりゆききする
おれはひとりの修羅なのだ
（風景はなみだにゆすれ）

もっと怒らなければなりません。

（2011・6）

「倫理的ブレイキとは何か」――藤田省三

戦後の政治思想史家として、丸山眞男さんとともに傑出した業績を残した藤田省三さんに、「現代日本の精神」という文章があります。二〇年ほども前、雑誌「世界」（一九九〇年二月号）のインタビューに答えたもので、現在は『全体主義の時代経験』（『藤田省三著作集』第六巻・みすず書房）に収められていますが、わたしはこの文章を時折読み返しては、みずからの〝精神〟を叱咤激励しているといっても過言ではありません。タイトルからすると一見おだやかな論述のようですが、さにあらず、実は「抑制のない、むちゃくちゃな」「カネ儲けにだけ集中している」日本社会を、コテンパンに批判したものなのです。

特に、このたびの福島第一原発の甚大な事故に関する政府・東京電力・マスコミ、さらに加えて九州電力などの対応をみると、藤田さんの歯ぎしりするような怒りが惻々と伝わってくる思いがします。藤田さんは、動物は遺伝的にプログラムされているので、してはならないことはしない、しかし人間は放っておくとしてはならないことをするから、「内側からのブレイキ」としての「倫理」が必要となると語り、次のように断言します。「倫理的ブレイキとは何か。基礎は反省能力、自己批判能力です。そしてこの自己批判能力をいちばん欠いている国民は誰かというと、僕の知っている限りでは、日本国民をおいていない。」

なんとも耳の痛い話ですが、テレビの画面に雁首を並べる政治家たち、電力会社の役員たち、物知り顔の常連の解説者たちの発言を聞いていると、まさに「倫理的ブレイキ」なるもののひとかけらもないことを痛感せざるを得ません。藤田さんは、戦時中日本にいたカール・レーヴィットの言葉も引いています。「日本人の精神的特徴は自己批判を知らないということである。あるのは自己愛、つまりナルシシズムだけである」と。そしてこの「自己愛」こそが、結果として「国家主義」「会社人間」を生むと藤田さんは指摘します。地震と津波、そして放射能の災害で苦しむ多くの人たちをよそに、会社への忠誠、ひいては原発を推進してきた国家への忠誠に献身することで、みずからの「自己愛」を貫徹させようとするのです。

そのことが見事に（？）発揮されたのが、九州電力玄海原子力発電所の運転再開の是非を問うテレビ番組での〝やらせメール事件〟です。なんともお粗末としかいいようがありませんが、そうとばかり言っていられません。これは、いわば〝氷山の一角〟の茶番劇で、こうした〝やらせ〟は、日本の政治・社会構造に根強く巣食っているだろうことは明らかです。事件が発覚したからといって、それらにかかわった人間たちは、心から〝自己批判〟しているのでしょうか。否です。会社を守るため、国を守るため仕方ないと思うだけです。「倫理的ブレイキ」が精神的に装置されていなければ、金、地位、名誉、そして、藤田さんのいう「安楽への全体主義」へ向かって、ひたすら暴走するほかないのです。

藤田さんの批判は、むろんこれにとどまりません。「よそさまの不幸（朝鮮戦争など）をタネに」膨張する日本、「異質なるものを毛嫌いする」排外主義の日本などにふれつつ、ついには、「日本は、世界からみると、傲慢で、ずうずうしくて、厚顔無恥、しかも無知も加わって、なんとも恥ずかしい」と言いきります。藤田さんが語っていることのほんのわずかしか書けませんが、いまは亡き藤田さんの日本人に対する直言に、いまこそ耳を傾けたいと思います。

恐らく、日本国民の反省能力、自己批判能力を基礎にした倫理的ブレイキを唯一示したものは、日本国憲法の前文と第九条でしょう。このことには藤田さんも異論はないと思います。戦争放棄と同じく、究極において制御不可能な原発と訣別すべき時です。戦争放棄、原発放棄を世界に発信することで、倫理的ブレイキをとり戻さねばなりません。

（2011・7）

「民衆が戦争の最大の被害者」——丸山眞男

すでに半世紀ほども前の一九六四年一一月一四日、大内兵衛・我妻栄・宮沢俊義氏らが中心だった民間団体の「憲法問題研究会」で、丸山眞男さんが行った報告「憲法第九条をめぐる若干の考察」は、前文と第九条が日本にとってのみならず世界の恒久平和にとって、また人民主権の思想確立のためにどんなに意義深いものであるかをわたしに教えてくれた、いわば〝古典〟といっていいかと思います。翌年、「世界」六月号に発表されたこの論考は、のちに丸山さんの著書『後衛の位置から』(未來社・一九八二年九月)に収められましたが、当時、未來社編集部に在籍したわたしは、その刊行にかかわることができたのです。それは『現代政治の思想と行動』(上下巻一九五六〜五七年)刊行にかかわったこととともに、決して忘れることができません。校正の最後の追い込みには(当時は活版印刷でした)、わざわざ場末の小さな印刷所にまで足を運ばれ、談論風発、現場の働く人たちに心をくばる、今は亡き丸山さんの爽やかで温かい人柄をありありと想い起こすことができます。(この報告は、『丸山眞男集』全一六巻・別巻一、岩波書店の第九巻にも収められています。)

ここで「憲法第九条をめぐる若干の考察」について紹介することはとてもできませんが、丸山さんは「自衛隊がすでにあるという点に問題があるのではなくて、どうするかという方向づけに問題がある。」と論じつつ、憲法を遵守する義務を負った政府は、防衛力を〝漸増〟するのではなく、それを〝漸減〟する義務があるとのべています。その例として、アメリカ憲法の修正箇条第十四条と十五条に丸山さんはふれています。そこでは、「一切の市民にたいする平等な保護」と、「人種・体色に基づく投票権の拒絶や制限を禁止して」います。しかしそれから百年近くにもなるのに、いまなお「人種平等に反する現実」はなくなっていません。しかしそれならばこの条項は無意味だから、これを改正して「人種不平等」を規定するのでしょうか。政府や議会からそのような提案があったことは聞いたことがないと丸山さんは語っています。長い歩みであろうとも、一歩一歩、憲法に規定された方向に歩んで行くことしかありません。

ところで、「少し与太話になって恐縮です」と断りながら、丸山さんは、長谷川如是閑《にょぜかん》が主筆をしていた雑誌「我等」（一九二九年一月号）に紹介された「戦争絶滅請合《うけあい》法案」についてふれています。それは、デンマークの陸軍大将のフリッツ・ホルンという人が冗談に作った法案ということですが、戦争が起ったら各国政府は、以下の各項に該当するものを最前戦において実戦に従事させるというのです。「まず第一に国家の元首、ただし男子にかぎる。次に元首の男子親族、次に総理大臣、各国務大臣、次に次官、それから国会議員、ただし戦争に反対投票した議員は除かれます。それから宗教家で戦争を煽ったもの、こういう順序で戦争開始後十時間以内に、第一線に送り出す。」――これを果たして「与太話」ですますことができるでしょうか。丸山さんはつづけています。「この冗談な『法案』のなかに含められた真実――戦争が誰によっておこされ、しかも被害を受けるものは誰であるかということについての、むごい真実をなんぴとも否定できないでしょう」と。

この「むごい真実」は、戦争においてのみならず、このたびの東日本大震災による津波被害、そして福島第一原発事故においても明らかではないでしょうか。「法案」にノミネートされた元首（敗戦前の日本だと誰でしょうか）・政治家たちはむろんのこと、東電の経営者たち、原発の安全を煽った者たちは、放射能汚染の「第一線」に送り出されてしかるべきではないでしょうか。いまも、原発汚染地域の「最前線」に立たされているのは誰でしょうか。「戦争の最大の被害者」である民衆は、同じく原発の最大の被害者でもあるのです。

（2011・8）

「精神のリレー」――埴谷雄高

埴谷雄高さんの長編小説『死霊《しれい》』は、戦後文学の代表的作品といわれながら、超難解でも知られています。なんとなく近寄り難い作家のように思われがちでしたが、さにあらず、日常的には優しい人柄で、談論風発、サービス精神に溢れていました。武田泰淳・百合子夫妻、竹内好、井上光晴さんなど、先に逝った戦後文学者たちへの友情溢れる追悼文など、心打たれるものがあります。わたしは未來社に入社して間もなく、埴谷さんのエッセイ全集を企画したのですが、最終的には、エッセイ集二一冊、対話集一二冊に達しました。晩年には、大岡昇平氏によって「ボレロ的老人性饒舌症」などと評されたほど、話し好きの人で、一九九七年二月、八七歳で世を去りました。

それはともかく、埴谷さんの文学の母胎には、三つの貴重な体験があると思います。その一は、台湾で子ども時代を送ったことです。そこで植民地支配する日本人のひどさを目の当りにし、本当に日本人が嫌いになったといいます。野菜や魚を売りにくる本島人に、値段を値切りに値ぎってわずかしか払わない。人力車に乗ると、右に行け左に行けと車夫の頭を足で蹴る。子ども心にも胸破れる思いだったと語っています。その二は、戦争中、共産党の運動で二二歳の時逮捕され、豊多摩刑務所に二年近く放りこまれたことです。そこで『死霊』の構想を練ったといいますが、身をもって大日本帝国憲法、治安維持法がどんなものかをまざまざと体験したのです。その三は、戦後間もなく、結核・心臓病などで死の淵にのぞみ、辛うじて回復したことです。

そのような体験を経た埴谷さんですが、いや、だからこそというべきか、日本国憲法を認めないのです。それはいうまでもなく、「第一章　天皇」があるからです。わたしの友人で市民運動家として知られ、二〇〇〇年二月に惜しくも急逝した庄幸司郎さんは、一九九一年「平和憲法（前文・第九条）を世界に拡げる会」を先駆的に設立しましたが、（前文・第九条）と限定しています。しかし考えてみれば「第一章　天皇」という特殊日本的な条項が、拡げるといっても世界に拡がるはずはありません。前文・第九条は、むろんのこと、日本国憲法にこめられた普遍性のある条項しか拡がらないことは明らかです。ところが、スキあらば憲法改悪を意図する勢力は、特殊日本的条項はそのままに、人類にとってはじめて到達したといってもいい、前文・第九条の普遍的精神を骨抜きにしようとしているのですから唖然たらざるを得ません。

　治安維持法が猛威をふるった天皇制支配下の戦前・戦中の困難な時代を生き抜いた埴谷さんは、たえず、「精神のリレー」の継走者になって欲しいと語っていました。日本は、明治以降、急速にヨーロッパをモデルに近代化を果たそうとして、技術にしろ思想にしろ芸術にしろ、次から次に新しいものに飛びついてきました。息せききっての短距離競走ばかりを繰りかえしてきたのです。歴史的経験を次世代に伝えるという努力を怠ってきたし、今も怠っているといえます。埴谷さんは、「より深く考えること」と書かれたバトンを、たとえ一〇メートルでもいいから走って、次の誰かにバトンタッチして欲しいと願ったのです。日本国憲法、特に前文と第九条は、六六年前の敗戦を代償にして獲得したものです。ということは、敗戦に至るまでの死者たち、日本の植民地支配・侵略戦争によるアジア諸国の死者たちをはじめ、太平洋戦争での自国を含めたすべての国の死者たちからの重く痛切な「精神のリレー」のバトンといっていいでしょう。

　ところが、日本の政府や資本家たちは、福島第一原発事故による重大な局面に立ちながら、〝精神〟ではなく、いまなお「放射能のリレー」のバトンを次世代に渡そうとしています。それは破滅に向かってのリレー以外の何ものでもありません。かつて他国侵略の「戦争のリレー」をしてきた日本は、また再びの道を歩もうというのでしょうか。


（２０１１・９）

「だから、言ったでしょっ！」――米谷ふみ子

『だから、言ったでしょっ！』（かもがわ出版）は、「核保有国で原爆イベントを続けて」と傍題《サブタイトル》にあるように、「世界で一番多くの核兵器と廃棄物のある国」アメリカで、高校生や大学生に向けて「原爆イベント」を一〇年近くつづけている米谷《こめたに》ふみ子さんの〝草の根運動〟の記録です。米谷さんは、一九六〇年渡米、画家から作家に転身して『過越《すぎこ》しの祭』（八五年）で芥川賞受賞、以来、作品のほかに夫の劇作家ジョシュ・グリーンフェルドさんと共に、反戦・反核の精神をアメリカから発信しつづけています。

戦争終結のためには広島・長崎への原爆投下は止むを得ないと考える人や、原爆の悲惨さを何ひとつ知らない人が多数を占めるアメリカの地にあって、「原爆イベント」の開催がどんなに困難で、労力を必要とするものなのか、しかしそれらをどう突破するのか、米谷さんの具体的な体験記にはただ敬服のほかありません。米谷さんは、バートランド・ラッセルの「核戦争を無くすには、核兵器を使った結果の惨事を人に教えていくことだ」という言葉に沿って、八〇歳に達してなお、若い世代に訴えかけ、行動しているのです。それを米谷さんは「願望的遺言」とすら言っているのです。そして最後に、東日本大震災による福島第一原発の事故にふれ、「為政者、関係者の愚かさに絶望的」になりつつ、怒りをこめて次のように書いています。

「殊に広島と長崎で被爆した唯一の国の政府、企業（電力会社）、メディアと専門家、彼らの脳のシナプスは働いていないのだろうか？　人類の生存に関わる危険なことを、危険だといえない人々が、国民の大量の税金をつかって地震帯の上に原子炉を建てた。金に眼が眩むと、原爆の核と原発の核が同じく危険であると思えなくなるのだろうか？」と。さらに、ジョシュさんの「政府と企業とメディアがつるむとその国は滅びる」という言葉をつけ加えています。かつての戦争中と同じ状況を呈しつつ、またもや敗残の憂き目をみるのでしょうか。

ところで米谷さんは、朝日新聞夕刊の「人生の贈りもの」という欄で、一〇月三日から五回にわたり、これまでの歩みを簡潔に語っていました。そこで、戦争中の凄絶な空襲体験を原点としつつ、敗戦で解放されながらも、民主主義を理解することなく封建的上下関係が厳然と残る日本に幻滅し、アメリカの芸術村に渡り、ジョシュさんと出会う経緯が語られています。しかし、ある憧れを抱いて渡ったアメリカも、日本と同じく男性優位な社会、厳格な宗教的束縛で息が詰まるほどだったといいます。そんな中での長男のカール君の小学二年の頃の話は感動的です。

それは、クラスで毎朝行われる国旗宣誓をカール君が拒んだ時のことです。米谷さんたちが命じたわけではなく、親たちの会話を聞いていて彼がそうしたのだろうと米谷さんは語っていますが、うしろの子が彼を立たせようとしたのです。すると担任の先生が、「カールはクラスにデモクラシーとは何かを教える機会を与えてくれました」と感謝し、「個人の信条を重視するのがデモクラシーだ」と話したというのです。「民主主義の理想と不寛容が激しくせめぎ合」うアメリカですが、日本にはそれすらもないことを痛感させられるエピソードです。

脳障害児の次男のノア君を抱えることで、米谷さんは、アメリカ社会の裏面に眼をそそぎ、作家としての道を歩みますが、一九九〇年代ごろから、「女の権利を主張するような小説は出せない」と、ある出版社からいわれ、原発批判も拒絶されます。しかし、二〇〇二年九二歳で反核運動をはじめた今は亡き地元のハロルド・ウォーターハウスさんの「一人の力でも世界はかえられる」という言葉にならって、米谷さんは談話を次のように結んでいます。「いま私が日本に伝えたいのは、原発を閉じようということです。自分の信念は主張する。それが世界を変える第一歩です。」

（2011・10）

「無念の死者たちの想い」――石川逸子

石川逸子さんの個人編集・発行誌『ヒロシマ・ナガサキを考える』が、一九八二年以来二九年、一〇〇号を数えて去る五月、終刊しました。創刊時はB5判八ページ、わずか一〇〇部での出発でしたが、終刊時は五〇ページに、東日本大震災の発生で急遽二六ページの別冊も作成、五〇〇部余発行されたとのことです。それにしても、読者からの若干の応援はあるにせよ、経済的問題をかかえながら（誌代は二〇〇円）、執筆・取材・編集・雑務等々を一人で背負ってきた石川さんには、ただただ敬服のほかありません。

『ヒロシマ・ナガサキを考える』は、誌名にあるように、ヒロシマ・ナガサキの原爆被害者たちのいまなお癒えぬ苦難の証言・記録などを編集の基点としていますが、かつての天皇制支配下の日本によるアジア全域に及んだ植民地支配・侵略戦争の加害の実態と、ひきつづく差別・偏見の現実を、詩歌・証言・エッセイ・ルポ等で明らかにしたものです。終刊にあたって発行された七一号から一〇〇号までの合本に付された一号からの「総目次・索引」を辿ると、石川さんがこの雑誌にかけたなみなみならぬ決意と努力がどんなものであったか、胸を打ちます。そのいちいちについて書くことはできませんが、それらの根底に流れるものは、戦争などで理不尽な死を強制された無念の死者たちの想いを、なんとしても書きとどめ、次世代に伝えたいということではないでしょうか。

無念の死者たちの想いといえば、石川さんの絶唱ともいうべき、千行になんなんとする長篇叙事詩『千鳥ケ淵へ行きましたか』（初版・花神社一九八六年、のち「定本」として影書房二〇〇五年刊）があります。靖国神社から通り一本越えた堀端の千鳥ケ淵は、四月の桜の季節ともなれば花見客の群れで賑わいますが、そのはずれにある「無名戦士」が眠る千鳥ケ淵戦没者墓苑は、いつもひっそりとしています。この六室にわかれた地下納骨堂には、遺族がわからない「三十二万一千六百三十二体」（詩の発表時）の骨が収められているのです。墓苑正面左手には、大きな石碑が建っていて、それにはなんと、〝昭和天皇御製〟として、「くにのためいのちささげしひとびとの／ことをおもへばむねせまりくる」とあるのです。なにをいうのか、無言の骨たちは、〝くに〟のためではなく、〝大君の御楯〟、「ほかでもない　あなたに／捧げられた　夥《おびただ》しい　いのち」ではないかと、石川さんは迫ります。

そして、この長篇詩がすぐれているのは、墓苑に無名の日本人の骨片はあっても、アジア・太平洋地域で日本の帝国軍隊によって殺戮された「推定　千八百八十二万人」の異国の人びとの骨片はひとかけらもなく、詣でる人の心にも思い浮かばないことを問いかけ、それらの死者たちを詩の中に刻印したことです。『ヒロシマ・ナガサキを考える』と『千鳥ケ淵へ行きましたか』などの石川さんのお仕事は、互に交響しあいつつ、わたしたちをひたすら勇気づけずにはいません。

（2011・11）

＊これにつづく一〇〇号記念の集会案内を略し、若干重複しますが『千鳥ケ淵へ行きましたか』（『記録』196年6月号）の紹介を付します。

石川逸子詩集『千鳥ケ淵へ行きましたか』

桜の花が満開の四月中旬の土曜日、千鳥ケ淵の近くで或る集まりがあった。帰途、まだ午後の陽は高く、友人三人と千鳥ケ淵の桜でも見て帰ろうかということになった。ところで、桜もいいけど「千鳥ケ淵戦没者墓苑」を知っていますかと聞くと、三人とも、花見には来たことはあるが知らないという。では、石川逸子さんの長篇詩『千鳥ケ淵へ行きましたか』を読みましたかと聞くと、やはり読んでいないという。それでは、千鳥ケ淵へ行きましょう……。

千鳥ケ淵は、石川さんの詩に書かれているとおりだった。「桜の木のトンネルの下」で「ひとびとは、酔うて浮かれ」ごったがえしていた。見下ろせば、〝皇居〟を距てる堀には、若いカップルのボートがすいすい。しかし堀沿いの人であふれる道からほんの少し脇にそれた墓苑は、うって変ってひっそりと静かだった。わたしたちのほかは、チラチラと年老いた夫婦と覚しき人たちがいるだけだった。樹木に囲まれた広場の一隅にある六角堂、その中央に重々しく横たわる陶棺、その中の〃恩賜の骨壷〃に骨の一部が、そして六室に分かれた地下納骨室に「三十二万一千六百三十二体の　かつて人間だった骨」のほとんどが、収められているのである。

陶棺の前に置いてあるチラシによれば、「この墓苑は、大東亜戦争戦没者のご遺骨のうち、氏名が判明せず、また遺族が不明なことから、遺族にお渡しできない」「海外における戦没軍人軍属及び一般邦人のご遺骨を奉安して」いるという。〃大東亜戦争〃などという死語がいまも公然と使われていることにびっくりするが、いわば、日中戦争・大平洋戦争における「無名戦士の墓」である。通り一本越えたところには、「明治維新およびそれ以後の殉国者二五〇余万の霊を合祀」(広辞苑)した豪華な造営を誇る靖国神社がある。こちらは氏名が判明し、遺族がはっきりした〃殉国者〃たち、なかには、戦争犯罪人として絞首台の露と消えた東条英機などの霊も同居している。

『千鳥ケ淵へ行きましたか』は、全体が「22」章から成り、千行になんなんとする長篇叙事詩だが、その「7」章までで、石川さんは、もっぱら「「大君のために」強盗の戦争に出かけ／撃たれ　千切れ　飢え　病み／一片の骨となった」名も知れぬ戦没者たちの「歯がみする怨み」の声に耳を傾けるのである。墓苑正面左手には、大きな石碑が建っていて、それには〃昭和天皇御製〃が「くにのためいのちささげしひとびとの／ことをおもへばむねせまりくる」と刻まれている。なにを言うか。三〇〇万余といわれる戦没者は、〃くに〃のためではなく、あなた＝天皇のために〃いのち〃を捧げたのではないか。「大君の醜《しこ》の御楯と身をなさば雲染む屍何か惜まん」「戦友《とも》は征く我も又征く大君の御楯とならん生きて還らじ」——石川さんは、戦場に散った若い兵士たちの短歌を引きつつ、「ほかでもない　あなたに／捧げられた　夥《おびただ》しい　いのち」ではないかと、無念の思いをのべる。

　しかしこの長篇詩がさらに深く読む者の胸に迫り、〃大東亜戦争〃、〃聖戦〃といわれたものの実像をあらわにするのは、「8」章以下である。それは、「待ってくれ／私たちの死を忘れたのか／私たちの死は数えないのか」という声ではじまる。その声は、まぎれもなく、「「大君のために」日本軍が殺し／餓死させた　アジア・太平洋地域のひとびと／推定　千八百八十二万人」の「地を這う　声／波を伝う　声」である。例年、敗戦記念日の八月十五日には、天皇・皇后列席で政府主催の戦没者追悼式典が行なわれるが、ただの一回でも、ただの一言でも、アジア・太平洋地域で日本軍隊によって殺りくされた人びとを追悼し、謝罪したことがあろうか。大君＝天皇は、「千八百八十二万人のなかの　たった一人のあなたの顔でも／思い浮かべようとしたことがあったろうか」。

　六室の地下納骨堂は、第一室「北辺　本土及び周辺　沖縄硫黄島」、第二室「中国（旧「満州」）」、第三室「中国（除旧「満州」）　台湾　朝鮮」、第四室「フィリッピン」、第五室「マレーシア、ベトナム、インドネシア」「ビルマ・タイ・インド」、第六室「中部太平洋、ニューギニア、ソロモン諸島、ビスマルク諸島」となっている。そこに、無名の日本人の骨片はあっても、「推定　千八百八十二万人」の骨片はひとかけらもなく、詣でる人の記憶や追想のなかにも、この厖大な死者が痛みとともに蘇ることはほとんどない。石川さんは、その一室一室をたどりながら「日本兵に殺された」「餓死した」異国の人びとの声にひき寄せられてゆく。

「福岡の炭鉱で　落盤事故でつぶれ死んだ／十三歳の朝鮮人少年」、〝従軍慰安婦〟としてもてあそばれ、ついに「解放の祖国」（朝鮮）に帰ることのなかった「うす紅色の鳳仙花がほおっと咲いたような／……可憐な少女」、「火のついた藁束がつぎつぎ投げこまれ」生まれてきたばかりの赤ん坊とともに焼き殺された中国人の若妻、日本刀で斬られ崖下に突き落とされた「李《すもも》のようにきれいな眼をした」フィリッピンの「十六歳のペドロ」、ＢＣ級戦犯として絞首刑になった台湾人「董《とう》長雄」、そして「ああ　中国人の死者は　軍人、ゲリラ、一般市民で／実に一千万人／朝鮮人　ごく少なめにみて二十万人／台湾人　不明」、「ハポン」（日本人）に殺されたフィリッピン人「百万人」、「ビルマとタイを結ぶ泰緬鉄道の工事に　枕木の数ほどのロームシャの死」……。これら死者たちの声が「ひたひたひたひたひた……」とわたしたちに寄せてくるところで詩は閉じられるのである。

「コトリ」とも音をたてない「白骨たち」が眠る霊苑を出ると、満開の桜の花の下、若者、サラリーマン、夫婦、恋人たちが相変らず群れていた。ところであなたたちは本当に、「千鳥ケ淵へ行きましたか」……。

（特別にことわっていない限り、カギカッコ内の言葉は詩からの引用です）

（１９９６・６）

「爪ほどでも希望を持つなら」――洪成潭

一年間に及んださささやかな連載を終えるにあたって、最近読んで感銘を深くした一通の〝書簡〟を紹介したいと思います。それは、一九八〇年五月の韓国での光州民衆抗争を連作版画で描いた画家・洪成潭《ホンソンダム》さんが、来年三月に日本で開催される版画展を準備する日本の友人たちに寄せた手紙です。年刊誌「戦争と性」第30号（二〇一一年・秋）に掲載されたもので、洪さんは3・11の数日後、福島も訪れていて、その上での言葉のひとつひとつは、わたしに強い衝撃を与えずにはおきませんでした。それは、光州で民衆とともにたたかい、その後のスパイ容疑による三年半の投獄にも屈せず、民衆文化運動に献身する芸術家にしてはじめて生み出せる言葉であり批判でしょうか。

手紙は冒頭、〝福島原発〟〝福島原発事故〟といういい方は間違いで、〝福島核発電所　爆発　事態〟こそ的確だと指摘しつつ「あの人たちの暴力は、このように、言語を損ない傷つけ、歪曲するところからはじまります。」と書き出しています。「あの人たち」が誰かは言うまでもありませんが、〝敗戦〟を〝終戦〟に、〝侵略〟を〝進出〟にしたりする日本での「言葉の歪曲」は、まさに枚挙に暇《いとま》もありません。福島核発電所の爆発がどんなに深刻な事態なのかについても、「指導者たちは人民をまんまと騙して」きているのです。

洪さんは、かつての戦争中、核爆弾の悲惨さを経験した日本が、なぜ核発電所を選択したのか、それが〈フクシマ〉の悲劇を生んだのであり、それは「指導者や専門家など知識人たちの責任を通り越して、日本人民すべての責任である」と断言し、「核エネルギーを少しずつかじって食べては毎日生きている」のに、八月ともなると広島・長崎で「平和の日」を祈るのは、「一種の妄想的な生に過ぎない」とさえ批判しています。そして天皇制下の軍国主義に一斉に加担したように、「日本の人々は集団化されると、国家権力にいつでも従属する準備ができている」と、洪さんは、福島を三カ月見守るなかで気づいたと書いています。またふたたび、「あの人たちの略奪的な政策と言葉遊びに飼い慣らされ」て、「国家暴力の加担者」に日本人民はなりはしないか、洪さんの必死な危惧の忠言は痛いほど胸に迫ります。

洪さんは、福島の悲劇の以前から、「人類の未来は事実上、絶望的」で、公害や汚染でゆっくり死んでいくか、核戦争などで突然、絶滅するしかないとのべつつ、しかしわたしたちが「爪ほどでも希望を持つとするなら、「エネルギー源」にあるといいます。しかしそれは、太陽や風のエネルギーといった単純な選択ではなく、「哲学の問題」「愛の問題」「幸福の問題」「存在に対する思惟の問題」そして「純潔な霊魂の問題」だと語ります。いったい、当事者である日本の〝識者〟といわれる方がたが、〈フクシマ〉についてこのように語ったことがあるでしょうか。

いまこそ、わたしたちが怒らなければ、抵抗しなければ、未来を正しく選択することはできないと、洪さんは、虐殺者とたたかった光州市民の「抵抗する共同体」の勝利を例に引きながら、わたしたちに次のような激励の言葉を送るのです。――「日本人民が今回、正しい選択をするならば、それは桎梏に陥った現世人類の幸福と平和のために新たな対案として浮かびあがるでしょう。日本人民が選択した道は必ずや世界人類の普遍的な権利のための新たな道、哲学となるでしょう。」と。

日本で核に抵抗する〝予言者〟として、洪さんは、原爆被害者の方々、そして広瀬隆・高木仁三郎・鎌仲ひとみ・森住卓氏らに敬意を表しつつ、韓国には「ただ一人の反核活動家」もいないことに絶望し、手紙を閉じています。「喪失の痛みと絶望の身悶え」の淵から、日本人民がどのように選択するか、海を距てた韓国の一芸術家の一通の小さな手紙は、わたしに大きな勇気を与えてくれました（訳＝古川美佳・岡本有佳）。

（2011・12）

IV

インタビュー
「戦後文学エッセイ選」刊行について

聞き手・井出彰、米田綱路

戦後文学者たちの〝個展〟を編む

――戦後文学者一三人*のエッセイを編まれたモティーフはどのようなものだったのでしょうか。

まず、わたしが直接に会って、本を作らせていただいた文学者で、小説・戯曲・記録・伝記・評論等、幅広いジャンルで仕事をされた方というのが基本です。戦後文学者といえば、まだ他にもいらっしゃるわけですが、この「戦後文学エッセイ選」（全一三巻）に選ばせていただいた一三人の方々とは、まさに同時代を共に過ごしたという感覚があって、それが編集者としてのわたしのモティーフです。

以前から、何らかのかたちでこの人たちの本を後の時代に伝えたいと思っていました。しかし、小さな出版社ですから厖大なものを作るわけにはいかないので、彼らが書いたエッセイの中から選りすぐったものを編みました。

わたしは〝個展〟が好きなのですが、大きな絵ばかりが並んでいるのではなくて、そこにはデッサンもあれば描きかけの絵もある。意外とそういう作品に、作家の苦心が見えるんですね。ですから、戦後文学者たちのエッセイをいわば〝個展〟のように集めてみれば、そこから彼らの仕事の全体が見えるのではないか。そういった思いがありました。

それから、いま戦後民主主義否定論が盛んに出てきているでしょう。そのなかで戦後文学はほとんど忘れ去られている。わたしにとっては、彼ら戦後文学者たちがどんな仕事をしてきたのかが忘れられてしまっているのが残念でなりませんでした。「戦後文学エッセイ選」を出すことで、彼らの仕事をこれからの時代に伝えたいという思いが、編集のもう一つのモティーフです。

――松本さんは未來社時代から、「戦後文学エッセイ選」に入っている戦後文学者や、また思想家のエッセイ集を数多く編集してこられましたね。

わたしはエッセイが好きなんです。未來社時代も、エッセイ集をいちばん多く作ってきました。エッセイというのは、魯迅を範とする〝雑文・雑感〟であって、そこでは自由な形式で、自由な発言がなされる。そこにキラリとしたダイヤモンドのようなものがあるし、また作家の作品の真髄がチラリと出ていたりする。ですから、そういうエッセイをまとめて編んでみたいという、わたしのエッセイ好きが、この「戦後文学エッセイ選」にまとまったということなのです。

こうした選集を出す場合、ふつうの出版社だと、誰か監修者を立てたり、文芸評論家に編集してもらったりしますが、わたしは敢えてそういうことをやりませんでした。それは、あくまでわたしが編集者として出会って、その人柄もよく知っていて、書いた内容もいいという人の本を編集したかったからです。

——「戦後文学エッセイ選」をつうじて、彼ら戦後文学者たちに通底する一つの思想を感じます。それは「大東亜戦争」の現実を凝視し、敗戦から出発して、戦後という時代を拓いた可能性だったと改めて思います。

彼らの基本にあったのは、大日本帝国否定でした。それは戦前の天皇制国家の否定であり、民主主義とは何かという問いであり、戦争が我々民衆にどのような被害を与えたのかということの反省の上に立って、大日本帝国を否定した。治安維持法や軍隊などで、彼らは嫌というほど痛い目にあいましたからね。それで新しい民主的な国家を作るのだというスタートを切った。その点で、彼らは一致していると思います。

それと同時に、自分たちが目指す文学とは何だったのか、という問いがあった。たとえば、上野英信さんのような方が戦後にいたというのは、一つの道標のようなものですね。彼は広島で被爆して、原爆の惨状を見た痛切な経験から、京都大学を退学して炭坑夫になった。そこから日本を見つめて、戦争とは何だったのか、炭鉱で日本資本主義はいったい何をやったのかということを、彼はすぐれた記録文学で残しました。

それから富士正晴さんは、戦時強姦はしない、なんでも食べる、平気で殴られるという覚悟をして中国戦線に召集されて行った。そして弾一つ撃たないで帰ってきたわけですが、日本の軍隊が中国人に何をしたか、その凄まじい状況を見てきた。だから戦後、彼は決して豊かになろうとしなかった。大阪府茨木の茅屋のなかで生涯を過ごしたわけですが、何も好き好んで貧乏をしたわけではなくて、戦争中に日本人が行った中国人に対する罪を補修する人生を戦後歩んだと思うのです。そのことを取り返さないかぎりだめなんだ、と。文学者として、彼はそれを貫いたのです。

木下順二さんもそうですね。戯曲『沖縄』の「どうしてもとり返しのつかないことを、どうしてもとり返すために」という言葉を『木下順二集』の帯の惹句に出しましたけれども、朝鮮や台湾に対する植民地支配、中国はじめ東南アジア諸国に対する侵略戦争、沖縄に対する差別など、どうしてもとり返しのつかないことを大日本帝国はやった。そういう行為に対する贖罪の思いが、戦後文学にはありました。

武田泰淳さんの短篇『汝の母を！』はわたしの胸に突き刺さった一篇ですが、武田さんは中国の民衆に対して二度と顔を上げられない、と書いています。そのことが彼の文学の根幹に流れていたわけですが、多かれ少なかれそれは他の作家にも通じるもので、戦後文学のスタートはそこにあったと思うんですね。長谷川四郎さんはシベリアに抑留されましたし、埴谷雄高さんは治安維持法違反で逮捕・投獄されましたし、野間宏さんは軍隊刑務所に収監されたりしました。

自由で平等な感覚とエッセイ

――彼ら戦後文学者たちと同時代を過ごされて、そこで学ばれたことが「戦後文学エッセイ選」に結実しているように思えます。

わたしは敗戦のときは一七歳だったわけですが、戦争中は皇国少年でした。それが、戦後文学の作品を読むことによって、近代日本が道を誤り、あの原爆の悲惨で終結するまでのことが、一挙にわたしのなかに迫ってきた。こんど改めて彼らのエッセイを読み直してみて、その感覚が新たに胸に迫りました。その思いが、何とかしてわたしが編集者として出会ってきた戦後文学者たちのエッセイ集を作りたい、という動機にもつながったわけです。

――彼らとの交友をつうじて感じられたことで、現代にあっては欠落していることは何だとお考えですか。

一つは、自由な感覚だったと思います。わたしは丸山眞男さんや藤田省三さんとも仕事をしたわけですけれども、彼らはアカデミックなところにドンと座っている人じゃなかった。まさに自由で平等な感覚を失わず、それから決して権威におもねらなかった。

丸山さんも藤田さんも、エッセイの名手だったんですよ。ハーバート・ノーマンが自裁したときの丸山さんの追悼文など、本当に思いのこもった名文です。そういうものを丸山さんは「夜店」だと言っているけれども、「夜店」のなかにこそいいものがあった。

それから、「戦後文学エッセイ選」の作家たちは、みんな筆一本で生きた人たちですね。また彼らは編集者に対しても平等につきあうことによって、共に本を作ろうとした。たとえば花田清輝さんなどは典型的ですけれども、日常的挨拶など何もなくて、会うといきなり「昨日こういう本を読んだんだけど、君はどう思うか」と、芸術や思想についてディスカッションを始めるわけです。だから、こちらもうっかりできないような感じですけれども、つまり形式的な関係じゃない。編集者に対しても、共にものを作る対等の人間として接しました。わたしたちも勉強しなくてはならないし、共同でものを創造するんだという訓練をさせられました。それは非常に勉強になりましたね。

富士正晴さんの茅屋に行くと、「花田（清輝）はどうしてるかね」「花田のあの文章はよかったなあ」

と文学論が始まる。杉浦明平さんが東京に出てくると、「いま野間宏さんの家にいるから出て来ないか」と電話がかかってきて、わたしは仕事をほっぽらかして行ったものです。それで飲みながら、文学論や芸術論が始まる。編集者をいわば肴にしながら、現代の文学の何がいいのか、誰がどうなのかを語り合うわけです。

花田清輝さんなんか、俳優座で戯曲『爆裂弾記』を上演するとき、千田是也さんと機縁が合わなくなって、わたしに相談されました。一九六〇年から一〇年間、わたしは演劇座という劇団にも、夜の時間に所属していたのですが、花田さんから「君の劇団で上演してほしい」と言われて、いきなり戯曲を渡されたりしました。だから編集者だけではなく同時に、花田さんの劇を上演するために制作や演出にもかかわらなきゃいけない。

つまり、そういうことが自由横断的にできた。そしてわたしはまた、編集者としていわば「スパイ」のように、他の著者のところに行っては「花田さんはこういうものを書いてますよ」と伝えるわけです。そういうふうにして、著者同士と絶え間なく連絡し合っていた。そういうつながりがあったんですね。

――編集者として、本を作ることのみならず、人間として自由横断的に彼らとつながっていかれたわけですね。

ええ。わたしは未來社に入るときに、決めたことがあるんです。それは「いいものを書いている、いい人のものを作りたい」ということでした。いいものを書いていても、嫌な人はいっぱいいます。これは編集者としては傲慢な言い方ですけれども、わたしは書いているものがよくて、しかもいい人の本を作ろうと思った。同時代を生きて共にこの日本で付き合うわけだから、嫌な人の本を無理してやることはない。また、翻訳ものはすでに外国で評価が決まっているもので、著者との交流はほとんどありませんね。

それともう一つは、わたしは未來社のように貧乏なところでしか仕事をしてきていないから、そんなに原稿料も払えないし、著者とお金でどうこう、ということはできないわけです。本当に心を込めて、それがいいものだということでその人と話す以外、武器がないわけでしょう。

この日本の同時代のすぐれた人と会って、本を作り、それを残したい。それが、わたしの編集者としてのいちばんの願いだった。ですから「戦後文学エッセイ選」は、そんなわたしの編集者としてのいわば著者の作品を借りての「遺言」でもあるのです。

時代との敏感な感応の仕方

——今日では、学者はもちろんのこと、作家の書くエッセイにも胸に響くものは少ないです。その意味でも「戦後文学エッセイ選」をとおして、逆に現代の貧困を垣間見る気が致します。彼ら戦後文学者たちのエッセイに生命感を与えていたものとは何だったのでしょう。

やはりそれは、時代との敏感な感応の仕方だと思います。つまりそれは、自分の小説をどう書こうか、などといった個人的なことだけではないんですね。

わたしが好きなこの戦後文学者たちは、その時その時に起こったことについて絶えず発言しています。かつては、そういう敏感に時代と感応したエッセイが、文芸誌や書評紙はもとより、一般紙などにも毎日のように出ていた。たとえば一つの劇や映画をめぐって、あるいは一つの政治的な事件をめぐっても、いろんな人たちがいろんな角度で猛烈に敏感に感応していた。いまは自分の世界に籠ってしまっているのか、そういうテーマについて自由闊達にものを書いて他に伝えようという姿勢がなくなってしまった。それから、先ほども言いましたが、やはり横の連帯だと思うんです。誰が何を言ったかということについての、敏感な感応がありました。そこには、必ず複数の人が関わっていたわけですね。

丸山眞男さんが亡くなったとき、千日谷会堂での葬儀で、生前の丸山さんの声がスピーカーから会場の外に流れていました。そこで丸山さんは、「もったいないですよ。もっともっと同時代の他のいろんなジャンルの人と、なぜ話を交わしたり、意見を交換したりしないんですか」と語っていました。学問が枝葉に分かれて、自分の専門の蛸壺に入るのと同様に、いまは作家といわれる人も、自分の世界だけに閉じこもって、それを作品にすればいいと思ってしまっている。そこでは横の関係が消えています。

わたしは資本主義の基本というのは、人間をばらばらにすることだと思っています。つまり支配する側にとっては、人間がつながることがいちばん怖いんですよ。人がばらばらになっていてくれることほど、彼らにとって安全なことはないんですね。しかし、わたしが同時代を共に過ごした戦後文学者たちは、思想家まで含めて、みんながエッセイというものでつながっていたと思うんです。つまり、エッセイが横の連帯を生んだともいえます。

魯迅は〝雑文・雑感〟で、中国の絶望的な状況と立ち向かおうとしていましたね。当時は、方法としてはそれしかなかったわけですが、それがエッセイという雑文の力でもあった。つまりある機を見て、いまこれを言おうという、アドリブも含めた一種の瞬間芸的なものです。

花田清輝さんは、一〇枚ぐらいのエッセイで、九枚目まできて、「まあこんなことはどうでもいい」と書く。じゃあこれまで読んできたことはどうでもいいのか、ということになるけれども、そうやって息を抜かせておいて、「よく考えてくれよ」ということを最後の一枚で書く。それは花田さんのテクニックですけれど、そういうおもしろさがエッセイにはあるんですね。

「戦後文学エッセイ選」を編集してみて、改めて、彼らが言おうとしたことが胸に迫ってきます。エッセイとは「いまこのことを、あなたに伝えたいんだ」という切実な思いでもあるんです。大論文と違って、そこにはアクチュアリティがある。それは未完成のものでもすばらしい。宮澤賢治ではないけれども、永遠の未完成これ完成である、というよさが一篇一篇にある。

「戦後文学エッセイ選」では、そんな一三人の〝個展〟を読みとっていただければと思います。

（2005・8）

＊花田清輝、長谷川四郎、埴谷雄高、竹内好、武田泰淳、杉浦明平、富士正晴、木下順二、野間宏、島尾敏雄、堀田善衛、上野英信、井上光晴。

インタビュー

宮本常一を読み継ぐために　雑誌『民話』のことなど

聞き手・青土社「現代思想」編集部

『民話』の成立──未來社と宮本常一の出会い

雑誌『民話』（一九五八年一〇月創刊、六〇年九月休刊）の成立事情については、当時の未來社社長だった西谷能雄さんが宮本常一さんへの追悼文集『同時代の証言』に書かれたり、またわたし自身も『わたしの戦後出版史』（トランスビュー）や佐野眞一さんの『旅する巨人』（文藝春秋）の中でお話ししているので繰り返しになるところもあると思いますが……。当時、木下順二さんを担ぎだして、吉沢和夫さんや、西郷竹彦さん、竹内実さん、益田勝実さんらが「民話の会」をやっていて、その機関誌が欲しいということになったんです。もともと未來社自体が木下さんの『夕鶴』など「民話劇集」の刊行から始まった出版社だったご縁もあって、それで未來社から発行することになった。しかしただの機関誌では面白くないということで、小さな総合雑誌的なものにしたい思いもあったんです。その最初の会合は、当時の西谷さんのお宅で行った。わたしもそこにたった一人きりの編集部員として参加し、

「民話の会」からの編集委員も全員集まったと、西谷さんが書いていています。『民話』をやるにあたって宮本常一さんを編集委員にお招きしたのは、「それには宮本さんが大事なんじゃないか」とどなたかが言ったからだったと思います。だから「民話の会」の最初の集まりでは宮本さんはいらっしゃらないで、吉沢和夫さんが宮本さんを訪ねて、『民話』の編集委員になっていただけないかお願いしたと、吉沢さんが書いています。だから宮本さんをわたしたちは最初あまり知らなかった。その頃はまだ未來社では民俗学関連の書籍出版はしていなかったし、西谷さん、未來社と宮本さんのおつき合いもそのときに始まったわけです。

「民話」と柳田国男の「昔話」

そもそも「民話」という言葉は木下さんたちの言い方で、その頃の『民俗学事典』には「民話」という言葉はなかった。柳田国男は「昔話」ですね。だから柳田国男は「木下順二は昔話を民話などという国賊だ」なんて言ったという噂話があります（笑）。民話というのは戦後的な木下さんたちの発想ですよね。「民間説話」の略で、民話といつからなったのか、木下さんも知らないと言っています。木下さんは柳田国男のことは勿論尊敬していましたが、その点では一線を画していたことになりますね。

宮本さんは柳田国男のお弟子さんだけれども、宮本さんもまた違うんですよね。戦時中、三省堂から出版されたもので、木下さんの『夕鶴』など民話劇の素材となった『全国昔話記録』という双書がありますが、柳田国男はお弟子さんを全国に派遣して昔話をあつめさせ、またそれらを整理して書くという非常に天才的な方でした。しかし宮本さんはご承知のように自ら全国をお歩きになって自らでまとめられた方です。

『民話』と戦後文学

「民話の会」の機関誌ではありましたが、せっかく雑誌があるのだから、わたしは自分がかかわっていた戦後の文学者・思想家の方々にも書いてもらいたいと思ったんです。なぜなら、わたしは民話だけでは、なにか主張するには弱いんじゃないかと思っていましたので。民話だけでものは考えられない、芸術や思想といったものも含めて考えなければならないなどと思っていたんですね。日本では知識人の考えていることと民衆の動向はいつも離ればなれです。だからわたしはそれらを出会わせたいし、『民話』をそういった場にしてみたいなどと考えていたんです。そのような編集方針に関しては、木下さんや吉沢さんなども賛同してくれました。『民話』には花田清輝さんや埴谷雄高さんや丸山眞男さんといった方々が登場しています（のちに、藤田省三、廣末保、谷川雁、日高六郎、吉本隆明さんなどの方がたにも執筆してもらっています）。

日本は近代以降、いわゆる知識人の思考と民衆の現実が離れっぱなしだとわたしは感じています。ヨーロッパや韓国では、民衆が立ち上がると知識人が一緒になってそれを応援する。知識人や学生が立ち上がれば民衆が参加する。知識人と現実を生きている民衆との間に、ある了解というか繋がりがある。日本はそれが切れているように思うんです。長い年月をかけて築きあげた民主主義を根底にするヨーロッパ、また日本の三六年間に及ぶ植民地支配の苦難をくぐり抜けてきた韓国などと日本はちがうんですね。外国の書籍の翻訳は世界に類をみないほど溢れており、海外の思想がこんなに流れ込んでいる国は他にありません。遅れた近代をとり返そうとしてきた日本の、木に竹をついだような近代の不幸は、とりかえしようもないかも知れません。

『民話』の編集の様子

他に『民話』には寺門正行《まさつら》さんという臨時に『民話』の仕事だけをやってもらう編集者が加わりました。おっとりした好青年で、宮本さんも彼をとてもかわいがっていました。それで「民話の会」の編集会議には、西谷さんとわたしと寺門さんが参加し、当時の未來社の中三階にある六畳の畳敷きのせまい部屋で会議をやって内容を決めていきました。吉沢さんの記憶では、宮本さんはときにはリュック姿でいらっしゃった。おそらく旅の合間に参加してくださったのだと思います。それほどたえず歩き回られていたんでしょうね。飄々として「ナニナニじゃろうが」という話口調で、いわゆる大学の先生とか作家とは違う趣きの方でした。農民や漁民といった人たちといろり端で話をされていたからでしょうか。話しぶりまでもが学者ぶらないし、作家ぶらないので、誰もが人柄に惚れこんでしまうような方でした。

『民話』での鼎談――「残酷ということ」

深沢七郎・岡本太郎・花田清輝の鼎談（「残酷ということ」）がどういった経緯で組まれたのかは、よくわかりません。ただ、この頃にわたしは深沢七郎さんと二度ほどお会いしています。当時未來社では「日本の民話」というシリーズが刊行されていて、『甲斐の民話』刊行の時、その推薦文を頼みに行ったのです。その日は午後一番に伺ったけど、初めて会ったのに結局夜までいました。深沢さんはギターを持ち出して、楢山節をうたってくれたりしました。そして、深沢さん自身の『甲斐の民話』をいずれ書きますと言ってくれたんです。次に原稿をもらうために渋谷の喫茶店でお会いしたんですが、いろいろとお話しして、会計をしようとしたら、深沢さんはどうしてもわたしが払うと言うんです。著者に払わせるなんてことはありえなかったから、こんな人がいるものなのかと驚きましたね。この後に例の中央公論社での「嶋中事件」(一九六〇年)が起き、深沢さんは放浪に出てしまったので、『甲斐の民話』は実現しませんでした。

岡本太郎さんについては、花田清輝さんと岡本さんが親友だったのでご縁がありました。花田さんの『近代の超克』の表紙に、岡本さんの『赤い兎』という作品を使わせてもらったことがあります。花田さんといま記念館になっている青山のアトリエに行って、花田さんがいくつかの作品の中から「これ借りるよ」なんて言って原画を車で運び出し、撮影して印刷したんです(笑)。岡本さんも無料で貸してくださった。

対談が行われたのは、平凡社から『日本残酷物語』が出版されていた時期ですね。そこには「土佐源氏」も収録されています。勿論、深沢さんの『楢山節考』(一九五六年)などがきっかけになっていたと思います。ちょうど高度経済成長に突入する前の、豊かになろうという気運が高まっているときに『日本残酷物語』が出るという、谷川健一さんの編集のカンみたいなものはすぐれていますよね。

民衆はみな残酷な中を生きているわけです。例えば、柳田国男の『山の人生』の冒頭で描かれていて有名ですが、いよいよ食えないので、子どもたちの首を並べて斧で切るという山村での出来事がある。宮本さんはそういった叙述では語らないけれども、こんな出来事はいくらでもあるわけです。柳田国男はここで淡々とさりげなく書いていますし、深沢さんなどはそういった出来事を子どもの頃から地元で山ほど経験していたんでしょう。『笛吹川』（一九五八年）も、〃お屋形様〃の赤ん坊の〃エナ〃を埋める時、鍬で足を傷つけたおじいが無礼だと処刑されてしまうというところから始まる。だからそんなのは歴史的には日常茶飯で、むしろ残酷でも何でもなかったし、姨捨もそのひとつだった。今村昌平監督の『楢山節考』はその残酷さを淡々と描いていたけれど、その前の木下恵介監督は悲愴に描いていたから、深沢さんは批判的でしたね。

この鼎談の中でも触れられていますが、知識人たちは姨捨なんかを大変悲愴に捉えてしまうんです。勿論悲しいことではあるけれども。知識人たちが悲惨だと言うことも、民衆はそれを全部引き受けて耐えている。だから深沢さんは残酷であるけれども、誰がそうしているんだろう、なぜそうなっているんだろう、ということを明言しないけれど暗示しているようにわたしは感じます。

一方岡本さんは民衆の美しさについて述べているけれども、それはやはり岡本さんがわたしたちとは対極にあったお育ちだからじゃないでしょうか。勿論苦労はいろいろあっただろうけれども、育ち方や暮らし方が違うんです。だからまったく対極にあった民俗的なものにも、分け隔てなくすんなりと惹かれてしまうんじゃないでしょうか。

未來社にとっての宮本常一

未來社ははじめ西谷さんが社会科学系統、わたしが文学芸術系統という分担でやっていました。わたしは花田清輝、埴谷雄高、平野謙、富士正晴、野間宏、井上光晴、吉本隆明など日本の戦後文学者の本をつくりたいと思ってやっていたし、民俗学に関心はあまりありませんでした。だから宮本さんが未來社の活動に参加してくださったことで、民俗学関連書籍の柱ができた。宮本さんが加わるまでは、いわゆる現代の民衆の記録などはありましたが、民俗学という分野はありませんでした。それが今や多くの民俗学の著作集を抱える出版社になっています。

『民話』での連載「年よりたち」は第三号（一九五八年一二月）から開始され、これは後に『忘れられた日本人』（一九六〇年七月）として単行本になりますが、連載自体は宮本さんに何か書いてくださいとお願いして始まっただけなんです。だから特にこちらの意向があったわけではない。こういうとき、わたしたちはあまりテーマなどを決めずに「どうぞ自由に書いてください」なんて言っていましたね（笑）。当時宮本さんはずっと旅をされていたし、内容に関して何か特別に期待していたことはなかったし、出たときはあまり評判にはならなかったんです。のちに網野善彦さんの評価があったあたりから一挙に話題になったように思います。これが未來社で最初の宮本さんの本になりました。

宮本さんは作家と記録者の中間のような、独特な立ち位置ですよね。流れるようにどんどん文章を書かれる方でした。だからたくさんあって、どうまとめるかについて話しあうことはありましたけど、宮本さんの書かれた文章はどれもそのまま出せるような内容のものでした。汽車の中でも、小さな原稿用紙に、すらすら忘れないうちに書かれたのではないですか。

著作集について

未來社の巻数ものの著作集の始まりは『木下順二作品集』（一九六一年〜七一年）だったのではないでしょうか。宮本さんの著作集は、全二五巻でやろうということで始まりましたが、執筆が続く限りやろうと西谷さんが決められました。だって次々に文章がたくさん出てきますからね（笑）。第二巻『日本の中央と地方』と第三巻『風土と文化』が最初に刊行され（六七年）、第一巻『民俗学への道』（六八年）は第五回配本ですね。著作集に関しては、当時宮本さんを担当していた小箕俊介さんが『同時代の証言』に書かれていたけど、「在庫本のカバー・表紙をはずして……」再生したなんて、そんなことやったかな（笑）。

この時代から未來社は著作集をやり始めましたね。著作集のような継続出版は、ある意味では出版社には楽なんです。売り上げもある程度予測が立つので、ひとつひとつ企画するより助かる。それに揃えばセットでまた出ることもあるので。それぞれ少部数でスタートして、少しずつ評判にはなることができました。

菅江真澄、早川孝太郎、大間知篤三の著作集は宮本さんの企画です。早川孝太郎は『花祭』が有名ですね。菅江真澄の企画は、宮本さんが「これやらんかね？」と言って持ってこられたもので、わたしたちはまったく知らなかった。秋田に内田武志さんという菅江真澄を研究されている方がいて、宮本さんに「そこに資料は全部あるから行きなさい」と言われて、西谷さんとお宅に伺いました。そして資料のほとんどが保存されていた辻さんという名家のお宅にわたしの幼友達の写真家、矢田金一郎さんと伺って、一週間くらいかけて絵の資料を全部撮影したんです。あとは小箕さんと、後に入社した本間トシさんが直接担当ですべてをすすめていました。撮影は泊まり込みで、辻家の縁側を借りて。アサヒペンタックスで数百枚という数だったでしょうか。

内田さんは血友病でずっと寝たきりの方でした。だからハツさんという妹さんが代わりに資料を集め口述筆記をされていました。寝たきりの方が、旅で歩き回った菅江真澄の資料を集め研究されたという前代未聞の大変素晴らしい仕事ですね。菅江真澄は飢饉でバタバタ人が死んでいるところも歩き回って記録し続けていて、この『全集』は当時の現状を知る貴重な資料になっています。宮本さんの、いまある民衆の姿や暮らしを見つめ続けた姿勢は菅江真澄と共通するものを感じます。

西谷・小箕さんと宮本常一

未來社の創業は一九五一年で、わたしは五三年の入社です。西谷さんと一緒に弘文堂を辞め未來社創業にかかわった編集長の細川隆司さんがいらっしゃいましたが、一九五六年に退社し、以後は小箕さんが入ってくる五九年まで、西谷さんと二人で会議というか相談をしていたことが多かったし、わたしがやりたいものは何でもやってみたらいいなんて言ってくれました。そして花田さんの『アヴァンギャルド芸術』が最初の企画になりましたね。その後は数人の優秀な編集の仲間にも恵まれました。民俗学の本は宮本さんが殆ど企画してくれました。宮本さんは編集や企画にも大変才能がありましたが、そこには方法「論」なんてないんじゃないでしょうか。「そんなもの、あってないようなもんじゃ」なんておっしゃるようにわたしは思います。

あと、民俗学の書籍を未來社でやれたのは、西谷さんの素地があったことも大きな要因のように思います。というのは、西谷さんは民謡や地方の民俗的なものが大好きで、「佐渡おけさ」の名手だったんです。また「越中おわら風の盆」に通いつめたりなんかして。わたしはあんまりそういったものに興味がなかったけれど、西谷さんは好きだったですね。大きな体で「佐渡おけさ」を唄い踊るんだけど、すごく上手くて艶やかになるんですよ。そんな一面のある西谷さんだから、わたしはこれだけ仕事ができたんだなと思います。

そこに宮本さんが五〇年代後半から著者に加わってくれて、先ほどの小箕さんも入ってきた。小箕さんは語学も大変堪能な学者肌の人で、マルクスに関するもののほか翻訳書が何冊かありましたが、そういう方ほど逆に民俗学みたいなものに心惹かれるんです（小箕さんは、のちに未來社の社長までやりましたが、一九八九年七月、車にはねられ五二歳で亡くなりました）。藤田省三さんなどは理論的に日本の現代思想を追究するような方だったので、佐野さんの本でもお話ししましたが「べたべた歩いたって日本なんかわかりゃしねぇ」なんて批判したりしていました（笑）。でも小箕さんは学問としてマルクスも学ぶし、同時に民俗学のような対極にあるものにもすんなりと惹かれていった。学者的な方ほど、宮本さん的なものにぴたっと惹かれていく。小説家など現実に触れてやっている人たちはあまり関心を持たない。そういうものですよね。全く自分にない、正反対のものに逆に心ひかれるんでしょうね。わたしなんかははじめから『新日本文学』のグループなんかに加わっちゃったんですけどね（笑）。『新日本文学』はいわゆるプロレタリア文学を継承していて、左翼の末裔みたいな人たちが寄り集まった運動に影響を受けちゃったわけです。

「記録」するということ

プロレタリア文学は少し性格を異にしますが、日本の文学や戯曲の大部分には、いわゆる知識人の現実との苦悩が描かれていますよね。しかし例えば、秋元松代さんの戯曲『常陸坊海尊』なんかは全く違う。そこでは知識人ではなく、東京大空襲で両親を亡くし、孤児となった子どもたちの戦後の運命が描かれています。見捨てられた名もなき民衆が主人公です。この作品を見た丸山眞男さんや藤田省三さんなどが「とてもかなわない」と激賞したんです。わたしも文芸演出部の一員だった演劇座という劇団が一九六八年に初演した作品ですが、丸山さんは「天皇制に関して論じている学者は山ほどいるけど、秋元松代の右に出る人はいないよ」とまでおっしゃった。天皇制国家の被害を受けているのは結果として民衆であるということを、期せずして秋元さんは描いてしまった。

もともと「常陸坊海尊」は東北地方に伝わる説話で、柳田国男なども書いていますが、義経が滅びる「衣川の合戦」で生命が惜しいばかりに逃げ延びた常陸坊海尊が、その罪を背負って七五〇年歩き回っているという説話です。この説話を現代にとり込みながら、秋元さんの作品では見捨てられた主人公が常陸坊海尊になり、今度は自らがさまようという物語になっています。つまり、そういった人たちが何によって救われるかということが民話なんかには込められている。知識人や都会で生きている人たちは信じないけど、地方の人はそういった説話を信じて生きているんです。秋元さんは民衆の中の見捨てられている人たちの魂のありかをドラマとして描いたんですが、そのベースには民俗学的成果の蓄積があるんです。秋元さんは柳田国男も菅江真澄も全部勉強されていて、作品を生みだしたと言えます。

秋元さんは、実は現実的には保守的でマルクス主義なんて大嫌いなんです。お兄さんの俳人の秋元不死男さんは戦時中、有名な京大での俳句団体の弾圧事件で捕まって投獄されたりしたんですが、そのお兄さんたちがマルクスの『資本論』を友人たちと勉強している時、秋元さんはそれをふすま越しにほとんど聞いていたそうです。ところがお兄さんが捕まって苦難の状況に陥ったために、左翼なんて大嫌いになってしまった。つまり相反する思想の持ち主にもかかわらず、それでも左翼の人間よりも見事に民衆の苦難を描ききったんです。芸術の勝利ですね。

また、わたしは本多勝一さんや庄幸司郎さんたちと『記録』という月刊雑誌も一九七八年四月から一六三冊刊行したことがあります。記録ということで言えば、土本典昭監督が水俣を撮り続けましたよね。わたしは彼とは未來社に入社する以前からの知り合いでした。わたしが未來社に入って、彼は岩波映画に入った。勿論当時はその後「水俣」を撮り続けるとは思ってもいなかったんですけれど、彼は「記録されないものは歴史にならない、だから自分は水俣を撮っているのだ」と言っています。彼もまた、あるイデオロギーに立って映画を撮っているわけではなく、淡々と記録するんです。しかしそれが結果として、国家悪を告発することになっているんです。土本さんは被写体に、そこで嘆いてくださいと言って、カメラをまわしたわけではない。『不知火海』という映画では、原田正純さんだったかに向かって胎児性水俣病の一少女が「この頭を手術したい、手術して治したい」とただたどしく語るシーンがありますが、それを土本さんはじっとカメラを据えっぱなしで撮っている。そこには何もイデオロギーはないけれど、結果として、国家や企業などが民衆に一体何をやったかということを告発しているんです。それが〈記録〉ということではないでしょうか。

土本さんは原発についてもずっと撮られていましたね。『映画は生きものの仕事である』などは、土本さんの作品に感動して未來社時代に本にしたものです。また『水俣一揆』などでは川本輝夫さんの社長への猛烈な抗議を映しているシーンもありますが、石牟礼道子さんの語りなどをじっと撮っている。ここぞとばかり国家を糾弾するような表現はないけれども、日本の資本主義国家が一体何をやっているのかを、批判したことになる。秋元松代さんもそうだし、ありのまま描くことが、理論的に格闘している丸山眞男さんや藤田省三さんたちを逆に感動させたわけです。

宮本常一とイデオロギー

わたしは、宮本常一さんには左派だとか右派だとかいう意識はあまりなかったように思います。木下順二さんなどは紡績女工の記録や安保闘争などを作品化したり、現状を変革する思想的立場にはっきり立った作家でしたが、宮本さんはそうではない。あくまで、どうやって民衆が生きているのかという姿をありのままに記録したわけです。しかし言うまでもなく宮本さんの心の中にあるのは、なんとか民衆を幸福にしてあげたいという気持ちではないでしょうか。だからそのために現実を調べなければならない、いまどういった状況にあるのかを見て聞いて回らなければいけない、ということです。

例えば高度成長期には、新幹線が土地を買い上げたために農家にお金が落ちて豊かになった。原発なんかでも同じことですよね。わたしなんかはその矛盾に対してすぐ目が行ってしまうけれど、宮本さんはその結果、失われる民具などは大事だから保存しようと力を尽くす。しかも遺産のように保存するのではなく、その人たちがなぜそれを大事にしていたのか、それは人間の営みにとって必要なものだったからだ、だからそれを失ってはいけない、というふうに考えをもっていかれるんです。民衆はどうあるべきか、どう人生を送るべきかということを一つの運動として立ち上げようとか、安保闘争に加わることで現実を変革するとかいったことに宮本さんはいかない。

『民話』は、六〇年代安保闘争に突入する前というか、ある意味で記録文化のピーク時の刊行物でした。それから安保闘争は無残に敗北し、知識人の現実癒着、左翼運動の後退のようなものが始まる。それと同時に日本は高度経済成長政策に入っていく。するとますます、それまであったサークル運動のような、民衆と繋がろうとする運動が断ち切られる。いわゆる高度成長の方向に日本全体が向かってしまい、民衆もそれに引きずられていくような格好になってしまった。そんな中で宮本さんはなお、微動だにせず、丹念にいままでどおり、全国を這い回っておられたように思います。それは宮本さんが三〇年代から『口承文学』やサークルをやっていたことなども素地としてあって、そういったことに惑わされなかったのかもしれません。勿論宮本さんだってマルクス主義にも触れています。でも若いときに結核で倒れられたり、天王寺師範学校を出て小学校の先生をされていた、そういった経験もむしろ逆に幸いしているのではないかとわたしは思います。というのは、例えば木下さんにしても多くの知識人は、昔で言えば、高等学校を出て東大などに入って仲間たちと何か運動のようなことをやる。大体の日本の知識人のコースは今もあまり変わっていません。しかし宮本さんは島でお育ちになり、ある意味で地べたに這いつくばるようにして生きている人たちのことを充分知っていたし、澁澤敬三との出会いも幸運ですが、いわゆる上の方ではなく、下へと目を向けていくようになる素地にそれらがなったのではないでしょうか。

だから非常に大ざっぱな言い方ですが、良い意味でイデオロギーがないように思うんです。宮本さんが晩年、運動の拠点とされた日本観光文化研究所だって、観光を勧めるために近畿日本ツーリストがやっていたものでしょう。だからある意味では、宮本さんは一方で高度成長にも乗っかっている側面もあったとも言えます。しかしそういうことに対して、宮本さんはいちいち気にせず、そこを拠点として団体を見事に組織し活動する。そして優秀なお弟子さんたちを育てられ、良い仕事をたくさん残されたわけです。

天皇制と民衆

日本にとっては天皇制の問題が大きいですが、あまり誰も触れたがりません。埴谷雄高さんなどは「第一章　天皇」がある限り憲法は認めないと言っていました。しかし宮本さんは天皇には敬愛の情を持っていたのではないでしょうか。天皇を尊敬することと民衆を愛することが矛盾なく繋がっているんです。それが大変なところだとわたしには思えます。

柳田国男も天皇制と「被差別部落」は避けて通っています。これらは日本にとってのアキレスのかかとですが、それらを避けて民衆のいまある姿を民俗学の人たちは訪ね歩いたわけです。だから早川孝太郎をはじめ、戦時中の民俗学者はほとんど戦争に巻き込まれた。竹内好さんが言われるように「草の根天皇制」であり、天皇制のような支配的な思想がこんなに末端にまで行き渡った国はないように思います。これは日本近代の宿痾だとわたしは思っています。教育がこれほど普及した国もないし、文字が読めない人もほとんどいない国だけれども、しかしその教育の普及に乗っかって天皇制も一緒に行き渡っていったんです。だから戦争に行けとか〝オカミ〟から言われれば、それを疑わない。そして民俗学はそういったことには関与しようとしなかった。それは学問の前提が「あるがままのものを」だからなんです。だから宮本さんは〝オカミ〟から叙勲もされているし、つまりそういうことは矛盾しないわけです。わたしなんかはそういうところに引っかかるんですけど。天皇の〝ひとこえ〟で戦争が始まり、また〝ひとこえ〟で戦争が終わるなんて、恐るべき国ですよ。

「土佐源氏」のような民衆の話を読むと、知識人と言われる人たちのほとんどはべたっと感動してしまう。ある種恵まれた知識人として運動をやったりものを書いたりしているから、ばたっとのめりこんでしまうんです。でも網野善彦さんなんかは少し違いますね。左翼運動の経験もあるからでしょうか、そういうことに歯止めが利くのでしょう。しかしそういった経験のない方は、「これこそ日本人だ」なんて言って、のめりこんでしまう。

話が飛ぶようですが、今度の東日本大震災と福島第一原発の事故なんかでも、福島でデモが起きたっておかしくないように思うけど、メディアなどに登場する人たちは「民衆はじっとこの苦難に耐えているのだ」なんて言う。そこに宮澤賢治を引用してきたりして、結果として民衆の怒りをなだめることになってしまう。民衆はどのような苦難にも耐え、淡々と生きて死んでいくものだ。またそれを日本人の美徳のように考える。それは大学やテレビやジャーナリズムでものを語って豊かに食べている人たちの言い逃れに過ぎません。もう一度日本のありようを考えなければならないと思います。「フクシマ」の問題を契機としてね。

宮本常一をいかに読み継ぐか

柳田国男や宮本さんがこういうときに生きていたら何と言われるだろう、とわたしは考えることがあります。石川啄木なども見事に日本の近代を予言していました。漱石ですら、日本は滅びると言っていた。上っ面だけで進歩していく日本の近代や高度成長を経て、現在原発がこれだけの事態になっているのに、何も変わらないのでしょうか。宮本さんは「民衆は辛いところを我慢して良く頑張ってるな」なんて言うのかな、と考えたりします。

宮本さんは、「天皇は好きです」と言っていても、それとは関係なく民衆の姿を見事に描き出された。何かの予見に惑わされることなく彼には見えたんですね。でもわたしたちはそれをそのままにしていてはいけない。今後をどうするかは残された者の責任です。だから宮本さんを、「日本人は美しい」などというような言い方で読み替えるのではなく、どう民衆の犠牲の上に日本の近代が発展してきたかを批判的に見ていくということで受け継がねばならない。その基礎を宮本さんはつくってくれたんだとわたしには思えます。そうしなければ、宮本さんがやったことは博物館行きになってしまう。博物館に入れちゃいけない。それをこれからのわたしたちの運動に生かすも殺すも、わたしたちがどう民衆の姿とかかわり、国家に利用されっぱなしの民衆を取り返していくかにかかっている。うっかりするとまた再び国家体制にとり込まれてしまうようななかで、それに対峙するための非常に大事な現実を、宮本さんはわたしたちに提供し、残してくれたように思います。良い仕事をされました、というように放っておいてはいけない方ではないでしょうか。

（2011・11）

インタビュー

「花田清輝―吉本隆明論争」の頃

聞き手・青土社「現代思想」編集部

『芸術的抵抗と挫折』とのめぐりあわせ

吉本隆明さんがお亡くなりになった日（二〇一二年三月一六日）、わたしは会社に出かけて、朝のニュースでの報道を知らなかったのですが、こぶし書房の編集者・西井雅彦さんから電話をいただきその死を知りました。ちょうど復刊された『芸術的抵抗と挫折』（こぶし文庫、二〇一二年二月一五日刊）に「解説」を書いたりしたばかりだったので大変驚きました。なんといいますか、この本はある意味でわたしにとって不思議なめぐりあわせになってしまいました。なぜなら、この本の編集で五十数年前に、未來社の編集者としてわたしははじめて吉本さんとお会いし、最後にこの本でお訣れしたことになったからです。吉本さんの追悼文などでは、ほとんどの人が六〇年代以後の評判になった著作ばかりに触れ、初期の五〇年代の本はあまり読まれていないようなので、そういった意味ではこの本がさらに多くの人に届いてくれればという気持ちはあります。

時代背景――『文学者の戦争責任』のことなど

わたしが吉本さんを知ったのは、一九五六年に出版された武井昭夫さんとの共著である『文学者の戦争責任』（淡路書房）です。それと五七年の『高村光太郎』（飯塚書店）、五八年の『吉本隆明詩集』（書肆ユリイカ）の三冊が、わたしが吉本さんの本をつくりたいと思ったきっかけとなりました。ですから、いまだにこの三冊は大事に手元に残っています。その後、わたしは未來社で『芸術的抵抗と挫折』（五九年二月）と『抒情の論理』（五九年六月）の編集にかかわりました。しかし先ほど申し上げたように、さまざまな方が書かれた追悼文のいくつかを読むと、ほとんどの方が『言語にとって美とはなにか』（勁草書房、六五年）、あるいは『共同幻想論』（河出書房新社、六八年）といった六〇年代以降の著作からの影響を語っていますね。ですからおおかたの方は、そのあたりから吉本さんの思想に傾倒していったのでしょう。

わたしが知った（一九五〇年代半ば）頃の吉本さんはそれほど有名ではありませんでした。当時の『近代文学』のような雑誌や同人誌、小さな書評紙などが、吉本さんの発表の舞台でした。しかし『文学者の戦争責任』によって、わたしの周辺の友人や編集者の間では吉本隆明と武井昭夫という名前が俄然注目の的となったのです。わたしは五三年四月に野間宏さんの紹介で未來社に入社しましたが、その当時は戦後一斉に仕事を始めた作家・評論家の方たちの文芸評論集をつくりたいと思っていました。出版界が戦後第二の出発をした頃で、真善美社や月曜書房といった戦後すぐに出発した出版社の多くが潰れ、青木書店、大月書店、岩崎書店など、左翼的な出版社が一斉に登場した頃でした。その一角に未來社もあって、入社の経緯については他でも話したことがありますから割愛しますが、わたしがやりたかったのはとにかく花田清輝さんと埴谷雄高さん、そして『近代文学』を拠点とした平野謙さんや本多秋五さんたちなどでした。実はその頃、敗戦直後の出版ブームのなかでは、この花田・埴谷のお二人や野間さんなどは出版社潰しとして有名で（笑）、出版社はどこも敬遠しがちだったのです。だからわたしはその間隙をぬって、これらの方がたの仕事をすることができたのです。

わたしが最初に取り組んだ花田さんの本は、五四年刊の『アヴァンギャルド芸術』です。入社当時の未來社は、木下順二さんの作品など演劇書の出版が中心で、四五点あるうちの三〇数点は演劇書で占められていました。そういったなかで、社長の西谷能雄さんは丸山眞男さんや内田義彦さんのような社会科学系の人と主に仕事をしていましたし、二五歳で入社したわたしは文学評論の一つの拠点をつくりたいと思っていたというわけです。ところがそれから数年が経った五八年頃から、吉本さん、武井さん、そして橋川文三さんや井上光晴さん、谷川雁さんといった人たちが次々に登場してきます。それまでの文芸評論というのは戦前に思想的形成をした方がたによって担われていたのですが、もしかしたら特攻隊で出撃したかもしれないような戦中世代が登場したわけです。わたし自身は学徒動員世代で、敗戦時に一七歳、直接戦争にはかかわりませんでしたが、吉本さんは学徒出陣世代で二〇歳でした。わたしよりさらに下になると、集団疎開の世代になります。このように、その当時はほんの二〜三年の違いで人間の運命が変わってしまっていた時代だったのです。

戦争が終わり、戦時中に抵抗した詩人として壺井繁治氏や岡本潤氏といった文学者が『新日本文学』などに登場しました。ところが壺井氏の詩「鉄瓶に寄せる歌」で明らかなように、彼らは実は戦中に戦争協力詩を書いていたわけです。そのことに対して、なんら自己批判することなく、民主主義文学者として生きかえっていることを、吉本さんは『文学者の戦争責任』などで痛烈に批判したわけです。それはわたしにとって本当に衝撃的なものでした。それまではプロレタリア文学者たちの仕事をいわば抵抗の文学として読んでいたし、その延長線上で戦後文学を読んでいたのですが、「こんなことをやっていたのか！」と気づかされたわけです。

『文学者の戦争責任』における吉本さんの「二段階転向論」は素晴らしい批判でした。つまり、ふつういうところの「転向」というのはあり得ることなのです。牢獄に入れられたり拷問を受けたりして、転向を表明せざるを得ない状況というのは確かにあり得る。しかしながら、それと戦争協力とは違う。吉本さんが前世代の詩人たちとして批判した人々は、転向したのみならず戦争協力の作品まで書いた。さらに戦後、そのことをいささかも自己批判することなく、ぬけぬけと民主主義文学の先頭に立っている。わたしは抵抗の文学は戦後に解放され、これからいよいよ発展していくものだと素直に受け取っていました。ですから、そこに投げかけられた吉本さんの批判は、わたしにとっても非常に大きなものだったのです。

そのとき、吉本さんは花田さんだけは唯一の抵抗者として高く評価しておられた。花田さんの『復興期の精神』や『錯乱の論理』といった戦後刊行された著書の多くは戦争中に書かれていますが、確かに花田さんの書いたもののなかで戦争に対して協力的なものは一つもありません。そして、それらが戦後、わたしたちに新しい文学の方向性を示したのです。これは驚くべきことだったと思いますし、吉本さんが評価されたのもそうした側面に注目してのことだったのでしょう。

吉本さんとの出会い

吉本さんとの出会いに話を移しましょう。わたしは『文学者の戦争責任』を読んで、吉本さんや武井さんのような批評家・批判者が登場したのは画期的なことだと思いました。それから『高村光太郎』『吉本隆明詩集』と次々に読み進めたのですが、批評だけでなく吉本さんの詩に対しても、新しい詩人の誕生だと思って感動したものです。それで会社に吉本さんの本の企画を出しました。西谷さんは非常に自由にやらせてくれる人でしたから、花田さんや埴谷さんの本をつくったときなども、「わたしはよく知らないが、君が素晴らしいと思うならやってみたらいい」と寛容でした。けれどもさすがに吉本さんのときは、「だけどそれは売れないだろう」と言われてしまった（笑）。いまからは想像もつかないでしょうが、何しろまだ一部をのぞいて吉本さんがほとんど知られていなかった頃ですからね。それでしょうがないので、初版の発行部数は一二〇〇部か一五〇〇部、印税代わりに本を七〇冊進呈するということで吉本さんに了解してもらったりしたのです。

最初にお会いしたのは、五八年のなかば頃だったでしょうか。「あなたの本をつくりたい」という旨の手紙を出し、それから田端か駒込のお宅に伺いました。それまでに書かれた作品をすべて一冊にまとめようと考えていたのですが、思ったより分量が多くて、『芸術的抵抗と挫折』と詩にかんする批評を収めた『抒情の論理』の二冊に分けたのです。

当時は長女の多子《さわこ》さんが生まれたばかりで、吉本さんは特許事務所で働いていました。部屋が三つほどのアパートだったと記憶しています。よく庶民的で気取りがないということが吉本さんの印象として語られますが——吉本さんの代表的論考などはとび抜けて難解すぎてどこが庶民的なのだろうとも思うのですが（笑）――、たしかにお会いしたときも大変に人当たりの良いやさしい印象を受けました。実際にお会いした方で、吉本さんのお人柄について悪く言う人はいませんね。そのときに、吉本さんにわたしが花田清輝を尊敬しているということもむろん伝えていますし、花田さんも「吉本隆明はいいね」と直接わたしに言っていたのです。

花田―吉本論争

当時、わたしは花田さんの本を三冊ほど出していました。有名な花田－吉本論争は、五六年頃からくすぶり始めています。ですから、わたしはちょうど論争の渦中で両者の本を同時につくっていたことになります。実際に『芸術的抵抗と挫折』には、その頃わたしが編集していた花田さんや野間さんなどが相当ひどく批判された文章なども収められています。また『民話』というその頃未來社で出していた月刊雑誌（五八年創刊、六〇年九月休刊）にも、吉本さんが花田さんなどをやっつけるような内容の原稿が載ったりしています。

わたしが『文学者の戦争責任』や『高村光太郎』『吉本隆明詩集』といった初期の作品を通して吉本さんに感銘を受けた頃は、どのように花田－吉本論争が展開するのかまったく予想もつきませんでした。というのも、『アヴァンギャルド芸術』を刊行した翌年の五五年一月に、岡本太郎さんの『今日の芸術』（光文社、五四年）と『アヴァンギャルド芸術』の二冊の出版記念会が東中野の「もなみ」で開かれています。なぜ二冊で行ったかというと、花田さんが二冊の本をサカナに大討論会を開こうと提案されたからです。そこに吉本さんも来ていましたし、他にはたしか武井さんのほか、若い文芸評論家・詩人といった方がたがずらっといました。花田さんが、当時の若い気鋭の論者を全員呼んで、そしてみんなに意見を言わせ、みずからの本をめぐって批判的論争をする、そして岡本太郎ともやり合うと言って、事実、一大討論会を夜遅くまでやったのです。花田さんはそういった討論会が好きでしたから。わたしが吉本さんを直接見かけたのも、実はそこが最初でした。その前に、花田さんは吉本さんに『新日本文学』への原稿を頼んでいます。だからそういった意味では、わたしはまさにこれから、吉本・武井・谷川・井上といった世代と、埴谷・花田といった方たちが一緒になって戦後の文学運動は進んでいくものだと期待していたし、そうしたいと思っていました。でも喧嘩の火種はすでにくすぶっていたのですね（笑）。そんなことは、花田さんは一切気にしない方でした。

そもそも、この論争に火をつけたのは花田さんの方でしたから。花田さんの吉本さんへの批判というのは、大雑把にまとめるならば、「戦争協力詩を書いた前世代の詩人たちを個人の名において糾弾するのではなく、時代と関連させつつ、戦後の芸術運動を高揚させることで全体として乗り越えるべきだ」というものでした。ただ、戦前に思想形成をした花田さんたちの世代が戦争をひたすらに堪えながらなんとかやり過ごそうとしていたのに対して、吉本さんの世代はそれこそ戦場で死ぬことしか目前の選択肢がなかった。だから吉本さんの戦争協力者に対する反発や恨みというものは、花田さんの想像も及ばないほど根深いものだったと思います。それまで花田さんと吉本さんは、お互いに評価する間柄だったのですが、こうした経験の違いと、花田さんの得意の挑発が吉本さんの怒りに火をつけたのでしょうね。

花田さんの流儀と言ってもいいでしょうが、花田さんは非常に論争を重視していました。芸術運動や思想は、論争・対立によって発展するものと考えていたのです。だから誰に対しても、どんな視角からでもすすんで論争を仕掛けていった。吉本さんとの前には、荒正人氏や大井広介氏らとの「モラリスト論争」がありましたし、丸山眞男さんにも批判的な文章を書いていますね。しかし丸山さんから伺ったことがあるのですが、花田さんの批判は「ホースで水をぶっかけられるように実にさわやかで、気持ちが良い」とわたしに言われていました。そして花田さんの政治理論も高く評価していました。

花田さんと埴谷さんも年中論争していました。わたしは両者の本を編集していましたので板挟みみたいでしたけど、お互いなんのわだかまりもなくお二人は生涯盟友で敵対することなく、論争をしてお互いを磨いていくという関係でした。だから花田さんが亡くなったときに埴谷さんが書かれた追悼文も非常に良かったですね。お互いに論争を栄養にしながらともに励んできたという感じです。いまは論争ひとつない、馴れ合いの時代で、つまらないですね。

花田さんは芸術家に対して、「敵を知り、おのれを知るものは、百たび戦って、百たび負く」でなければならないと言っています。孫子の兵法の真逆ですね。おのれは負けてもいいのだけれども、その過程で同時に論敵の思想も発展する、その役割を果たすのが論争だというわけです。だから花田さんは勝つために論争をやるわけではなかった。ところが、吉本さんの論争の姿勢は、芸術運動や思想の全体的な発展のためというよりも、個人的な自力の思想的構築に比重が置かれています。だから相手に勝つか負けるかの世界なのですね。ともかくいわれるように「自立」の思想家ですから、論争においてもいかにみずからの主張が正しいかということが先にくるわけです。花田－吉本論争は非常に激烈で、悪罵のやりとりも盛んでした。しかし花田さんは吉本さんに向かって「刑務所に叩きこんでやりたい」とか言いながら、実はニヤリと笑っているのですね。刑務所のなかで敗戦直前獄死した戸坂潤のことなどが念頭にあったのかもしれません。つまりそれだけ逆に吉本さんを評価していたということでもあります。しかしながら、吉本さんのほうはそう取らなかった。だから花田さんがその頃書かれていた戯曲『泥棒論語』（五九年）にひっかけて、「『乞食論語』執筆をお奨めする」とか揶揄されたりしたのですね。

『泥棒論語』の再演舞台にはわたしも関わりましたが、非常に優れた戯曲です。ここでは芸術はどのようにして生まれるものなのか、それを民衆がどう支えるのか、そしてわたしたちは芸術をどう引き継ぎ、発展させていくのか、非暴力の思想とは何かということを、『土佐日記』の成立事情を自由な想像力を駆使して描きながら見事に表現しています。それを論争のさなかに書いたということが、花田さんと吉本さんの資質の違いを明確に表しています。吉本さんにはそういった具体的な芸術作品はありません。

花田さんの思想と表現は、論争にしてもそうですが、とにかく外へ外へと拡がっていくのです。芸術運動全体へ自らの思想を埋没させようとしたし、自分の作品のかたちにしても、批評はむろんのこと、テレビのための脚本、戯曲、小説、随筆とさまざまです。逆に吉本さんは、内へ内へと向かっていきます。自らが独力で理論を立てるという方向です。それがかたちをなし結晶したのが『言語にとって美とはなにか』や『共同幻想論』などの言語論や国家論です。

この論争の詳細ないきさつについては、好村冨士彦さんの『真昼の決闘』（晶文社、一九八六年）という名著が優れた分析と評価をしています。この本のなかで、好村さんは粉川哲夫さんの言葉をひいているのですが、それは「花田のディスクールのウェイトは、イメージ、象徴作用、叙事的語り、風刺、罵倒、諧謔……におかれているのに対し、吉本のディスクールの重心が、観念、指示作用、抒情的詠嘆、深刻さ……にある」というのです。これが両者の違いであり、論争の全テキストに当てはまるとしています。この分析は的を射ていると思いますね。もちろんこれだけをもってその後の吉本さんの全仕事をとやかく言うことはできませんが、主要な著作活動とこの論争についてはその通りであると思います。また好村さんは「『言語にとって美とはなにか』を書きながら、吉本隆明は沈黙の言葉で「勝利だよ、勝利だよ」とつぶやいていたそうである」と書いています。やはり吉本さんは勝つか負けるかの人だったのです。

そうやって吉本さんは論争を続けていくわけですが、それが吉本さんの評価を高めることにもなりました。花田さんのような前世代の「権威」を打倒するわけですからね。のちには埴谷さんとまで論争をすることで逆に「権威」になったのです。鮎川信夫氏は花田－吉本論争を「戦後最大の論争である」と評しました。そうかどうかは別にして、わたしはこの論争を、これまでにお話ししましたように、芸術に対する基本的な二つのあり方が対立したものだと思うのです。一方は、粉川さんが語ったように、自分の内部へと芸術を個人的に突き詰めていくタイプ。吉本さんはそうやって言語論や国家論にまでたどり着いたわけです。他方は、芸術を広く人々の中へ送りとどけ、協同の運動として発展させようとするタイプ。それが花田さんでした。当時多くの人は論争の軍配を吉本さんに上げましたが果たしてそうかどうか……。

花田ー吉本の違い――対話と孤独な思考

もう少しお二人の違いを考えてみますと、花田さんの文章を読み進めていくと時折、三分の二くらいのところで「まあ、こんなことはどうでもいい」と突然言い出すことがあります。「どうでもいい」と言われると、じゃあこれまで読んできたことはなんだったのか、とこちらは一瞬、困惑させられる。しかしそうやって花田さんは思考を転換させるわけです。絶え間なく読み手に異化効果を与え、読者を立ち止まらせ考えさせていく。一種の弁証法的というか対話的というか、みずからも含め読者と考え練り上げていく感じがあります。だから読んでいるこちらにも快感というか、ともに考えて理解していく喜びがそこにはあります。

一方で吉本さんは書いたものに対する相手への同調が強くある。読者に同調を促し、自分の嗜好・思考を強力に押し通していくわけです。あらゆる知識を結集してひとつの方向へ、垂直にボーリングで地下を掘り下げるように考えを進めていく。だから読むほうは相当しんどい場合もありますね。そもそも吉本さんの難解な代表的著作を完読して、十分に理解した人がどれだけいるのか、わたしには疑問でもあります（笑）。

たしか訃報が報道された後、友人がプリントしてくれたインターネットの資料で見たのですが、「本当に新聞などの記者は吉本隆明をわかっているのか？」という言説がありましたね。わたしが本をつくった頃はそんなことはなかったように思いますが、その後吉本さんが一念発起し、原理的に言語論や国家論に突っ込んでやっていくということを始めた頃から、わたしたちみたいな者ははじき出されたように思います。吉本さんはどんどん独自の世界に入りこんでいって、それは大変な勉強ではあるけれども、だからといってわたしたちが吉本さんの世界に入っていくのは非常に難しいように感じました。並大抵の人には理解できないことになってしまった。

にもかかわらず吉本さんが庶民的で大衆的と言われるのは、吉本さんは、一方でみずからの日常的生活をあけすけに公開したためでしょうか。糸井重里氏のインタビュー（『悪人正機』、新潮文庫）などが代表的で、多くの知識人・専門家などとはちがって、「吉本さんはほんとうのことを言う」ということで人気が高まるというか、みんなコロッといっちゃうのですね。たとえば『悪人正機』で「家族」ってなんだ？　と糸井氏が訊くと、「世の中には立派な、円満な家庭なんてものがあることになってますけどね。吉本さんのとこも家族が仲良くやってていいですねとか言われることもあるけど、そんなことはないんでね」。「永続的に円満な家族なんてものはないんですよ」と言われたり、「株」ってなんだ？　と尋ねられると、「株なんてのは一種の呼吸作用だ」と答える。そういった面白い、「えっ？」と思うような答えをされるのに、みんなやられてしまうわけです。また「テレビをつけっぱなしにしているのは？」と訊かれて、「さみしいからじゃないかな」とさらりと答えています。花田さんもテレビは見ていましたけど、それは花田さんのいわゆる「視聴覚文化」の考えを深めるためのもので、テレビの可能性をさぐるためでした。花田さんや武井さん、また丸山さんなどはテレビに出演することは一切拒否しましたけど、吉本さんはそんなことは平気で、日常生活の写真なども多く公開し、晩年は腰の曲がった写真も出したりして、そんなことが吉本さんへの庶民的な親近感を増幅させたのではないでしょうか。

ところで、大西巨人さんは一昨年亡くなった武井昭夫さんとともに『思想運動』でいろいろ発言をされてきましたが、今回の『週刊読書人』のインタビュー（四月一三日号、大西巨人氏に聞く「吉本隆明君のこと」）で武井さんと吉本さんの違いを問われて、「これは厳密に言わなければいけないことだが、たとえばふたりをここに置いてみて、そこに文学というものを置いて考えると、吉本の方が、奥底における表現というものの神髄に触れていると思う。文学・芸術の考え方においては、武井の方が、ややマイナスの点があったと思われる」と言われています。これはどうかとわたしは思いました。武井さんは生涯、社会主義的原則を貫ぬかれた方ですが、武井さんの文学・芸術の考え方は、花田さんのそれと通底していると思います。わたしは『芸術運動の未来像』（現代思潮社、一九六〇年）という武井さんの一冊目の文芸評論集を今も高く評価していますが、そこで展開された文学・芸術論を読めば、そのような評価はできないはずです。またそれ以後、花田さんとの対談集などの中で展開された映画や演劇論（『新劇評判記』勁草書房・六一年、『運動族の意見』三一書房・六七年）でも、同時代の作品に直接触れながら、そこにどのような芸術的・思想的可能性があるのかが見事に追究されています。これは吉本さんにはなかった視点です。一つの芸術理論をどれほど具体化するかが、芸術運動です。芸術運動において具体的にどのような作品が生まれるのか、これは文学だけでなく、演劇や映画まで見渡して考えなければいけない。花田さんや武井さんにはその視野があって、吉本さんとはそこが違います。それは、両者をプラス・マイナスで分けることではなく、それぞれの生きる方法の違いと思います。

もちろん、吉本さんの言語論や国家論などは大変優れた理論として定着しています。しかしながら、わたしたちがそれを受け取って、そこからどのように発展させればいいのか、どのような実作や芸術運動へと生かせるのかと問うとき、はたと立ち止まらざるを得ません。これらは吉本さんが個人として樹立した記念碑的理論であり、そこから何かを受け継ぐことなどできないようにわたしには思われるのです。

また花田さんの話になってしまいますが、花田さんは「ある思想が、単純な言葉で表現できないほど薄弱であるならば、それはその思想をしりぞけてよい」というヴォーヴナルグという人の言葉を引いていたことがありますが、「単純に」というのは「難解に」ではなく、「正確に」語るべきだということです。また花田さんの思想は「わたしはどこにもいない」とか「魂は犬にくれてやったのだ」といった言葉で明らかなように、文章を書いたときから花田清輝という思想家はもうどこにもいないのです。花田さんの理論というものはなくて、すべてはみんなのなかで生きている。逆に言えば、みんながどのように読み取り、運動や実作へと反映させるか、そこからしか花田さんの思想を読み取ることはできないのです。それに対して、やはり吉本さんの思想というのは、それ自体としては本当に優れたものだとは思いますが、そこから何かを受け取ることは難しかった。失礼な言い方かもしれませんが、よく言われるように「知の巨人」として「吉本隆明自立思想記念館」に永久に保存される方だと思います。花田さんなどは、「知の巨人」とか「思想界の巨人」などからは、全く縁遠い人でした。

そういった両者の違いに気がついて、わたしは『芸術的抵抗と挫折』、『抒情の論理』をつくった後に、『図書新聞』の追悼文（本書所収、一〇七頁）にも書いたのですが、吉本さんとは「長いお訣れ」をしたのです。一方、花田さんには未來社在職中に『著作集』全七巻と単行本一一冊を編集・刊行させていただきました。またその後、次第に吉本さんは消費資本主義の評価へと突き進みます。「今必要なのは、消費資本主義の段階にふさわしい、新しい善悪観、倫理観を作ることです」（『わが転向』文藝春秋、九五年）というわけです。そのように完全に消費資本主義を肯定して、体制との対立・緊張感を失ってしまった。戦後あれほど体制への怒りを表明し対立した人が、いかに現状に合わせるのかに拘泥するようになってしまった。好村さんが先ほどの『真昼の決闘』に、「吉本隆明の知的退廃」の一文を収め、「体制擁護的イデオローグ」と断じたゆえんでしょう。

「反核」から考える

そういうわけで、最後にやはり、晩年の反核に関する吉本さんの発言についても触れておきたいと思います。吉本さんが最後のインタビュー（『週刊新潮』二〇一二年一月五日・一二日号）で、原発事故を「これは自動車の事故と同じだ」などと言ってしまったのは、わたしは完全に間違っているように思います。原発や放射能汚染は自動車事故と比較できるものじゃないし、同列に論じるものでもないでしょう。また、科学文明なるものを無制限に認めることもできないでしょう。

レイチェル・カーソンは半世紀ほども前、『沈黙の春』において、科学的進歩への暗黙的な信頼の危険性を先見の明をもって警告しました。当たり前のことですが、自然を破壊する科学的進歩に歯止めをきかすのが人間であって、放射能も同じです。それを止められないのであれば、科学的進歩の意味がない。吉本さんがもしそれを許したとしたのなら、大変なことです。絶え間ない科学的進歩のためにわたしたちは生きているのではないし、そこには必ず誤りが起こる。それをいかに修正できるかが人間の真の科学的基本です。ブレヒトは有名な『ガリレイの生涯』を執筆し、上演しようとしていた頃アメリカに亡命していましたが、原爆がヒロシマ・ナガサキに投下されたことを知り、後半を書き換えたと言われています。そして科学者であるガリレオを断罪した。科学者はどう生きるべきか、このままいけば科学者の罪はどれだけ深いものになるかということを訴えたのです。「科学の唯一の目的は、人間の生存条件の辛さを軽くすることにある」とガリレイに語らせています。今から七〇年も前にすでにこう警告しているわけです。「フクシマ」の〝辛さ〟には計り難いものがあります。したがって今回の原発事故を、吉本さんのように言ってしまっては大変な誤りであるようにわたしは思っています。しかし吉本さんがお亡くなりになってしまってから言うのは、ちょっと気が重いですが……。

「単独者」としての吉本隆明

吉本さんのある種の「警告」をわたしたちが学んだほうがよいと思うのは、「俺は反核をやっている」とか「九条を守る運動に参加している」ということにとどまって安心しきっている人たちがいるからです。そういった団体に所属することで人類のために頑張っているのだと誤解することを、吉本さんは「お前はそれを本当に自力で考えているのか」と徹底的に叩いたわけです。また、その種のグループでは昔のセクトの反目が尾を引いていて、お互いに排除しあうことがいまだに続いている。同じ主張をもった同士でも、仲間割れして他の団体の悪口を言うようなグループがいたるところにあります。吉本さんはそういった愚劣さに気づいていたように思います。

吉本さんが「単独」という場所からものを言うときについては、ぐっとくる時がたしかにあります。

近代の科学文明を全面的に肯定するなど、賛成できないこともあるのですけれども、やはり吉本さんは「知の巨人」「思想界の巨人」というにふさわしいのでしょうね。あるインタビューで「最も深く影響を受けた作家・作品は?」と訊かれて、吉本さんはファーブル『昆虫記』、編者不詳『新約聖書』、マルクス『資本論』と答えています。もうわたしなどとは基本がケタ違いですよね（笑）。それだけをきちんと読み込み、思考を重ねてこられた吉本さんは、「自分は勝った」などと思考の成果を誇ったりしないで、芸術・思想の理論も、日常的な庶民性にふさわしく語ってくれたらよかったのにと考えたりします。吉本さんは在野の思想家とは言われながら、一種の学者になってしまったのが残念です。

勝手なことばかり話してゴメンナサイ。吉本隆明さんのご冥福を祈りつつ、おわりにこぶし書房版『芸術的抵抗と挫折』の「解説」と、『図書新聞』の追悼文にも引用した詩「恋唄」（五七年）とは別に、もう一篇の詩「死の国の世代へ」（五九年）のおわりの一連を引用させていただきます。

戦禍によつてひき離され　戦禍によつて死なかつたもののうち
わたしがきみたちに知らせる傷口がなにを意味するか
平和のしたでも血がながされ
死者はいまも声なき声をあげて消える
かつてたれからも保護されずに生きてきたきみたちとわたしが
ちがつた暁　ちがつた空に　約束してはならぬ

（死の国の世代へ）

（2012・7）

あとがき

昨年七月、わたしは、影書房を退くことができた。二十年ほど仕事を共にしてきた松浦弘幸・吉田康子さんが、あとを引き継いでくれたのである。嬉しく、ほっとしている。

思いかえせば、編集者として未來社に入社したのが一九五三年四月末、以来、三〇年一カ月。八三年五月に退社。翌六月、米田卓史・秋山順子さんと共に影書房を創業、以来、三二年二カ月。あっという間の六二年三カ月の編集者人生だった。齢も八八を数えてしまった。

この間のことについては、主として未來社時代を中心に、『わたしの戦後出版史』(トランスビュー・二〇〇八年八月刊)で、鷲尾賢也・上野明雄さんのお二人を〝聞き手〟として語ったりした。当時トランスビューの社長だった中嶋廣さんの激励・編集によるものだった。(鷲尾さんは一昨年の二月一〇日、急逝した。享年六九。無念というほかなかった。二〇〇五年からの二年間、当時あった朝日新聞社の月刊誌『論座』連載のため、ほぼ毎月一回、深夜に及んだ楽しくも遠慮会釈のない鷲尾さんを中心とした対論を忘れることはできない。)

本書は、これまでと同じく、一葉社の和田悌二・大道万里子さんのおすすめと、ご努力によって編まれたものである。考えてみると、お二人と出会ってから、三十年ほどになる。一九八七年、一葉社が、出版情報資料誌『月刊活字から』を刊行していた頃である。その誌上(九月号)、及び朝日新聞のコラム(一一月二八日付夕刊)で、その当時新設された三島由紀夫賞の選考委員に大江健三郎氏が加わったことに対し、和田さんが異議を唱えた文章を書いていたのである。一読、わたしは共感を覚えた。和田さんは、憲法改定、自衛隊強化、天皇制復活を唱えて割腹自殺(一九七〇年一一月二五日)した三島由紀夫の名を冠した賞に、たとえその文学的業績が秀れていようとも、憲法護持、反核・平和・民主主義を主唱し、運動の先頭に立つ大江氏が加担するのは矛盾ではないか、と批判していたのである。わたしは、共感の意を表した文章を『月刊活字から』(一九八七年一二月号)に書き、その頃大久保あたりにあった一葉社を訪ねた。以来、お二人との親交がはじまったのである。

前著以後の十年余で、本書に書きとどめ得なかった著者・友人・知人五十氏ほどの方々とも、幽明境を異にしなければならなかった。しかも、わたしより年若い方が多かった。東日本大震災が起こった年の九月に妻も世を去った。いまはただ、これまでに出会った人びとの生涯がわたしに刻印した記憶とともに、一個の編集者としてわずかに残された人生のエピローグを、遺志を継いで生きねばならないと思っている。重ねて、和田・大道さんの友情に感謝しつつ、生前ご厚誼をいただいた、戦後の前衛芸術運動の先駆的画家・桂川寛さんのご子息で友人の桂川潤さんに装丁していただいたことに、厚くお礼申し上げる。

二〇一六年五月

松本昌次

初出紙誌一覧

Ⅰ

花田清輝　花田清輝・埴谷雄高 冥界対論記録抄＝『新日本文学』（２００４・1〜2合併号）／〝精神の改造〟をこそ＝『花田・アングラ・清輝 もう一つの修羅』公演パンフレット（発見の会、２００４・12・23〜26）／ブレヒトの〝隠し子〟＝『広渡常敏追悼文集』（東京演劇アンサンブル、２００７・10）

長谷川四郎　コラージュ風に＝『戦後文学エッセイ選2 長谷川四郎集』栞「わたしの出会った戦後文学者たち（8）」（影書房、２００６・12）

島尾敏雄　三つの「あとがき」から＝『戦後文学エッセイ選10 島尾敏雄集』栞「わたしの出会った戦後文学者たち（10）」（影書房、２００７・9）

木下順二　追悼＝『図書新聞』（２００６・12・16）／〝螺旋形〟で発展するか＝『悲劇喜劇』（２００７・4）／家族史としての『本郷』＝『悲劇喜劇』（２００７・5）／ある対談のこと――丸山眞男と木下順二＝『山脈（やまなみ）』公演パンフレット（東京演劇アンサンブル、２０１０・3・20）

宮岸泰治　『女優 山本安英』後記＝宮岸泰治著『女優 山本安英』後記（影書房、２００６・10）

秋元松代　遍在と永遠――『常陸坊海尊』を今どう読むか＝『歴史評論』（２００４・5）／秋元松代さんの不幸＝『新日本文学』（２００４・7〜8合併号）

溝上泰子　溝上泰子さんと〝山陰〟＝『山陰の女』（２００３・11）

竹内　好　火中に栗をひろう＝『いける本・いけない本』（２００５・秋号）

西郷信綱　お訣れの言葉＝通夜での弔辞（２００８・9・29）／西郷信綱さんの〝友情〟＝『西郷信綱著作集』第6巻月報（平凡社、２０１１・10）

小林　昇　〝文体〟のある生涯＝服部正治・竹本洋編『回想 小林昇』（日本経済評論社、２０１１・12）

武井昭夫　尾崎信遺稿集『運動族の発言――大阪労演とともに四〇年』＝『社会評論』（２０００・冬号）／『戦後

小島清孝　〝小出版社〟を勇気づけた人＝小島清孝著『書店員の小出版社巡礼記』序文（出版メディアパル、2007・11）

吉本隆明　史のなかの映画』を読む＝『思想運動』（2003・11・1）／『層としての学生運動──全学連創世記の思想と行動』＝『技術と人間』（2005・7）／『芸術運動の未来像』のことなど──追悼＝『映画芸術』（2011・冬号）

小尾俊人　長いお訣れ＝『図書新聞』（2012・4・14）

小尾俊人さんを悼む──『昨日と明日の間』にふれて＝『週刊読書人』（2009・11・27）と「小尾俊人さんを悼む」『東京新聞』（2011・8・24夕刊）より構成

II

久保　栄　『新劇の書』讃＝『悲劇喜劇』（2005・8）

中野重治　映画『偲ぶ・中野重治』に関する走り書的覚え書＝『記録』（1980・2）＊筆名・記録冬夫／一冊の古書から＝『日本古書通信』（2007・1）

松本清張　清張好き・遼太郎嫌い＝『告知板』（1997・9・20）／「傑作短編集」全六冊＝『社会評論』（2004・夏号）／『菊枕』＝『記録』（1995・12）

＊

チャールズ・チャップリン　『チャップリン自伝』＝『記録』（1997・6）／『独裁者』＝『社会評論』（1999・春号）

ソーントン・ワイルダー　『わが町』＝『記録』（1997・11）

リリアン・ヘルマン　『未完の女』＝『記録』（1981・7）＊筆名・記録冬夫／『ジュリア』＝『記録』（1995・6）

ベルトルト・ブレヒト　『ガリレイの生涯』＝「戦後文学を読む会」月報（1966・9）／『ブレヒト青春日記』＝『朝日ジャーナル』（1981・6・19）／『ブレヒト戯曲全集』＝『記録』（1998・5）／『ブレヒ

ト作業日誌』＝『未来』（２００４・４）

Ⅲ

「憲法は生命に優先する」――竹内好＝『世界へ未来へ　9条連ニュース』（以下、２０１１・１・20〜12・20連載）／「日本人は抵抗《レジスタンス》せえへんわ」――富士正晴／「アメリカ人を皆殺しにしたい」――上野英信／「世界は螺旋形で発展する」――木下順二／「魂は伝えられるでしょう」――井上光晴／「もっと怒っていい」――シルビア・コッティング・ウール／「倫理的ブレイキとは何か」――藤田省三／「民衆が戦争の最大の被害者」――丸山眞男／「精神のリレー」――埴谷雄高／「だから、言ったでしょっ！」――米谷ふみ子／「無念の死者たちの想い」――石川逸子／「爪ほどでも希望を持つなら」――洪成潭

Ⅳ

インタビュー「戦後文学エッセイ選」刊行について＝『図書新聞』（２００５・８・20）
インタビュー　宮本常一を読み継ぐために　雑誌『民話』のことなど＝『現代思想』臨時増刊号（２０１１・11）
インタビュー「花田清輝―吉本隆明論争」の頃＝『現代思想』臨時増刊号（２０１２・７）

●前著『戦後文学と編集者』でとりあげた方がた
花田清輝、埴谷雄高、平野謙、椎名麟三、武田泰淳、竹内好、富士正晴、野間宏、杉浦明平、木下順二、飯沢匡、下村正夫、廣末保、深沢七郎、山代巴、丸岡秀子、岩村三千夫、国分一太郎、風間道太郎、橋川文三、上野英信、井上光晴、村松武司、金泰生、許南麒、渡辺清。

●前著『戦後出版と編集者』でとりあげた方がた
伊達得夫、西谷能雄、小汀良久、小川道明、安江良介、田村義也、木村亨、久保覚、庄幸司郎、入野正男、上坪隆、永山正昭、丸山眞男、花田清輝、埴谷雄高、平野謙、本多秋五、野間宏、竹内好、武田泰淳、木下順二、尾崎宏次、山本安英、宇野重吉、佐多稲子、井上光晴、上野晴子、丸山友岐子、金泰生、朴慶植。

人名（作品名）索引

＊単行本・作品名等は人名の項に──で表し一括整理したが、本文中に人名の表記がない場合は、単行本・作品名のみ。
＊『　』……単行本・小説・詩集・戯曲・映画・TV などの題名。
＊「　」……単行本や雑誌に収録された詩・エッセイ・論文などの題名。

ア

イ

ウ

エ

オ

カ

キ

サ

シ

ス

セ

ソ

タ

チ

ツ

テ

フ

ミ

ム

メ

モ

ヤ

ワ

松本昌次（まつもと・まさつぐ）
1927年10月、東京生まれ。高校教師等を経て、53年4月から83年5月まで未來社勤務。同年6月、影書房創業、2015年7月、同社を退く。その後も編集者として現在に至る。
著書：『朝鮮の旅』（すずさわ書店・1975年）、『ある編集者の作業日誌』（日本エディタースクール出版部・1979年）、『戦後文学と編集者』（一葉社・1994年）、『戦後出版と編集者』（一葉社・2001年）、『わたしの戦後出版史』（トランスビュー・2008年）。
編書：『西谷能雄 本は志にあり』『庄幸司郎 たたかう戦後精神』（ともに日本経済評論社・2009年）。

戦後編集者雑文抄《せんごへんしゅうしゃざつぶんしょう》**――追憶**《ついおく》**の影**《かげ》

2016年7月25日　初版第1刷発行
定価　2200円＋税

著　　　者　松本昌次

発　行　者　和田悌二
発　行　所　株式会社　一葉社
〒114-0024　東京都北区西ケ原1-46-19-101
電話 03-3949-3492 ／ FAX 03-3949-3497
E-mail : ichiyosha@ybb.ne.jp
振替 00140-4-81176
装　丁　者　桂川　潤
印刷・製本所　シナノ書籍印刷株式会社

落丁・乱丁本はお取り替えいたします。
ISBN978-4-87196-060-1